KB275776

고전
탐독

고전 탐독

정제원 지음

평단

죽은 책이 고전일 수는 없다.

제1급의 책이 고전이다.

- 몽테뉴

우선 독자들이 던질 수 있는 아주 근본적인 물음에 응답하고 싶다. 고리타분하기 짝이 없는 고전들을 꼭 읽어야 하는가? 당연히 읽어야 한다. 그리고 독자들이 생각하는 것보다 고전은 훨씬 덜 고리타분하다. 요즘 출간되고 있는 '자녀 교육'에 관한 책 10권보다 루소의《에밀》을 읽는 일이, '훌륭하게 나이 드는 법'에 관한 책 10권보다 키케로의《노년에 관하여》를 읽는 일이 훨씬 유익하다.

《고전 탐독》은 이처럼 유익하고 실용적인 고전에 처음으로 도전하는 독자들을 위해 고전 30권을 소개하는 글 30편을 담고 있다. 또한 이 글들은 단순히 나열된 것이 아니라 일정한 구성을 갖고 있다. 우선 주체적인 나로 살고, 그를 통해 고정 관념과 편견을 버리고, 그런 다음에 비로소 널리 배움을 구하고, 그 배운 바를 바탕으로 보다 나은 세상을 만들고, 궁극적으로 어떻게 살 것인가 하는 문제로 돌아오기 위한 구성을 갖고 있는 것이다. 따라서 독자들은 반드시 순서대로 읽어야 한다.

이렇듯 순서를 반듯하게 정한 것은 고전을 많이 읽기보다는 방법을 정해서 읽는 일이 중요하다고 생각했기 때문이다. 이 책의 구성이 그 방법에 꼭 맞는 순서를 갖고 있는지는 자신할 수 없지만, 그리 되도록 노력해서 집필한 것은 엄연한 사실이다. 어설픈 구성일 수도 있겠지만, 고전을 읽는 색다른 방법을 분명하게 제시했다는 점은 마음을 흐뭇하게 한다. 부디 독자들의 마음도 흐뭇하기를 기대한다. 당연한 일이지만 나는 이 책을 읽은 최초의 독자다. 고전 30편을 읽고 그 소개 글을 따라 읽으며 내내 행복했다. 독자들도 부디 행복하기를 기대한다.

《고전 탐독》에는 독서하는 모습을 담은 명화들이 본문 곳곳에 배치되어 있어 보는 맛이 시원하다. 화가 박희숙 선생이 골라주셨다. 덕분에 화폭에 담긴 독서하는 사람들의 마음도 함께 읽으니 그 또한 좋은 독서가 된다. 아무쪼록 부족한 이 책이 조금이나마 독자들에게 고전을 읽는 데 길라잡이가 되었으면 하는 마음뿐이다. 끝으로 초고를 읽어주고 도움말을 많이 준 공지혜, 김경순, 전지용에게도 깊은 감사의 마음을 전한다.

2011년 9월

정제원

차례

책머리에 · 6

제1장
주체적인 나로 살다

제4장

보다 나은 세상을 만들다

제5장
어떻게 살 것인가

제1장 주체적인 나로 살다

우리는 모두 맥베스다,
다만 아직 죽지 않았다

《맥베스》

인간 내면을 들여다보다

문학에 관심이 많은 세계 각국의 여행자들이 꼭 가보고 싶어하는 곳이 영국에 있다. 바로 윌리엄 셰익스피어(1564~1616)의 고향 스트렛퍼드 어폰 에이번Stratford-upon-Avon이다. 이곳은 런던에서 서북쪽으로 200킬로미터쯤 떨어져 있다. 극작가 윌리엄 셰익스피어의 생가가 있는 이 작은 마을은 1년에 평균 80만 명 이상의 여행자가 찾아올 정도로 이름 난 관광 명소가 되었다.

셰익스피어는 1564년 스트렛퍼드 어폰 에이번에서 상인 존 셰익스피어의 장남으로 태어났다. 비교적 부유한 어린 시절을 보낸 셰익스피어는 문법학교에 입학해 라틴어와 희랍어를 익혔으며, 세네카의 비극, 호라티우스의 서정시, 키케로의 수사학을 공부하며 풍요로운 정신의 청년으로 성장했다.

18세가 되던 1582년, 셰익스피어는 여덟 살 연상의 여인 앤 해서웨이와 결혼했다. 몇 년 동안의 결혼 생활 후 1580년대 후반 무렵 셰익스피어는 부모와 부인과 자식들을 뒤로 하고 자신의 꿈을 좇아 런던으로 떠났다. 그곳에서 그는 본격적으로 배우, 시인, 극작가로서 길을 걷게 된다. 그 후 셰익스피어는 생을 마감하기 3년 전인 1613년까지 모두 희곡 37편을 발표했다.

셰익스피어가 살던 시대는 르네상스 정신이 만개한 때다. 르네상스의 모토는 '인간' 자신이었다. 미술이 선봉에 섰다. 미술가들은 원근법을 도입함으로써 작품과 세상 사이에 놓인 장벽을 파괴했다. 그림 속의 인간들은 세상 속 인간들과 똑같이 숨을 쉬고 걸어다니며 말을 했다.

문학에서는 단테와 보카치오가 그 일을 하기 시작했고, 셰익스피어가 그 정점에 우뚝 섰다. 이전의 문학작품에도 인간은 등장했지만, 독자들은 그 인간을 동경했을 뿐 공감하지 못했다. 그러나 셰익스피어의 작품 속에 등장하는 인간들은 바로 독자 자신처럼 느껴졌다. 그들은 불완전한 피조물로서 욕망하고, 분노하고, 좌절하고, 탄식했다.

셰익스피어는 불완전한 인간 내면의 다양한 스펙트럼을 섬세하게 들여다볼 줄 알았다. 그리고 자신이 들여다본 것을 400여 년이 지난 지금까지도 결코 시대적으로 뒤떨어지지 않는 마술 같은 언어로 기록했다. 《셰익스피어 읽어주는 남자》의 저자 안병대의 셰익스피어에 대한 평가는 결코 과장이 아니다.

"셰익스피어는 불완전한 인간의 그 심연을 들여다보고 싶어했다. 그는 욕망이 불타고 있는 마음의 늪 속으로 주저 없이 더 깊이 걸어 들어갔다. 그는 자신이 탐색한 것을 기록했다. 위대한 비극이 탄생했다. 그 기록은 '인간은 무엇인가'이다."

인간은 비극적 운명을 타고났는가

스코틀랜드 왕 덩컨의 사촌이자 충직한 장군인 맥베스는 뱅코와 함께 어명을 받고 반역자 맥도널드와 그의 추종 세력을 진압한다. 맥베스는 반역자의 목을 성벽 위에 꽂아 놓고, 동료 뱅코와 함께 귀환하는 길에서 마녀들을 만나게 된다. 이 요망한 마녀들은 맥베스에게 곧 코더 영주가 되고 이어 스코틀랜드 왕이 될 것이라고 예언한다.

한편 덩컨 왕은 전황을 보고 받자 기쁨에 차서 맥베스를 치하한다. 그리고 노르웨이 왕과 결탁한 다른 반역자인 코더 영주를 참수하고 대신 맥베스를 코더 영주로 임명한다. 놀라운 일이다. 마녀들이 이것을 예언한 것이다. 왕의 사자에게서 이 사실을 알게 된 맥베스는 마녀들의 예언을 믿고 싶어진다. 코더 영주가 될 것이라는 예언이 맞았다면 왕이 될 것이라는 예언이라고 맞지 않을 이유가 없지 않은가? 이제 충신 맥베스는 반역자가 되어서라도 스코틀랜드 왕좌에 오르고 싶은 야망에 불타오른다.

맥베스의 성 인버네스. 남편에게서 이 모든 사실을 편지로 전해들은 맥베스의 부인은 마녀들의 예언의 불씨에 기름을 부었다. 때마침 덩컨 왕이 맥베스와의 우의를 다지기 위해 인버네스에서 하룻밤 묵기를 청했다는 소식이 전해지고, 맥베스의 부인은 이 절호의 기회를 놓치고 싶지 않았다. 하지만 맥베스의 선한 성품이 마음에 걸렸다. 그는 남을 해코지하기엔 너무나 인정미가 넘쳤다. 위대해지고 싶은 야심도 없지 않지만 본성상 사악함이 없었다.

맥베스는 거사를 앞두고 심한 번뇌에 시달린다. 불의가 정의에 의해 심판 받지 않은 적이 어디 있었는가? 그렇지만 비극적인 운명은 자기가 해야 할 일을 수행하기 위해 맥베스에게서 인정미를 빼앗고 사악함을 불어넣었다. 마침내 불길한 기운의 밤이 깊어지자, 맥베스는 아내와 함께 자신의 성에서 덩컨 왕을 시해한다. 왕세자 맬컴과 왕자 도날베인은 각각 잉글랜드와 아일랜드로 피신해 훗날을 도모한다. 맥베스의 살인은 계속해서 이어진다. 스코틀랜드가 피바다가 될 판이다. 그렇지만 운명은 끝까지 맥베스 부부의 야심을 지켜주지 않았다. 맥베스의 아내는 덩컨 왕을 죽였다는 죄의식을 견디지 못해 미쳐서 죽고, 이미 자신의 추락을 예감한 맥베스도 잉글랜드 군사령관 시워드와 함께 온 맥더프에 의해 최후를 맞는다.

외젠 들라크루아, 〈파우스트 앞에 선 메피스토펠레스〉
1827년, 캔버스에 유채, 46×38cm, 런던 월리스 컬렉션 소장.

선악의 경계에서

독일의 신화 작가 미하엘 쾰마이어가 셰익스피어의 작품 가운데 11편을 골라 현대적 감각의 소설로 재구성한《한 권으로 읽는 셰익스피어》를 번역한 김희상은 '옮긴이의 말'에서 우리에게 충고한다.

"왜 다시 셰익스피어를 읽어야 하는가에 대한 답은, 셰익스피어가 알고 싶어했던 것 안에 숨어 있다. 과연 우리는 누구일까? 왜 열 길 물속은 보이는데, 한 길 사람 속은 저리도 복잡한 것일까? 보석과도 같은 사랑이 고운 빛을 발하는가 하면, 어처구니없는 탐욕으로 기괴한 고집을 부리다가 파멸을 자초하는 우리는 대체 누구인가? 셰익스피어는 이게 궁금했던 것이다. 당신 자신을 알고 싶은가? 그럼 셰익스피어를 읽을 것을 권한다. 이게 바로 우리가 셰익스피어를 읽어야 하는 이유다."

《맥베스》라고 예외일 수 없다. 우리는 이 작품을 통해 맥베스라고 하는 한 불완전한 인간의 선함과 악함이 힘을 겨루는 모습을 생생하게 본다. 선악의 갈림길에서 그토록 무심히 선한 길을 포기해 버렸던 우리 자신의 나약함을 도리어 스스로 꾸짖게 된다. 맥베스가 자신의 성에 당도한 덩컨 왕에게 침소를 마련해준 후 중얼거리는 독백을 보자. 그의 영혼이 과연 일방적으로 악한가?

만약에 암살로 후발 사태 옭아매고 서거로 성공을 거둘 수만 있다면, 그래서 이 일격이 전부이자 전체일 수 있다면―여기,

바로 여기, 시간이 여울지는 강변에서 내세 걸고 뛰어보리.—그러나
이런 경우 우린 항상 이승의 심판을 받게 된다. 즉 유혈을 가르치면
배운 자가 되돌아와 교사敎唆한 자 괴롭히고, 공평한 정의의 법관은
우리가 탄 독배를 스스로가 마셔보라 종용한다. (1막 7장)

덩컨 왕을 시해하고 부인에게 돌아온 맥베스의 절규를 보자. 자신의 악
행 때문에 엉클어진 근심의 실타래를 풀어주고, 하루 삶의 노고를 씻어
주며, 다친 마음을 진정시켜 주는 잠을 잃어버릴 것 같아 두려움에 떨
고 있는 맥베스의 절규를 보자. 그의 영혼이 진정 일방적으로 악한가?

　　　내 생각에 외치는 것 같았소. '못 자리라! 맥베스는 잠
을 죽여버렸다'고.—순진한 잠, 엉클어진 근심의 실타래를 푸는 잠,
하루 삶의 멈춤이고 노고를 씻음이며 다친 마음 진정제, 대자연의
주된 요리, 이 삶의 향연에서 주식이고.—(2막 2장)

맥베스는 사악한 야망이 절대로 침범할 수 없는 선한 성품을 가지고
있다. 그리고 그 성품이 안간힘을 다해 악마의 저주에 맞서는 대목은
《맥베스》 전반에 걸쳐 나온다. 그리하여 우리는 맥베스의 비극적인
최후를 기뻐하기보다는 도리어 안타까운 마음으로 동정하게 된다.
그 동정심은 아내의 자살 소식을 접한 후 맥베스가 탄식하는 대목에
서 절정에 달한다.

꺼져라. 짧은 촛불! 인생이란 그림자가 걷는 것, 배우처럼 무대에서 한동안 활개치고 안달하다 사라져 버리는 것, 백치가 지껄이는 이야기와 같은 건데 소음, 광기 가득하나 의미는 전혀 없다. (5막 5장)

《맥베스》의 번역자 최종철은 '작품 해설'에서 이 작품이 우리에게 진정 전하고자 하는 바를 이렇게 제시한다.

"맥베스의 갈등은 그의 죽음으로 극이 끝날 때까지 때로는 선한 힘이 때로는 악한 힘이 전면에 부각되지만 언제나 이분법적으로 표현되고 있고 그 치열하고 생생한 묘사로써 우리에게 악의 위력 못지않게 끈질긴 선의 힘을 보여준다. 그리고 극이 다 끝났을 때 우리의 마음에 남는 것은 맥베스의 거듭되는 살인이 아니라, 악행을 쌓아올려 그 무게로 양심의 힘을 누르려는 과정에서 고통 받는 맥베스의 고귀한 인간성이다."

맥베스는 우리와 닮은 인간이라기보다는 차라리 우리 자신이다. 그 때문에 우리가 잊고 사는 우리 자신의 모습을 떠올리게 해준다. 그리고 정신없이 세상사에 휘말리며 살아가는 우리에게, 선악의 문제를 진지하게 고민하는 일이 차라리 사치에 가까울 정도로 도덕불감증에 사로잡힌 우리에게, "나는 누구인가?" 하는 아주 해묵은 부채 같은 질문을 새삼 던지게 만든다. 그리하여 우리는 비로소 깨닫게 된다. 우리가 얼마나 우리 자신을 되돌아보지 않고 살아왔는지, 우리 안의 고귀한 인간성을 얼마나 까마득히 잊고 살아왔는지…….

처음 읽는 맥베스

우리가 교회나 사찰 등에서 설교 혹은 설법을 들으면, 마치 나 자신의 이야기를 하고 있다는 느낌을 받는다. 어떤 불특정 다수가 아니라 지난 일주일 동안 잘못 살았던 바로 나 자신을 꼬집어 이야기하는 것 같아 섬뜩하다. 왜 그럴까? 설교나 설법이 종교의 경전에 기대고, 그 경전은 인간의 가장 근본적인 문제를 완벽하게 장악하기 때문이다. 수십 명이든 수백 명이든 신도 각 개인의 미묘한 심리, 사소한 신변 문제까지 꿰뚫어 버리는 힘을 가지고 있는 것이다.

고전古典도 종교 경전經典에 못지않다. 때로는 난해해서 부담스럽고 때로는 재미없어서 짜증나게 만들지만, 우리가 인생이나 세계에 대한 근본적인 문제에서 힘들어 할 때 고전이 우리에게 주는 힘은 더욱 빛을 발한다. 이제 교회나 사찰에서 받는 종교적 위안 못지않은 지혜와 위로를 받기 위해, 한 권 한 권 고전이 주는 빛의 세례를 받아보자. 우선은 '나로 살기'부터 배워보자. 고전을 통해 잊고 지냈던 '나'를 찾고, 그 '나'가 쓰러져 있다면 바로 세워보자. 《맥베스》가 좋은 출발점이 되어줄 것이다. 우리는 모두 맥베스다, 다만 아직 죽지 않았다.

인간은 스스로 노력해서
행복할 수 있을까?

《고백록》

격변의 시대를 살아내다

354년 11월 13일, 기독교 신학자 아우렐리우스 아우구스티누스(영어식 표기로는 어거스틴)가 로마의 속주였던 북아프리카의 누미디아 키르텐시스 지방에 있는 타가스테(현재 알제리 북쪽의 수크아라스)에서 태어났다. 그의 아버지 파트리키우스는 이교도였으나 어머니 모니카는 훗날 성녀로 추앙받게 되는 독실한 기독교도였다. 모니카는, 사도 바울이 이교도들에게 그랬듯이, 아우구스티누스의 삶을 기독교의 품으로 인도하는 데 결정적인 역할을 했다.

콘스탄티누스 황제가 313년 기독교를 공인(밀라노 칙령)하면서 로마 제국에서 기독교의 입지가 굳어졌고, 테오도시우스 황제가 395년 기독교를 로마의 국교로 공표했다. 그렇지만 아우구스티누스가 살았던(354~430) 시대의 지중해 세계는 여전히 다양한 종교와 사상이 배타적이어서 서로 공존할 수 없는 혼란기였다. 또한 410년 서고트족의 침략으로 로마가 함락되면서 거대한 로마 제국의 해가 저무는 세계사적 격변기였다.

격변하는 시대적 혼란상은 아우구스티누스의 삶에도 적지 않은 영향을 끼쳤다. 그는 북아프리카의 대도시 카르타고와 히포(현재 알제리의 안나바), 로마와 밀라노 등지에서 수사학자, 성직자, 신학자로 활동하면서 키케로의 철학과 마니교에 심취했는가 하면 신플라톤주의와 회의주의에 경도되기도 했지만, 기독교의 세례를 받고 주교로 삶을 마쳤다. 그는 당시 지중해 세계의 정치적·종교적·사상적 소용돌이의 한복판에서 지난한 삶을 살았다고 할 수 있겠다.

기독교가 확립되어 있다기보다는 기독교의 확립을 절실히 요구하는 시대를 살았던 아우구스티누스는 생전에 《고백록》, 《신국론》, 《삼위일체론》, 《독백》 등 100여 권이 넘는 많은 책을 저술했다. 그의 책들은 기독교에 이성으로 다가갈 수 있는 길을 제시했고 이단설이 난무하던 당시 기독교의 통일적 체계를 구축했으며, 다가오는 중세시대의 정신적 등불이 되었고 오늘날까지도 기독교 세계는 물론 인류 전체의 위대한 자산으로 남았다.

성장과 깨달음의 궤적을 그리다

총 13권으로 구성되어 있는《고백록》은 크게 두 부분으로 나눌 수 있다. 우선 제1권부터 제9권까지는 354년 젖먹이 시절부터 387년 30세에 암브로시우스 주교에게서 세례를 받고 고향으로 돌아올 때까지 자신의 일생에 대한 고백이 담겼다. 제10권부터 제13권까지는 기억, 시간과 영원, 창조 등 신학적인 문제에 대한 냉철한 사색이 주된 내용이다. 결국 앞부분(제1권~제9권)이 고백의 대상이라면, 뒷부분(제10권~제13권)은 고백의 결과라 할 수 있다.

아우구스티누스가《고백록》을 이렇듯 두 부분으로 나누어 집필한 것으로 보아 그에게는 자신의 일생이 인간의 보편적 일생이고, 그 일생 동안 자신이 저지른 악을 고백하는 일이 신학적 논의로 승화될 수 있다는 믿음이 있었던 듯하다. 물론 뒷부분에도 아우구스티누스의 방황과 그에 따른 참회는 여전히 나타난다. 따라서《고백록》은 지금까지 자신의 삶을 고백하고 마는 책이라기보다는 지금도, 앞으로도 여전히 고백해야 함을 고백하는 책이라 할 수 있다.

《고백록》은 당연히 기독교 사상서다. 책 전반에 걸쳐 아우구스티누스의 하나님에 대한 사랑과 감사의 마음이 충만하고, 기독교 신자들에게 바람직한 신앙생활에 대한 교훈을 주기 때문이다. 그렇다면《고백록》이 일반인들도 읽어야 할 고전으로서 그 가치를 발하는 까닭은 무엇일까?《고백록》을 풀어쓴 정은주는 이렇게 답한다.

"14세기 이탈리아의 시인 페트라르카는 언제나《고백록》을 주머니에

넣고 다녔다고 한다. 그는 자신이 쓴《영혼의 갈등》에서 아우구스티누스와 나누는 대화 형식으로 자신의 인간적 고뇌와 갈등을 표현했다. 그만큼《고백록》은 기독교에 대한 단순한 입문서 역할을 뛰어넘어 진리를 추구하고 삶을 고뇌하는 사람이라면 누구나 한번쯤 읽어야 할 고전으로 자리 잡았다. 왜냐하면 영혼과 육체, 욕망과 절제, 현세적인 삶과 영원불변의 삶, 인간의 한계와 대비되는 절대자의 문제 등에 대해 솔직하고 진실하게 그리고 있기 때문이다."

누구나 정신적인 방황을 하며 성장한다. 그리고 그 방황과 성장은 깨달음으로 발전한다. 그러한 성장과 깨달음의 궤적을 '고백'이라는 양식으로 소상히 밝힌 책은 역사상《고백록》이 처음이다. 따라서 아우구스티누스는 문학적 장르 하나를 개척한 대문호다. 이후 '고백'은 수많은 문인이나 작가가 자신을 알고, 자신의 악행을 반성하고 더 나은 자신으로 발전하기 위해 깨달음을 얻는 수단이 되었다.

주위를 둘러보라. 교만한 자는 자신이 보여주고 싶은 모습만을 보여줄 뿐 자신이 감추고 싶은 모습은 보여주지 못하고, 보편적 지식보다는 편벽한 지식에 의존해 진리의 사다리를 오르려고 한다. 만인을 사랑한다고 떠벌리지만 정작 자기 자신을 사랑할 줄 모르고, 무엇보다도 자신의 잘못에 대해 이런저런 핑계를 대면서 변명한다. 오직 겸손한 자만이 온전한 자신의 모습을 타인에게 보여줄 수 있고, 진리로 향하는 바른 길을 찾을 수 있으며, 자기 자신을 진정으로 사랑할 수 있고, 무엇보다도 자신의 잘못을 진심으로 뉘우치고 고백할 수 있다.

산드로 보티첼리, 〈자기 방에서 집필 중인 성 아우구스티누스〉
1490~1495년, 목판에 템페라, 41×27cm, 피렌체 우피치 미술관 소장.

고백하는 자가 깨닫는다

아우구스티누스가 육체적으로 혹은 정신적으로 방탕했던 젊은 시절을 솔직하게 참회하는 《고백록》을 쓰게 된 직접적인 동기는 제10권에 잘 드러난다. 아우구스티누스는 현재 주교의 신분인 자신이 얼마나 연약한 존재인지 깨달은 것처럼, 자신이 저지른 사악한 일들을 고백을 통해 신앙심으로 승화시킨 것처럼, 《고백록》을 읽는 독자들도 깨닫고 승화시키기를 바랐던 것이다.

사람들이 내가 과거에 저지른 사악한 일들—주님은 믿음과 성례를 통해 내 영혼을 변화시키면서 그것을 용서하고 덮어 주셨고, 또 내가 주님 안에서 행복을 누리도록 허락해 주셨습니다—에 대한 고백을 읽고 들을 때, 주님께서 그들의 마음을 움직여 주십시오. 그들이 절망에 빠져 "나는 할 수 없어"라고 말하면서 잠들지 않게 해주십시오. 오히려 그들이 주님의 사랑과 달콤한 은혜를 힘입어 잠에서 깨어나게 해주십시오. 그런 사랑과 은혜 때문에 연약한 사람들이 힘을 얻습니다. 그리고 은혜에 대한 의존은 자신의 약함에 대한 깨달음을 낳습니다. 훌륭한 사람들은 용서를 얻은 이들이 저지른 과거의 죄들에 대해 듣는 것을 좋아합니다. 그것은 용서받은 자들이 행한 과거의 악한 일들에 대한 관심 때문이 아니라, 그들이 과거에 저지른 잘못들을 자기들이 반복하지 않기 위해서입니다.

아우구스티누스는 자신이 쓴 책들 중에 《고백록》이 가장 많이 읽히기를 원했고, 그의 바람대로 후대인들은 그 어느 책보다도 이 책을 사랑했다. 이는 설교보다는 고백이, 주장보다는 참회가 사람들의 마음을 움직인다는 증거이기도 하다. 이 책의 독자들은 역사상 가장 위대한 기독교 사상가에게서 길 잃은 나그네처럼 마음의 중심을 잃고 방황하는 자신의 과거 모습을 본다. 그리고 아우구스티누스가 기독교에 반하는 철학과 종교와 점성술에 심취하다가 하나님께로 회심하는 순간을 참회의 눈물로 기록한 제8권의 마지막 대목에 이르러서는 자신의 현재와 미래의 모습도 본다.

나는 어느 무화과나무 아래 주저앉았습니다. 그리고 한없이 눈물을 흘렸습니다.……그리고 나는……내 과거가 아직도 나를 사로잡고 있다고 느꼈기에 애처롭게 부르짖었습니다. "언제까지, 언제까지입니까?" "내일, 내일입니까?" "왜 지금은 안 됩니까? 왜 지금 바로 내 불결한 삶을 끝낼 수 없는 것입니까?"

나는 마음에 극심한 고통을 느끼며 그렇게 울부짖었습니다. 그런데 그때 갑자기 이웃집 담장 너머에서 음성이 들려왔습니다.……그 음성은 되풀이해서 다음과 같이 노래하고 있었습니다. "집어 들고 읽어라, 집어 들고 읽어라."……나는 그 노래를 성경을 펼쳐 첫 눈에 들어오는 구절을 읽으라는 하나님의 명령으로 해석했습니다.……

나는 성경을 집어 들어 펼쳤습니다. 그리고 침묵 가운데 내 눈에 들어오는 첫 구절을 읽었습니다. "낮에는 행동하듯이 단정하게 행합시다. 호사한 연회와 술 취함, 음행과 방탕, 싸움과 시기에 빠지지 맙시다. 주 예수 그리스도로 옷을 입으십시오. 정욕을 채우려고 육신의 일을 꾀하지 마십시오."(로마서 15장 13~14절)

철학자 카를 야스퍼스는 "아우구스티누스는 질문을 통해 사색한다"고 말했다. 실제로 아우구스티누스는 《고백록》에서 자기 자신에게 수많은 질문을 던지고 있다. 그렇다. 악으로 가득 찬 우리 인간들은 남에게가 아니라 자기 자신에게 물어야 할 것이 많은 존재다. 자신의 악, 자신이 악을 저지를 수 있다는 가능성에 대해 끊임없이 묻고 참회하지 않는다면 결코 선해질 수는 없기 때문이다.

아우구스티누스의 전기 《성 아우구스티누스》를 쓴 미국의 문화사학자 게리 윌스는 재미있는 이야기를 들려준다. 아우구스티누스가 왜 《고백록》을 썼는지, 우리가 왜 《고백록》을 읽어야 하는지, 그의 말보다 의미심장한 이유도 없을 듯싶다.

"영국 작가 체스터턴의 작품에서 탐정이자 사제로 나오는 브라운 신부는 어떻게 범죄자의 정신을 아느냐는 질문을 받고 자기 자신이 범죄자임을 알기 때문이라고 대답한다. 다른 종교의 예언자가 자기들은 영적인 힘에 대한 관심을 공유하고 있다고 말하자 그는 자기는 오히려 영적인 허약함을 다룬다고 대답한다. 브라운 신부는 아우구스티누스의 원칙을 들려준다. '자기가 얼마나 나쁜지, 아니면 얼마나 나쁠 수 있는지를 알기 전에는 아무도 진정으로 선하지 않다.'"

처음 읽는 고백록

우리는 지금 이 책을 읽고 있다. 분명히 살아 있는 것이다. 따라서 우리는 잊어버렸거나 잃어버린 우리의 양심을 되살려 제대로 된 나로 살 수 있는 기회가 많다. 그러나 우리에게 남은 날이 아무리 많다 해도, 그래서 우리에게 아무리 기회가 많다 해도, 우리의 양심이 행한 일이나 행하지 못한 일을 그 누군가에게 낱낱이 고백하지 못한다면 아무 소용이 없다. '고백'하는 인간만이 양심을 되돌릴 수 있고, 어렵게 되살린 양심의 불씨를 오래 간직할 수 있다.

절대로 오해하지 말아야 할 것은 양심을 지키고 제대로 된 나로 사는 일은 무결점의 인간이 되는 것이 아니라는 점이다. 세상에 그런 인간을 요구하는 인간은 없다. 아니 그런 인간을 요구하는 신도 없다. 아무리 무서운 신일지라도 고백하는 인간에게만큼은 관용을 베푼다. 나로 사는 일은 고백에서 시작하는 숭고한 일이다. 지금 바로, 마치 내일이면 영원히 못할 것 같은 간절함으로 고백의 시간을 갖자. 그리고 아우구스티누스의 이 절규를 기억하자. "언제까지, 언제까지입니까? 내일, 내일입니까? 왜 지금은 안 됩니까? 왜 지금 바로 내 불결한 삶을 끝낼 수 없는 것입니까?"

가장 위대한 스승은
나 자신이다

《명상록》

철학을 사랑한 황제

이상적인 정치가는 철학자이어야 한다는 플라톤의 주장이 서양 역사에서 단 한 번 현실화된 적이 있다. 그 주인공은 로마 제국의 제16대 황제인 마르쿠스 아우렐리우스(121~180)다. 로마의 부유한 귀족 집안에서 태어난 그는 당대 최고의 스승에게서 최고의 교육을 받았는데, 12세 때부터 철학자의 복장을 하고 안락한 침대보다는 맨바닥에서 자는 것을 좋아했다고 한다.

이렇듯 남달리 총명하고 검소했던 아우렐리우스는 일찍이 스토아 철

학에 심취했다. 스토아 철학은 소크라테스의 삶과 죽음에 감동한 제
논(기원전 334~기원전 262)에 의해 창시되었다. 제논이 '아고라'라고
부르는 중앙 광장에 있는 주랑柱廊(Stoa)에서 강의를 했다고 하여 '스
토아 철학'이라 불리게 된 이 철학은 모든 탐구의 목표는 평온한 마
음과 확실한 도덕을 낳는 행동 양식을 인간에게 제시하는 것이라고
주장했다. 그리고 기원전 3세기부터 기원후 2세기까지 서양철학사에
커다란 영향을 주었다.

아우렐리우스는 8세 때 아버지를 여의고 하드리아누스 황제와 인척
간인 할아버지에게 입양되었는데, 하드리아누스 황제는 그를 훗날의
황제로 키웠다. 138년 하드리아누스 황제가 죽고 161년 그 후계자인
안토니누스 피우스마저 죽자 아우렐리우스는 40세의 나이에 황제가
되었다. 아우렐리우스는 로마 제국의 황제였지만, 탁월한 스토아 철
학자로서도 자신의 정체성을 굳건히 가지고 있었다.

아우렐리우스가 황제에 오른 후 영원히 번성하리라 생각되던 로마
제국은 게르만족 등 이민족의 침략으로 위기를 맞게 되었다. 실제로
아우렐리우스는 재위 중 상당 기간을 전장에서 보내야 했는데, 이러
한 악조건 속에서 성숙해진 그의 철학은 편안한 책상에서 사색의 날
개를 펼치는 안이한 사상으로 흐를 수 없었다. 그에게 철학은 처절한
삶 속에서 얻어낸 생생한 교훈이었다.

로마 제국의 운명은 점점 기울고 최고 통치자인 자신은 전장에서 떠
돌았지만, 아우렐리우스는 철학을 통해 자신을 구원했다. 그에게 철

학은 자신을 자신의 지배 아래 둘 수 있는 정신적인 권력이었고, 외부에서 밀려드는 시련에서 자신을 철통같이 지켜내는 사색의 성채였다.

자기 자신을 경계하다

아우렐리우스는 위기에 처한 로마 제국을 재건하기 위해 고군분투하면서, 또 전장에서 치열한 전투를 치르면서, 철학적 사색을 통해 거의 모든 주제에 대한 예지와 통찰이 담긴 짧지만 의미 깊은 글들을 그리스어로 메모해두었다. 《명상록》은 바로 이들을 모아 놓은 메모집이다.

'명상록'이란 제목은 후세 사람들이 붙였는데, 그리스어 원제목은 '타 에이스 헤아우톤ta eis heauton'이며 이는 '자기 자신에게'라는 뜻이다. 결국 아우렐리우스는 이 책을 남에게 읽히기 위해서라기보다는 자기 자신을 성찰하고 경계하기 위해 썼다고 볼 수 있다. 그런 의미에서 이동희는 《세상에서 가장 흥미로운 철학 이야기》에서 "책의 제목은 '명상록冥想錄'보다는 '자경록自警錄'이라고 번역해야 그 뜻에 가깝다"고 지적했는데, 이는 나름 타당성을 갖는다. 위기에 빠진 로마 제국의 최고 권력자인 황제에게 자기 자신을 경계하는 것만큼 중요한 일도 없었을 것이다.

《명상록》을 읽는 독자들은 평온한 영혼이 단정하게 깃들어 있는 듯한 이 책이 실은 포연砲煙이 가득한 전장에서 기록되었다는 사실을

장 바티스트 카미유 코로, 〈앉아서 책을 읽고 있는 흰옷을 입은 수사〉
1850~1855년경, 캔버스에 유채, 53×45cm, 파리 루브르 박물관 소장.

믿기 힘들 것이다. 전장의 임시 막사에서 토막잠을 자면서도 자신의 하루하루를 진지하게 성찰하고, 황제 혹은 전투 지휘관으로서가 아니라 우주의 원리와 인간 이성의 힘에 순종하는 하나의 개인으로서 자신의 내면을 들여다볼 줄 아는 아우렐리우스였기에 그렇듯 믿기 힘든 일을 해낼 수 있었을 것이다.

김욱동이 《우리가 정말 알아야 할 서양 고전》에서 언급한 대로 "아우렐리우스는……철학적 사색을 게을리하지는 않았지만 플라톤이나 아리스토텔레스와는 겨눌 수 없었다. 문필가로서도 뛰어난 솜씨를 보여주었지만 역시 키케로를 따라갈 수 없었다". 분명 아우렐리우스는 독창적인 철학적 업적을 남기지도 못했고 뛰어난 문장의 규범을 만들지도 못했다.

그런데 이게 웬 일인가? 칠흑 같은 어둠 속에서 우리의 영혼이 어지럽게 흔들리는 날, 우리는 플라톤의 철학이나 키케로의 화려한 문장이 아니라 아우렐리우스의 《명상록》을 마음의 등불로 섬긴다. 그리하여 고독한 황제 아우렐리우스가 오직 자신의 내면에 대고 정직하게 적어 내려간 아름다운 자경自警의 목소리에 귀를 기울인다. 안 그런가, 당신은?

세상이 아닌 자기 자신을 정복하다

《명상록》의 번역자 천병희는 '옮긴이 서문'에서 아주 재미있는 대조를 통해《명상록》의 성격을 정확히 짚어낸다.

"로마의 최고 권력자였던 카이사르가 쓴《갈리아 전쟁기》와《내전기》가 전술과 전투 상황을 기록하고 있다면, 그 후 200년 이상의 시차를 두고 역시 전선에서 집필된《명상록》이 자신과의 치열한 싸움을 기록하고 있다는 점이 자못 흥미롭다. 더이상 가질 것 없는 로마제국의 1인자가 양심적이며 실천적인 황제로 거듭나기 위해 끊임없이 자신을 채찍질한 자기 정화의 진면목을 보여주고 있기 때문이다."
아우렐리우스는 스토아 철학자답게 수많은 사색거리를 섭렵해가며 우주와 자연의 섭리, 진리와 정의, 선과 악, 행복과 불행, 공동체와 인간의 보편성에 대해 사유했다. 그의 철학적 사색이 기어코 닿은 곳은 언제나 자기 자신이었다. 그랬기에《명상록》에 적힌 대부분의 메모는 그가 자신에게 '너'라는 2인칭을 써가며 적어 놓은 충고들이다. 아우렐리우스에게 가장 성실한 충고를 해줄 수 있는 사람은 아우렐리우스 자신이었던 것이다.

네 안을 들여다보라. 네 안에는 선의 샘이 있고, 그 샘은 네가 늘 파내어야 늘 솟아오를 수 있다.

네가 올바른 길을 가고, 올바로 생각하고 행동할 수 있다면 행복하게 지내는 것은 언제나 네 힘에 달려 있다.

　　　　네 몫으로 주어진 사물들에 적응하고, 운명이 네게 정해
준 사람들을 사랑하되 진심으로 사랑하라.

아우렐리우스는 황제라는 직위나 정복 능력 혹은 그로 인해 훗날 듣
게 될 명성보다는 자신이 마땅히 있어야 할 자리에 있는 자신의 모습
을 사랑했다. 노예 신분의 스토아 철학자였던 에픽테토스(로마 제정
기의 스토아 학파 철학자)를 정신적 스승으로 삼은 황제 아우렐리우스.
그에게 명성은 자연의 선물이라 할 수 있는 평온한 영혼의 방해물일
뿐이었다.

　　　　사후의 명성을 염려하는 자는, 자신을 기억하는 사람도
모두 곧 죽고 그 다음 세대도 죽을 것이며, 그러다가 마침내 자신에
대한 기억도 타올랐다 꺼져버리는 인간들에 의해 이어지다가 완전
히 꺼져버릴 것이라는 것을 생각하지 못한다. 너를 기억하는 사람들
이 불멸이고, 따라서 너에 대한 기억이 불멸이라고 가정하더라도, 그
것이 도대체 너에게 무슨 의미가 있단 말인가? 칭찬이 죽은 자에게
아무 가치가 없다는 것은 말할 것도 없거니와, 산 사람에게도 부차적
인 이익 외에 무엇이란 말인가? 너는 후세 사람들의 평판에 매달림
으로써 지금 때 아니게 자연의 선물을 소홀히 하고 있는 것이다.

그리하여 그는 정치가로서 세상을 지배하기 전에 오직 인간으로서

자기 자신을 지배하고자 했다. 자신의 행복, 선, 욕망만을 지배하고
자 했다. 그래서 서양 역사상 황제이면서 철학자였던 유일한 사람인
아우렐리우스는 겸손할 수 있었고, 스스로 질책하며 자신을 다그칠
수 있었다.

　　　　　　　너는 날카로운 기지로 사람들의 감탄을 자아낼 수 없다.
그렇다고 하자. 그래도 너에게는 "나는 타고나지 못했다니까요"라
고 말할 수 없는 다른 자질들도 많이 있다. 그렇다면 전적으로 네 손
안에 있는 그 자질들을 보여주도록 하라. 정직성, 위엄, 끈기, 향락
에 대한 혐오, 운명에 대한 만족, 자비심, 마음의 자유, 검소함, 과묵
함, 고매함 말이다. 너는 재능을 타고나지 못했다든가 능력이 모자
란다는 핑계를 대지 않고도 얼마나 많은 것을 보여줄 수 있는지 알
지 못하겠느냐?

우리는 결코 오해해서는 안 된다. 누구라도 아우렐리우스처럼 명상
의 글을 쓰고, 누구라도 그처럼 겸손하게 자신을 질책할 수 있는 것
은 아니다. 아우렐리우스는 평생을 스토아 철학자로서 학문을 게을
리한 적이 없었다. 로마 제국 변방에서 전쟁을 지휘하면서도 철학적
으로 보다 성숙해지기 위해 훈련에 훈련을 거듭했으며, 자신의 태만
을 무시하지도 즐기지도 않았다. 《명상록》의 뒷부분에는 마치 수도
자의 득도得道 장면을 연상시키는 장엄한 이야기가 나온다. 나 자신

을 정복하는 것은 어쩌면 세상을 정복하는 것보다 어렵고 위대한 일
이다.

오늘 나는 모든 방해에서 벗어났다. 아니, 모든 방해를
내던져 버렸다. 왜냐하면 방해는 바깥에 있는 것이 아니라, 내 안에,
내 판단 안에 있는 것이기 때문이다.

처음 읽는 명상록

"나는 누구인가?" 이렇게 고민하고, 잊어버렸거나 잃어버린 우리의
양심을 되돌리고 나면 우리는 확실히 나로 살 수 있는 기초를 닦은 셈
이다. 이제 우리는 나만의 집을 지을 수 있다. 먼저 기둥을 세워야 하
겠다. 그 기둥에는 내가 나에게 경고하는 말들을 깨알같이 적어야 하
겠다. 기초 공사 전에는 나에게 경고하는 목소리를 들려줄 수도 없었
다. 그 목소리를 들어줄 내가 없었기 때문이다. 이제는 사정이 달라졌
다. 우리는 이미 나로 살기 시작했지 않은가?

충성스럽고 용맹한 장수였던 맥베스를 꼬드겨 천하의 역적으로 만들
어 버렸던 세 명의 마녀를 생각해보라. 우리에게도 그런 마녀가 언제
든지 불쑥 나타나 우리의 양심에 그늘을 드리우는 불길한 예언을 해
댈 것이다. 또한 아우구스티누스가 기독교에 귀의한 후에도 끝없이

헛된 욕망에 시달렸던 것을 생각해보라. 헛된 욕망이 우리의 영혼이
라고 비껴가지는 않을 것이다. 그렇다면 누가 마녀와 헛된 욕망에서
자신을 지켜낼 것인가? 아우렐리우스의 《명상록》에 그 답이 있다. 이
책은 그야말로 고전 중의 고전이다. 두고두고 읽으며 언제나 명심하
자. 나에게 충고해줄 가장 위대한 스승은 나 자신이다.

내 인생의
마침표는 나다

《수상록》

모두 몽테뉴의 제자다

이광주는 유럽을 만든 인문정신의 역사를 탐색하면서 교양의 참된
의미를 되새겨보는 책인 《교양의 탄생》에서 미셸 에켐 드 몽테뉴
(1533~ 1592)를 이렇게 찬양한다.

"프랑스 문학과 사상의 본질, 아니 프랑스적인 교양, 프랑스 문화 전
반의 특징으로 이해되는 프랑스적인 감성과 지성, 즉 에스프리(지적
인 프랑스식 기지奇智)는 몽테뉴로부터 시작되었다. 프랑스의 지성, 프
랑스의 교양인이란 바꾸어 말해 반듯한 프랑스 사람이란 그가 누구

든 모두 몽테뉴의 제자이며 그의 학교 출신이다."

이렇듯 위대한 지성인 몽테뉴의 일생에 대해 소개하는 일은 《수상록》(프랑스어로는 에세Essais)이라는 단 한 권의 책을 이야기함으로써 끝난다. 그가 몇 살에 태어났고 어떻게 자랐으며 무슨 직업을 가졌고 무슨 병으로 몇 살에 사망했는지는 몽테뉴의 일생을 설명하는 데 전혀 본질적이지 않다. 아래에 그의 일생에 관한 비본질적인 몇 가지를 덧없이 추가해볼까 한다.

포도주 생산지로 유명한 프랑스 보르도에서 70~80킬로미터 떨어진 페리고르 지방에는 '생 미셸 드 몽테뉴'라는 전형적인 시골 마을이 있다. 프랑스 르네상스기期를 대표하는 철학자이자 문학가였던 몽테뉴의 고향이다. 부유한 상인이었던 몽테뉴의 증조부가 이 마을의 성城과 영지를 사들였는데, 증손자인 몽테뉴가 바로 이곳에서 나고 자라고 산책하고 글을 쓰고 죽어 묻혔다.

문예 애호가였던 아버지의 따뜻한 자식 사랑 덕분에 몽테뉴는 어려서부터 가정교사에게서 라틴어 교육을 철저히 받았고, 이미 6세 때 학자들이 감탄할 정도로 정확한 라틴어를 구사할 수 있었다. 몽테뉴는 보르도의 기엔 중학교에 입학했으나 자신을 가르치는 교사보다 뛰어난 라틴어 실력을 갖추었다. 그는 라틴 고전을 탐독하는 일 외에는 관심이 없었다.

1549년 16세가 된 몽테뉴는 툴루즈 대학에 입학해 법률학을 공부한 후 21세부터 페리고르 지방재판소의 고문관, 보르도 고등재판소 평

정관評定官으로 재직했다. 그의 생활은 법관으로서 모범적이었다고
한다. 성실하고 근면했으며, 판결 또한 공정하고 명분을 잃은 적이
없어 동료들은 그를 신뢰할 만한 인물로 인정했다.

종교 분쟁으로 인한 법정의 부정부패, 친구 에티엔 드 라 보에티와의
사별, 아버지의 죽음으로 인한 상속 문제 등 복합적인 이유로 몽테뉴
는 조금은 이른 나이라 할 수 있는 37세에 16년간의 법관 생활을 청산
하고 성으로 돌아왔다. 37세라는 나이를 결코 노년이라고 할 수는 없
지만, 당시 유럽 지식인들에게는 학구적인 여가를 즐기기 위해 시골
로 은퇴하는 일이 유행이었다고 한다. 성으로 돌아온 몽테뉴는 39세
때인 1572년부터 20년 동안 오직 《수상록》을 집필하는 데에 여생을
바쳤다.

나는 무엇을 아는가?

몽테뉴는 성 입구 한 모서리에 자리 잡은 둥근 탑에 서재를 만들었
다. 어쩌면 자신의 영지 안에서 가장 보잘것없는 곳을 개조하여 《수
상록》의 산실을 만든 것이다. 이환이 《몽테뉴의 『엣세』》에서 소개한
서재 풍경은 이렇다.

천장은 한 개의 참나무 대들보와 45개의 들보로 받쳐져 있었는데 몽
테뉴는 그것들 위에 47개의 라틴어 또는 그리스어 격언들을 적어 넣
었다. 그중 유일하게 프랑스어로 되어 있는 것이 저 유명한 '나는 무

엇을 아는가?(크세주Que sais-je)'라는 말이다. 이것들을 고른 것은 물론 몽테뉴 자신이다. 그의 독서나 사색과 밀접히 관련되어 있는 이 글귀들이 훗날 《수상록》의 주제로 되살아나는 것은 당연한 일이다.

몽테뉴는 《수상록》을 집필하면서 '나는 무엇을 아는가?' 하는 질문을 20년 동안의 사색의 표어로 삼았다. 몽테뉴의 사색은 인간이 사색할 수 있는 거의 모든 영역을 넘나들었지만, 언제나 자기 성찰로 시작해서 자기 성찰로 끝났다. 16세기 르네상스기期의 지식인 중에서 몽테뉴만큼 정신적인 개인이 되어 자신을 스스로 규정하고 실현하는 일에 평생을 바친 사람은 없었다. 그는 최초로 '근대인의 자화상'을 문자로 그려낸 선구자였다.

오해하지 말아야 할 점이 있다. 몽테뉴가 이른 나이에 은퇴해 자신의 영지에서 아무런 번민도 없이, 한가로이 독서나 산책을 즐길 수 있었던 것은 아니다. 그의 시대가 그런 생활을 허락하지 않았다. 몽테뉴는 신구교 간의 비극적인 대립과 인간 정신의 혼돈이 극에 달한 16세기 종교 전쟁(위그노 전쟁, 1562~1598)의 한복판을 살아냈다. 그의 일생 절반 가량이 인간 이성이 유린되고 광신과 살육이 신의 정의로 포장되는 허위와 수치의 시대를 관통한 셈이다.

물론 문예를 소중하게 여기는 가정에서 교육을 받고, 사회적으로도 성공하고, 말년에 1,000여 권의 장서를 갖춘 서재에서 글쓰기에 전념할 수 있었던 몽테뉴는 분명 복 많은 르네상스인이었다. 그러나 박홍규가 《몽테뉴의 숲에서 거닐다》에서 지적한 것처럼 그는 '고독한 인간'이었

에드워드 번-존스 경, 〈왕의 딸〉
1865~1866년, 캔버스에 유채, 106×61cm, 파리 오르세 미술관 소장.

다. 세상과 등짐으로써 세상과 화해하고, 오직 자기 자신만을 이야기하면서 타인과 소통의 길을 여는 것은 한없이 고독한 일이다.

"나는 왜 그가 고독했다고 말하는가? 그것은 그가 나라나 시대의 생각과 삶에 맞섰기 때문이다. 그는 그 시대, 그 나라 대부분의 사람들과 다르게 생각을 했고 또한 다르게 살았다. 그래서 그는 고독했다.……여기서 고독이란 홀로 사는 독립과, 대세에 맞서는 삶을 말한다.……그것은 전통적인 행위 규범을 비판적으로 받아들이거나, 자기 시대나 나라의 사람들이 갖는 일반적인 태도에 저항하는 삶을 말한다."

남부러울 것 없는 관직을 버리고 낡은 성 후미진 탑에 숨어들어 오직 '나는 무엇을 아는가?' 하는 화두와 20년을 싸우며 총 3권 107장 1,400여 쪽에 이르는 방대한 책 《수상록》을 완성해낸 고독한 남자, 몽테뉴. 그가 있었기에 파스칼과 에머슨과 니체가 있을 수 있었다. 당신은 아는가? 정신의 후계자들에게 무한한 영감을 주기 위해 선구자는 얼마나 깊고 쓰린 고독과 싸워야 하는지를?

왜 다시 몽테뉴인가

이 책을 읽는 이여, 여기 이 책은 성실한 마음으로 썼음을 밝힌다. 이 작품은 처음부터 내 집안일이나 개인적인 일을 말해

보는 것밖에는 다른 어떤 목적도 있지 않음을 말해둔다. 이것은 추호도 나의 선대를 위해서나 내 영광을 생각해서 한 일은 아니다. 그것은 내 힘에 겨운 일이다.……

이것이 세상 사람들의 호평을 사기 위한 것이었다면, 나는 자신을 좀더 잘 장식하고 조심스레 연구해서 내보였을 것이다. 모두들 여기 생긴 그대로의 자연스럽고 평범하고 꾸밈없는 나를 보아주기 바란다. 왜냐하면 내가 묘사하는 것은 나 자신이기 때문이다. 내 결점들이 여기에 있는 그대로 나온다. 터놓고 보여줄 수 있는 한도에서 타고난 그대로의 내 생김을 내놓았다. 만일 내가 아직도 대자연의 태초의 법칙 아래 감미로운 자유를 누리며 살고 있는 국민 속에서 태어났다면, 나는 기꺼이 자신을 통째로 적나라하게 그렸으리라는 것을 장담한다.

그러니 이 책을 읽는 이여, 여기서는 나 자신이 바로 내 책의 재료이다. 이렇게 경박하고 헛된 일이니, 그대가 한가한 시간을 허비할 거리도 못될 것이다. 그러면 안녕.

몽테뉴가 1583년 3월 1일에 쓴 《수상록》의 머리말이다. 인류가 남긴 '세계의 결정적인 책 15권'의 하나로 꼽히는 책의 머리말이 어떻게 이렇게 조잡하고 경박할 수 있단 말인가? 그렇지만 이 머리말을 조금만 깊이 들여다보면, 에머슨이 왜 "그의 언어를 칼로 베면 피가 흐를 정도로 살아 있다"고 했는지, 니체가 왜 "몽테뉴 같은 분이 글을

미셸 에켐 드 몽테뉴 • 《수상록》

써준 덕택에 이 세상에 사는 즐거움이 많아졌다"고 했는지, 톨스토이가 아스타포보 역장驛長의 아파트에서 숨을 거둘 때 그의 침상 곁에 《수상록》이 왜 놓여 있었는지 우리는 짐작할 수 있게 된다.

그리고 머리말을 지나 본문을 읽으면서는 짐작이 아니라 공감하게 된다. 450여 년 전 이국땅 프랑스의 한 영주였던 몽테뉴는 현대성과 보편성을 동시에 가진 인간으로서 '나는 무엇을 아는가?' 하고 묻는다. 그리고 1권 26장에 적힌 이 대목에 이르면, 그의 물음이 개인적 차원에 머물지 않고 뚜렷한 세계 인식으로 확장되고 있음을 본다.

어머니 같은 우리 대자연……그것은 우리 자신을 알기 위해서……들여다보아야 할 거울입니다.……이 대자연이 우리 학생에게 읽혀야 할 책이 되기를 바랍니다. 하고많은 기분이나 종파들, 판단·의견·법·습관들은 우리에 관해서 건전하게 비판하기를 가르쳐주며, 우리 판단력에게 그 자체가 천성으로 불완전하며 허약하다는 것을 가르쳐줍니다.

그리하여 3권 13장에 적힌 다음과 같은 대목을 읽으며, 우리는 비로소 알게 된다. 그가 자신의 성 후미진 탑에 갇혀 끝없이 '나는 무엇을 아는가?' 하고 묻기만 한 것이 아니라 그에 대한 확실한 실천적 답도 가지고 있었음을 말이다. 그는 20년을 바쳐 《수상록》을 집필하면서 "너 자신을 알라"는 소크라테스의 명령을 가장 치열하게 수행한 실천하는 지성이었다.

 나는 내 경험으로 인간의 무지를 강조한다. 그것은 인간의 학문이 얻을 수 있는 가장 확실한 지식이다. 내 의견이나 자기들 의견과 같은 허망한 사례들을 가지고 이 무지의 사상을 품고 싶지 않은 자들은, 신들과 인간들의 증명으로 지금까지 생존했던 인간 중에서 가장 현명했던 소크라테스의 의견을 따라서 이 말을 인정해야 한다.

처음 읽는 수상록

"나는 누구인가?"에서 "나는 무엇을 아는가?"로 나아가는 사람. 바로 이런 사람이 교양인이다. 교양인은 일정한 학력을 갖추고, 현학적으로 말하는 법을 배우고, 어려운 책을 척척 읽을 수 있는 사람이 아니다. 진정한 교양인은 "나는 무엇을 아는가?" 하고 끝없이 묻는 사람이다. 교양인은 만날수록 정이 들고 배울 것이 많은 그런 사람이다. 주위를 둘러보라. 그런 사람이 학벌을 내세우는가? 그런 사람이 현학적으로 말하고, 수준 높은 책을 떠벌리는가?

고백한다. 나는 이 글에서 써놓은 내용들에 대해 솔직히 잘 모른다. 이 책 저 책에서 주워섬긴 이야기들을 적절하게 짜깁기하여 그럴듯한 모양새를 갖추었을 뿐이다. 이 글의 내용 중에서 "나는 무엇을 아는가?" 하고 진지하게 묻는다면, 정말 아무것도 모른다고 대답할 수밖에 없을 것이다. 그러나 이 글을 쓰면서 잘 알게 된 것이 있으니 수확이 전혀 없는 것은 아니다. 나는 《수상록》에 대해서는 잘 모르지만, 《수상록》이 나에게 마음의 양식을 듬뿍 주었음은 정확히 안다. 그래서 이제 조금은 더 자주 물으며 살아갈 수 있을 것 같다. "나는 무엇을 아는가?"

나는 어떻게
확신할 수 있는가

《방법서설》

'생각하는 나'를 발견하다

흔히 근대 철학의 아버지로 불리는 르네 데카르트(1596~1650)는 프랑스 투렌의 소도시 라에La Haye에서 부유한 귀족 집안의 아들로 태어났다. 1604년에서 1612년까지 예수회에서 운영하는 '라 플레슈' 학교에서 수학과 논리학과 철학 등을 배웠고, 졸업 후에는 푸아티에 대학에서 법학을 공부했다. 그렇지만 법관은 그가 갈 길이 아니었다. 당시 스콜라 철학의 낡은 학문적 태도에 염증을 느낀 데카르트는 세상이라는 학교에서 배우기 위해 이곳저곳을 여행했다.

스콜라 철학이란 기독교 신앙에 그리스의 이성적 전통, 특히 아리스토텔레스의 사상을 접목시킨 철학이다. 서양에 아리스토텔레스의 저술들이 번역된 12~13세기에 발전해 대표적인 중세 철학으로 자리 잡았다. 하지만 16세기 르네상스기期에 이르러 철학과 과학이 발달하면서 신학에서 독립하려는 움직임이 있자 스콜라 철학은 점차 쇠퇴하게 된다.

데카르트는 신교와 구교의 국제전이라 할 수 있는 30년 전쟁이 터질 무렵인 1618년에 지원 장교로 네덜란드 군에 입대했다. 물론 그의 목표는 세상을 배우는 것이지, 전투에서 승리하는 것이 아니었다. 1619년 11월 10일 독일 도나우 강변 노이부르크의 한 진영陣營에서 데카르트는 결정적인 철학적 영감을 경험하는데, 그것은 바로 꿈이었다. 생생한 꿈에서 깨어난 데카르트는 스콜라 철학을 대체할 만한 학문의 기초를 확립해야겠다는 야망을 갖게 되고, 그 야망은 18년 후 실현되었다. 유럽, 아니 세계 전체를 '합리적'으로 만들어 버렸던 그의 철학을 생각하면, 철학적 영감을 꿈에서 얻었다는 것은 참으로 아이러니다.

1620년 군대를 떠나 유럽 각지를 전전하던 데카르트는 1628년 이후에는 사상적으로 가장 자유로웠던 나라인 네덜란드에 은거하며 수학과 과학과 철학 연구에 몰두했다. 그리고 오랜 연구가 결실을 맺은 것은 1637년부터였다. 우선 《굴절광학》, 《기상학》, 《기하학》과 더불어 《방법서설》이 출간되었다. 한편 형이상학의 주된 저서라 할 수 있는 《성찰》(1641)과 《철학의 원리》(1644)가 출간되면서, 데카르트는 유럽의 사상적 이단아로 낙인찍히게 된다. 사실 그의 학문적 방법 자체가 스콜라 철학에 정면으로 도전하는 것이었기에 이는 당연한 결과였다.

그 후 데카르트는 스웨덴의 크리스티나 여왕의 철학교사로 초빙받게 되는데, 신변의 안전도 도모하고 자신의 연구에 필요한 자금도 얻을 심산으로 1649년 가을 곧바로 스톡홀름으로 몸을 옮겼다. 하지만 스톡홀름은 그에게 무덤이 되었다. 스웨덴의 차가운 날씨 때문에 원래 몸이 허약한 데카르트는 심한 감기를 앓았는데, 폐렴으로 번지면서 발병 7일 만인 1650년 2월 11일 사망하게 된다.

데카르트는 54세라는 비교적 이른 나이에 허무하게 세상을 떠났다. 하지만 그의 혁명적인 저술들은 17세기 유럽인들이 '생각하는 나'를 발견하고, 한 걸음 더 나아가 그 '생각하는 나'를 주체로 하여 위대한 근대를 건설하는 데 결정적인 정신의 토대가 되어주었다. 데카르트는 확실히 근대 철학의 아버지이자 전설이었다.

겸손하면서도 야망에 찬 자서전

갈릴레이가 지동설을 증명하면서부터 유럽은 의심의 시대로 접어들었다. 우리의 직관 중 가장 확실하다고 생각했던 천동설이 지동설로 뒤집혔다면, 우리의 다른 직관들은 얼마나 불확실할까? 우리가 진리라고 생각하는 모든 것을 의심의 눈초리로 보아야 하는 것일까? 데카르트는 바로 이 의심의 시대가 만들어낸 철학의 영웅이었다. 김은주는 《생각하는 나의 발견 : 방법서설》에서 데카르트를 이렇게 평가했다.

"데카르트는 의심의 대가로 불릴 만큼 모든 것을 철저하게 의심한 사람이었다. 그러나 환멸의 상처를 품고 성숙한 근대인들 가운데 데카르트가 이뤄낸 선구적 업적은 다른 데 있다. 그것은 곧 그가 이 환멸을 인간의 조건에 대한 근본적인 성찰로 밀고 나갔다는 점이다. 그리고는 인간이 입은 이 우주론적 모욕(갈릴레이의 지동설)을 오히려 명실상부한 '인간의 시대'를 여는 계기로 바꿔 버렸다는 점이다."

근대 인식론의 사상적 기초가 된 "나는 생각한다. 그러므로 존재한다"와 같은 위대한 명제가 나오기는 하나 《방법서설》은 데카르트 자신이 살아온 이야기를 겸손하게 늘어놓은 자서전이다. 중고등학생이라도 무리 없이 읽을 수 있는 평범한 자서전에서 데카르트가 정말 전하고자 하는 바는 기존의 스콜라 철학의 독선과는 다른 '학문의 자유'였다. 1637년 네덜란드의 레이던에서 스콜라 철학의 언어인 라틴어가 아닌 프랑스어로 출간된 《방법서설》의 위대함은 오히려 이렇게 현학적이지도 권위적이지도 않은 언어로 겸손하게 쓰였다는 점이 아닐까 한다.

《방법서설》의 겸손한 본문 행간에는 데카르트의 천재성이 도사리고 있다. "무엇을 아는가"를 넘어 "무엇을 안다는 것을 우리는 어떻게 확신할 수 있는가"에 대해 천착함으로써 본격적인 인식론을 개척한 점, 끝없이 의심해도 결코 의심할 수 없는 '생각하는 나'를 신에게서 독립된 철학의 주체로 삼은 점은 《방법서설》이 기존의 스콜라 철학에서 완전히 벗어난 근대 철학과 근대 과학의 선구적 업적이 되기에 충분한 책임을 시사한다.

남경태가 《철학 : 사람이 알아야 할 모든 것》에서 지적했듯이, "데카르트도 신을 도입하기는 하지만 예전처럼 신에게 종속된 상태에서 모든 설명을 내맡기는 게 아니라 신적 존재가 필요한 대목에서 신의 개념을 '활용'할 뿐이다.……처음으로 철학은 신에게 이용당하는 신세에서 신을 이용하는 위치로 역전을 이루었다".

만인에게 유익한 학문

"양식(이성)은 이 세상에서 가장 공평하게 분배되어 있는 것이다." 《방법서설》의 첫 문장이다. 데카르트는 《방법서설》 첫머리에서 인간의 정신적 평등을 선포한다. 그의 이상은 그러한 평등에 대해 자각하자는 데 그치지 않는다. 중요한 것은 신에게서 평등하게 받은 그 양식(이성)을 올바르게 사용해야 한다는 점이다.

위대한 영혼의 소유자는 엄청난 덕행을 할 수 있는 반면 엄청난 악행도 할 수 있으며, 천천히 걷되 곧은 길을 따라가는 사람은 뛰어가되 곧은 길에서 벗어나는 사람보다 훨씬 더 먼저 갈 수 있는 것이다.

그 먼저 갈 수 있는 방법도 데카르트는 가르쳐준다. 그는 《방법서설》에서 이성을 사용하여 진리를 인식하기 위한 네 가지 방법(규칙)을 다음과 같이 정했다.

첫째, 명증적으로 참이라고 인식한 것 외에는 그 어떤 것도 참된 것으로 받아들이지 말 것, 즉 속단과 편견을 신중히 피하고, 조금도 의심의 여지가 없을 정도로 명석 판명하게 내 정신에 나타나는 것 외에는 그 어떤 것에 대해서도 판단을 내리지 말 것.

둘째, 검토할 어려움들을 각각 잘 해결할 수 있도록 가능한 한 작은 부분으로 나눌 것.

셋째, 내 생각들을 순서에 따라 이끌어 나아갈 것, 즉 가장 단순하고 가장 알기 쉬운 대상에서 출발하여 마치 계단을 올라가듯 조금씩 올라가 가장 복잡한 것의 인식에까지 이를 것, 그리고 본래 전후 순서가 없는 것에서도 순서를 상정하여 나아갈 것.

끝으로, 아무것도 빠트리지 않았다는 확신이 들 정도로 완벽한 열거와 전반적인 검사를 어디서나 행할 것.

그리고 데카르트는 자신의 방법을 통해서, 개별적 지식들이 무분별하게 조합된 학문의 도시가 아니라 보편적이고 체계적이며 효율적이고 합리적으로 계획된 학문의 도시를 건설할 수 있음을 확신했다.

아주 어려운 것을 증명하기 위해 기하학자가 흔히 사용하는 아주 단순하고 쉬운 근거들의 긴 연쇄는 나에게 다음과 같은 것을 생각하게 했다. 즉, 인간이 인식할 수 있는 모든 것은 그와 같은 방식으로 서로 연결되어 있고, 참이 아닌 어떤 것도 참된 것으로 간주하지 말며, 어떤 것을 다른 것에서 연역할 때 항상 필요한 순서를 지키기만 하면, 아무리 멀리 떨어져 있어도 결국 도달할 수 있고 또 아무리 숨겨져 있어도 결국 발견할 수 있다는 것이다.

물론 '생각하는 나'와 '생각당하는 세계'를 이원화하고 세계를 정복의 대상으로 간주함으로써 인간이 자연을 훼손하는 것에 정당성을 부여한 점, 이성의 그물에 걸리지 않는 인간의 욕망이나 감성을 냉정하게 배제함으로써 도리어 인간을 기계화한 점 등은 분명 데카르트 철학이 갖는 한계다. 그러나 이는 데카르트의 합리성 때문이 아니라 그 합리성을 잘못 적용했기 때문에 생긴 한계일지도 모른다. 《방법서설》의 마지막 대목을 보자. 그에게는 오직 만인에게 유익한 학문만이 진보였다. 따라서 그가 발견한 '생각하는 나' 역시 오직 그런 학문을 위해서만 봉사했어야 했다.

자크 루이 다비드, 〈알폰스 르로이의 초상〉
1783년, 캔버스에 유채, 72×91cm, 몽펠리에 파브르 미술관 소장.

내가 앞으로 학문에서 이룩할 수 있다고 생각하는 진보에 대해 여기서 자세히 말할 생각도 없지만……다만 다음과 같은 말만 해두고 싶다. 즉, 오늘날 알려진 것보다 더 확실한 의학적 규칙들을 끌어낼 수 있는 자연에 대한 어떤 지식을 얻는 일에 내 남은 여생을 보내기로 결심했다는 것, 그리고 다른 모든 계획들, 특히 어떤 사람에게 이익이 되면 반드시 다른 사람에게 해가 되는 계획들은 내 성향과는 아주 동떨어진 것이므로, 내가 어쩌다가 그런 일에 종사하도록 강요된다고 하더라도, 그 일을 잘 해낼 수 있다고는 생각되지 않는다는 것이다.

처음 읽는 방법서설

《세상에서 가장 흥미로운 철학 이야기》의 저자 이동희는 데카르트의 탄생에 대해 이렇게 적는다. "데카르트는 몽테뉴가 죽은 지 4년 후인 1596년에 태어났다." 그냥 1596년에 태어났다고 하지 않고, 몽테뉴와 연관시켜 데카르트의 탄생을 이야기한 것이다. 우리는 그 까닭을 이해해야 한다. 앞에서 이광주가 《교양의 탄생》에서 몽테뉴에게 찬사를 보냈던 대목을 인용했다. 여기 일부만 다시 인용해본다. "프랑스의 지성, 프랑스의 교양인이란 바꾸어 말해 반듯한 프랑스 사람이란 그가 누구든 모두 몽테뉴의 제자이며 그의 학교 출신이다."

데카르트라고 예외일 수 없다. "나는 무엇을 아는가?" 하고 몽테뉴가 묻지 않았다면, "무엇을 안다는 것을 우리는 어떻게 확신할 수 있는가?" 하고 데카르트도 물을 수 없었을 것이다. 몽테뉴가 나로 살면서 교양인이 되는 길을 모색했다면, 데카르트는 나로 살면서 학문하는 길을 개척했다. 모든 사람이 학문의 길을 가지도 않고 갈 필요도 없지만, 학문의 길이 어떤 길인지는 알아야 한다. 우리는 직간접적으로 위대한 학자들의 위대한 학문적 업적의 도움을 받고 살고 있기 때문이다. 데카르트의 자서전적인 저술 《방법서설》은 철학 전공자가 공부해야 할 책이 아니라 우리 모두 필히 읽어야 하는 위대한 고전이다.

나는 삶이 아닌 것은
살지 않았다

《월든》

인생을 의도적으로 산 사람

미국의 노예제 폐지 운동에 적극 가담하다 반정부 행위로 투옥된 한 청년이 있었다. 그에게 면회 온 스승이자 친구가 있었으니, 그는 미국의 초월주의 사상가로 널리 알려진 에머슨이다. 에머슨은 청년에게 이렇게 물었다. "자네는 왜 여기 있는가?" 그러자 청년이 도리어 반문했다. "당신은 왜 여기 있지 않습니까?" 그다지 출처가 확실하지 않은 이 이야기의 주인공이 바로 헨리 데이비드 소로(1817~1862)다. 소로는 부당한 권력에 굴복하지 않고, 이웃들과 정을 나누며, 자연과

벗하고, 거창하게 '자아'랄 것도 없는 '그저 내가 살고 싶은 대로 사는 나'를 평생토록 결코 잃어버리지 않은 사람이었다. 그리고 자본주의와 물질주의가 만들어낸 기형적인 사회와 그 속에서 기계처럼 살아가는 대중과 자신을 떼어내고, 자유로운 영혼으로 정의와 행복을 잃어버리지 않는 건강한 사람이기도 했다.

소로는 1817년 겸손하고 친절한 아버지와 재치 있고 쾌활한 어머니 사이에서 태어나 형제들과 사이좋게 지내고, 문학과 명상을 즐기며, 인적 없는 숲과 강을 무릉도원으로 생각했다. 그는 45년밖에 살지 못했지만, '나'를 상실한 채 문명이 만들어놓은 공장에서 기계적으로 살았던 대부분의 사람이 90세를 산 것보다 오래 살았다. 인간의 삶은 수명壽命의 기간대로 길고 짧아지는 것이 아니다. 소로가 자신의 고유한 삶을 사는 데는 45년으로 충분했다.

그는 하버드 대학에서 수학했고, 성적도 우수한 학생이었다. 초월주의 사상가 에머슨과 평생 우정을 나누면서 진정한 지식은 성적순이 아니요, 진정한 인생의 성공은 그가 누리고 사는 지위와 재산에 있지 않다는 사실을 그 누구보다도 잘 알았던 지혜로운 지식인이었다. 실제로 그의 삶은 세속적으로 보면 성공했다고 할 수 없다. 그의 시 세계가 인정받았던 것도 아니요, 그의 대표작이라 할 만한 《월든》도 당시에 그다지 주목받지 못했다. 그렇지만 사후의 소로의 명성과 영향력은 실로 대단했다.

부당한 정치권력에 맞서는 시민의 정치적 실천에 관한 그의 책《시민

불복종》은 훗날 레프 톨스토이, 마하트마 간디, 마틴 루서 킹 등 수많
은 혁명가와 인권운동가의 바이블이 되어주었다. 한편 "인생을 의도
적으로 살아보기 위해, 인생의 본질적인 사실들만을 직면해보기 위
해" 문명을 등지고 월든 호숫가로 홀연히 들어가 보낸 시간들을 담담
히 전한 불후의 명작 《월든》은 환경운동 선구자의 사상적 기록이라
는 평가를 받게 된다. 아마도 무덤 속의 소로는 자신에 대한 이러한
명성을 반기지 않을지도 모른다. 그는 그저 인생을 자신의 의도대로
살았던 것뿐이다.

물욕과 인습의 사회와 국가에 항거하고, 자연과 인생의 진실에만 온
관심을 집중한 사람, 인류 역사상 가장 '나 자신으로 산' 진정한 개인
이자 자유인이었던 헨리 데이비드 소로는 1862년 5월 6일 폐결핵으
로 45세에 세상을 떠났다. 그의 임종을 지켜본 사람들은 한결같이 이
야기했다. "그처럼 행복한 죽음을 본 적이 없다"고. 그는 제대로 살
았고, 제대로 죽었다. 그리하여 그의 '소박하지만 위대한 자아'는 영
원히 죽지 않았다.

자연을 예찬하고 문명사회를 비판하다

장영희는 《문학의 숲을 거닐다》에서 《월든》의 가치를 이렇게 평가한다.
"《월든》은……가장 기본적인 경제사회 생활만을 유지하면서 자연
속에서 어떻게 우주와 신과의 합일을 이루고 진리를 추구했는지 자

신의 직접적인 체험을 독자에게 전하고 있다. 아름다운 이미지, 유려한 문체뿐만 아니라 정신적 황무지에 사는 현대인의 영혼의 지침서로서 《월든》은 한 번도 소위 말하는 문학도의 필독서, '정전正典'에서 제외되는 일이 없지만, 요즘은 문학과 환경과의 연계가 대두되며 더욱 부상하는 작품이다."

실제로 《월든》을 읽다 보면, 부패한 정신으로 물질적 풍요만을 추구하는 부유층의 어리석음을 비웃고, 미국의 노예제도나 침략전쟁을 적나라하게 비판하며, 공장 같은 자본주의 사회의 기계적 삶에 정면으로 맞서고, 바람직한 교육제도를 웅변하는 소로의 대단히 현실적인 모습을 곳곳에서 만날 수 있다. 그런 의미에서 우리는 박혜영이 《고전의 향연》에서 《월든》에 대해 지적한 점에 주목해야 한다.

"《월든》은 도시적 삶을 등진 한 은자의 단순한 귀거래사가 아니다. 2년 2개월에 걸친 월든 호반에서의 생활은 얼마만큼의 노동을 하면 가난한 어부가 즐겼던 자유롭고 평화로운 삶을 누릴 수 있는지를 소로 자신이 직접 육체 노동자가 되어 살펴본 일종의 경제 실험이었다. 다시 말해 경쟁과 생산력 중심의 자본주의 소비경제학에 맞서 자급경제라는 지혜를 탐구한 실험이었다."

실제로 《월든》은 전원생활의 즐거움을 노래한 서정적인 작품과는 거리가 멀다. 어떤 면에서는 대단히 정치적인 책이라는 생각이 들 정도로 문명사회의 문제에 대한 비판의 글로 가득 차 있다. 월든 호숫가는 문학의 순례자들이 세상에서 아름다운 곳 중 하나로 꼽을 정도로

스탠호프 알렉산더 포브스, 〈소나무 숲 속에서〉
1915년, 캔버스에 유채, 111×157cm, 개인 소장.

수려한 자연 풍광을 자랑한다. 하지만 이곳에서 2년 2개월 2일을 자급자족하며 살았던 소로가 기록한 《월든》은 목가적인 숲속 생활을 수채화처럼 그려낸 일종의 체험기가 결코 아닌 것이다.

나를 찾아 떠나는 여행기

내가 숲속으로 들어간 것은 인생을 의도적으로 살아보기 위해서였다. 다시 말해서 인생의 본질적인 사실들만을 직면해보려는 것이었으며, 인생이 가르치는 바를 내가 배울 수 있는지 알아보고자 했던 것이며, 그리하여 마침내 죽음을 맞이했을 때 내가 헛된 삶을 살았구나 하고 깨닫는 일이 없도록 하기 위해서였다.

《월든》을 이해하는 데 이 글만큼 중요한 대목은 없다. 소로가 왜 숲속 생활을 하게 되었는지, 왜 자급자족하며 문명의 시간이 아닌 자연의 시간대로 2년 2개월 2일을 하루같이 살았는지, 그 이유가 이 대목에 온전히 드러난다. 소로는 부연한다.

나는 삶이 아닌 것은 살지 않으려고 했으니, 삶은 그처럼 소중한 것이다. 그리고 정말 불가피하게 되지 않는 한 체념의 철학을 따르기는 원치 않았다. 나는 인생을 깊게 살기를, 인생의 모든 골수를 빼먹기를 원했으며, 강인하게 스파르타인처럼 살아, 삶이 아닌 것은 모두 때려 엎기를 원했다.

소로가 결코 은일거사隱逸居士로 살기 위해 숲속의 삶을 택한 것이 아니라는 점이 분명해진다. 그는 이렇듯 치열한 삶을 산 끝에, 그 어떤 철학이나 사상, 그 어떤 정부나 기관보다 자신을 올바르게 인도하는 위대한 존재에 대해 느끼게 된다.

내가 지금 서 있는 숲에는 땅 위에 깔린 솔잎들 사이로 벌레 한 마리가 기어가면서 나의 시야에서 숨으려 하고 있다. 나는 왜 이 벌레가 그처럼 좁은 소견을 품고서 어쩌면 자기의 은인이 될 수도 있고 벌레의 족속에게 좋은 소식을 가져다줄지도 모르는 나로부터 자신의 머리를 감추려 드는가 하고 나 스스로에게 물어본다. 그러나 그와 동시에 나라는 인간 벌레 위에 서 있는 더 큰 '은인', 더 큰 '지성'을 가진 어떤 존재를 의식하지 않을 수 없다.

소로는 문명사회의 불의에 대해 날카로운 비판정신을 가진 지식인이었다. 그는 평생을 오직 자연과만 더불어 살며 문명을 겪어 보지 못한 원주민도 아니었다. 소로는 두 가지 인간성을 고루 내면에 품은 시인이었다. 그랬기에 그는 "나라는 인간 벌레 위에 서 있는 더 큰 '은인', 더 큰 '지성'을 가진 어떤 존재를 의식"할 수 있었다. 실로 장엄한 장면이다.

《월든》은 이렇게 비장한 예언 같은 문장으로 끝을 맺는다. 소로에게, 아니 우리 모든 인간에게, 진정한 빛과 의미 있게 동트는 하루는 문명 시간 속에서는 찾을 수 없는 것임을 암시하면서 말이다. 이제 우리는 《월든》을 덮고, 소로가 빚어낸 빛나는 문장과 예리한 문명 비판, 자연에 순응하는 겸손한 인격과 결코 사유의 나태함을 용납하지 않는 심오한 시심詩心을 떠올려 보아야 한다. 그리고 과연 《월든》은 우리에게 어떤 책인지 자기 자신에게 물어야 한다.

조심스럽게 답해 보자면 《월든》은 '나를 찾아 떠나는 여행기'다. 불의와 타협하지 않고는 살 수 없는 세상에서 벗어나 자연의 품속에서 완전한 자유라는 옷을 입은 한 인간으로서 나, 시대와 장소에서 초월한 알몸으로 '진실로 인간적인 것'에 대해 선포할 수 있는 독립자로서 나, 바로 그런 나를 찾아 떠나는 여행의 생생한 기록이다. 소로는 그런 치열한 여행 기록으로 《월든》을 남겼다. 그는 《월든》을 썼다기보다는 '월든'을 몸소 살았던 위대한 휴머니스트이자 자신을 발견한 사람이었다.

처음 읽는 월든

"인간은 생각하는 동물이다." 이 명제에 걸맞은 정신의 인간, 자아 인식의 인간이 서양 근대와 함께 탄생했다. 그들에게 신에 대한 겸손한 경외심과 확고한 인식 주체로서의 자아 정립은 결코 서로 모순되지 않았다. 실로 오랜 세월 수많은 어려움을 극복하고 서양 근대인들이 발견해낸 '나'로 사는 인간상像에 우리는 기립박수를 보내야 할 것이다. 그렇지만 안타깝게도 근대 자본주의의 기형적인 발전 과정에서 '나'는 '이기적인 나'로 변질되었다.

인간의 이성과 합리성은 이기적인 문명 세계를 만들었고, 다량생산 다량소비를 요구하는 자본주의와 제국주의로 인해 그 문명 세계는 냉혹한 현실 지옥이 되어 갔다. 아, 그토록 오랜 세월 어렵게 찾아낸 '나'는 다시 미아처럼 버려졌다. 소로의 《월든》은 이러한 세상의 불의에 쉽게 타협하지도 않고, 굴복하지도 않고, 꿋꿋이 주체적인 나로 살기 위해 험한 여행길에 오르는 위대한 자아를 보여준다. 소로의 삶과 사상이 아름다운 문장과 어우러져 감동과 깨달음을 베풀어주는 《월든》을 읽으며, 우리는 '나로 살기'의 토대를 다시 만들어야 한다. '나의 부활'이라는 역사적 사명을 자각해야 한다. 나로 사는 일은 개인적인 일이기도 하지만 역사적인 일이기도 하다.

제2장

고정 관념과 편견을 버리다

편견은
어떻게 단련되는가

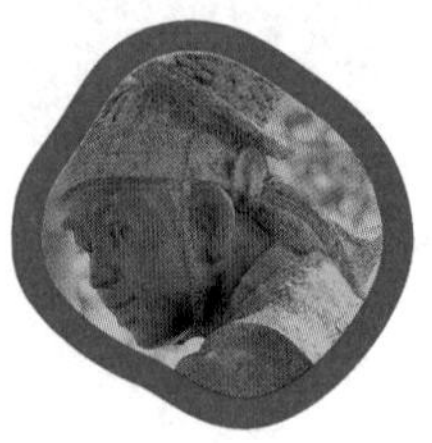

《홍길동전》

시대의 이단아가 꿈꾸는 '평등 세상'

최초의 한글소설《홍길동전》을 지은 허균(1569~1618)의 가문을 들여다보자. 아버지 허엽은 부제학·대사성·대사헌 등을 역임했고, 성리학에도 밝아 이황이 그 학문적 수준을 극찬한 인물이었다. 이복형 허성은 이조·예조·병조 판서 등을 역임한 뛰어난 외교관으로 선조의 신임이 두터웠고, 동복형 허봉은 창원 부사로 있으면서 군정에 소홀했던 병조판서 이율곡을 탄핵하다가 유배당하기도 했지만 올곧은 충신이었다. 거기에 누이 허난설헌은 조선 최고의 여성 문필가였다.

이쯤 되면 실로 당대 최고의 가문으로 손색이 없다. 허균도 올라선 관직으로 보나 문장의 수준으로 보나 아버지, 형제, 누이 못지않았다. 이처럼 대단한 가문의 막내아들인 그는 당쟁의 소용돌이에 휘말려 역모의 죄를 뒤집어쓰고 저잣거리에서 사지가 찢기는 참형을 당해 비참한 최후를 맞았다. 그의 이름 앞에는 언제나 '시대의 이단아'라는 타이틀이 따라다녔다. 도대체 그는 어떤 시대를, 어떤 이단아로 살았던 것일까?

허균이 태어났을 때는 '임꺽정의 난(1559~1562)'의 후유증으로 전국이 어지러웠고, 청년기에는 임진왜란·정유재란이 일어나 조선 팔도가 처참하게 유린당했으며, 당파 간 중상과 모략은 여전했고, 신분제는 동요하기 시작했다. 성리학적 위계만을 고집하는 고관대작들의 탁상공론은 '인재 등용'의 불합리한 측면을 고치려 하지 않았고, 백성을 두려워하는 어진 정치는 실종되었다. 이에 허균은 자신의 논설 〈유재론遺才論〉과 〈호민론豪民論〉 등에서 민본사상, 신분 계급의 타파, 인재 등용의 방안에 대한 자신의 주장을 펼치며, 편견에 사로잡힌 성리학적 질서에 정면으로 맞섰다.

물론 그 맞섬의 결과는 비참한 죽음뿐이었다. 허균의 사상을 받아주기에는 당시 조선의 성리학적 질서가 아주 완고했기 때문이다. 허균은 호가 여럿 있는데, 그중 하나가 교산蛟山이다. 교蛟는 용이 되지 못한 이무기를 뜻한다. 손춘익은 《허균》에서 언젠가 허균이 자신의 꿈을 담아 지었던 시를 소개하는데, 그 뜻이 의미심장하다.

디에고 로드리게스 데 실바 이 벨라스케스, 〈무릎 위에 책을 펼치고 앉아 있는 난쟁이〉
1645년, 캔버스에 유채, 106×83cm, 마드리드 프라도 미술관 소장.

"산마루 구멍에 뚫린 아홉 웅덩이 / 이무기가 그 속에 도사렸더니 /
몇 해 전에 제 집을 옮기어 가서 / 못에 잠겨 용으로 변하였다네."
성리학의 편견, 특히 적서차별 같은 반인권적·비효율적 편견에서 벗
어나 정의롭고 평등한 세상을 꿈꾸다 좌절한 진취적인 사상가, 허균.
《홍길동전》은 결국 이무기에 머문 허균의 못다 이룬 꿈을 형상화한
소설인지도 모르겠다.

조선 밖 유토피아

조선 세종 때 홍문이라는 재상에게는 두 아들이 있었는데, 첫째는 정
실부인 유씨의 배에서 나온 인형이고, 둘째는 시비 춘섬의 배에서 나
온 길동이었다. 서얼인지라 아버지를 아버지라 부르지 못하고 형을
형이라 부르지 못하는 길동은 대신 빼어난 무공과 귀신을 부리는 도
술을 연마했다. 하루는 친어머니인 춘섬을 시기하던 재상의 애첩 곡
산모의 모략으로 길동은 죽을 고비를 넘긴다. 이 과정에서 분기를 참
지 못해 자신을 죽이러 온 자객과 곡산모를 살해하게 된다.
이 일로 길동은 아버지와 어머니께 작별을 고하고 산적 소굴로 들어
가 몸을 숨긴다. 이후 길동은 활빈당이라는 이름의 도적떼를 이끄는
두목이 되고, 전국을 돌아다니며 탐관오리들의 재물을 빼앗아 가난
하고 병든 백성들에게 나누어준다. 그렇지만 길동의 포부는 오직 병
조판서에 한 번 오르는 것이었다.

세종은 길동의 아버지 홍문을 의금부에 가두고 이복형 인형에게 길동을 자수시키라고 명하지만, 이 계책이 길동의 신출귀몰한 재주로 무산되었다. 세종은 하는 수 없이 길동의 소원대로 그에게 병조판서를 제수한다. 이로써 길동은 서얼로서는 절대로 오를 수 없는 자리에 오르게 되고, 세종과의 약속대로 조선을 떠나 다시는 돌아오지 않는다. 그에게 '적서차별'을 근본적으로 없애 신분적 정의가 바로 선 조선을 새로 세우는 일은 애초에 관심 밖의 일이었다.

길동은 자신의 무리를 이끌고 조선을 떠나 제도라는 섬에 머물게 되고, 신통술로 요괴에 잡힌 두 처녀를 구해낸 후 그들을 아내로 맞이한다. 세월은 흘러 아버지가 돌아가시자 길동은 예를 갖춰 장례를 치르고 생모 춘섬과 함께 제도로 돌아온다. 삼년상을 마친 후 이제는 어엿한 군대로 훈련된 자신의 수하들과 함께 율도국을 정벌하고 그곳의 왕으로 즉위한다. 자신의 조국인 조선을 바로 세우는 일 대신에 자신이 통치하는 나라를 조선 밖 어느 유토피아 같은 곳에 새로 만든 것이다. 그리고 조선과 우호적 관계를 유지하며 율도국에서 선정을 베풀다가, 왕위를 자식에게 물려준 후 세상을 떠난다.

홍길동은 신분제도를 타파했는가

허균은 분명 서얼이 아니었다. 떳떳한 적자였고, 과거에 장원급제하여 높은 관직에 올랐다. 하지만 그의 스승인 시인 이달을 비롯하여,

그가 친교를 맺은 많은 사람이 유능한 서얼이었다. 그가 적서차별 문제에 민감할 수 있었던 데는 이들과의 교분도 한몫했을 것이다. 그렇다면 당시 서얼은 도대체 어떤 대접을 받았을까? 그리고 왜 그런 대접을 받아야 했을까? 신병주·노대환이 함께 지은 《고전소설 속 역사여행》에서는 이에 대해 이렇게 답한다.

"양반 중심의 조선 사회에서 서얼은 사회적 희생양이었다. 서얼 차별의 문제는, 양반의 축첩蓄妾을 허용해 서얼을 양산하면서도 이들에 대한 차별은 강화하여 양반 적장자 중심으로 정치적·경제적 특권을 유지한 사회 체제에 그 근본 원인이 있었다. 여기에 명분을 주요 이념으로 하는 성리학 사상이 큰 몫을 했다. 양반과 상민, 남자와 여자, 적자와 서자의 차별을 엄격히 함으로써 소수 지배층의 기득권을 보다 강화한 것이다. 《경국대전》에서 법제적으로 서얼의 과거 등용을 자손 대대로 금지시킴으로써 서얼의 정치 참여 기회는 급격히 사라졌다. 16세기 이후 성리학이 지방 사회에까지 확산·보급되면서 반상班常의 구분, 적자와 서얼의 차이가 더 분명해진 것이다."

《홍길동전》은 바로 이 적서차별이라는 편견에 정면으로 도전했던 작품이다. 서얼인 길동이 가출하여 의적의 수장이 되고, 둔갑술·축지법·분신법 등의 도술을 부리며 조정과 탐관오리들을 농락하는 이 작품은 통쾌하기도 하고 정의롭기도 하여 오래도록 사랑받는 우리 문학의 고전이다. 하지만 이 작품은 후반부로 갈수록 실망스러운 대목이 한둘이 아니다. 우선 길동 자신이 도적질을 그만두고 조선을 떠날 것을 약속하는 조건을 적어 사대문에 써붙인 글을 보자.

실제로 길동은 세종이 병조판서를 제수하자 바로 조선을 떠나게 되는데, 이에 대한 실망스러움을 심경호는 《고전의 향연》에서 이렇게 적는다.

"아아, 그랬다. 길동이 활빈의 의거를 행한 것은 버젓한 문무 관직에 나아갈 수 없는 울분을 풀기 위해서였고, '전하로 하여금 아시게 하려던 것'에 불과하였다. 그의 행동은 서얼 차별의 부당함을 고발하는 데는 성공하였지만, 그것뿐이었다. 길동은 조선의 신분제도를 개혁해줄 것을 임금에게 청하지 않았다."

서얼인 길동의 울분이 겨우 병조판서에 한 번 올라보는 개인적 욕망, 아니 이기적 야심에 불과했단 말인가? 길동이 어릴 적 눈물을 흘려 적삼을 적시며 서자인 자신의 울분을 고하자 길동의 아버지 홍문은 무엇이라 꾸짖었던가?

허균 • 《홍길동전》

다른 수많은 '천한 자식(서얼)'이 울분을 삼키고 세상의 낙오자로 살아가든 말든 자기 자신만 판서에 오르면 되는 길동. 신분제 개혁에 대한 일언반구의 충언도 없이 세종과의 약속을 지켜 조국을 등지고 자신만의 유토피아로 도피해 버리는 길동. 그런 길동을 주인공으로 하는 《홍길동전》이라면, '적서차별이라는 편견에 정면으로 도전했던 작품'이라는 찬사를 듣기에는 한참 모자라지 않을까?

그렇지만 우리 스스로 자문해보자. "나는 완고한 편견에서 얼마나 자유로운가?", "나는 그 자유를 구체적이고 사회적인 실현으로까지 얼마나 확장할 수 있는가?" 물론 《홍길동전》은 길동의 개인적 욕망 실현을 비현실적인 서사 구조 속에서 그려냈다느니, 길동의 실천적 노력이 부족했다느니, 하는 비판을 받을 수 있다. 하지만 이 작품이 신분적 불평등이 제도화된 당시 조선 사회의 편견에 맞서고, 이루어질 수 없는 현실의 꿈을 '율도국'이라는 환상 공간에서나마 이룸으로써 편견의 희생자들에게 위안과 희망을 주었던 점까지 폄훼할 필요는 없을 것이다.

역사상 수많은 인물이 현실세계에서 혹은 작품세계에서 완고한 시대적·사상적 편견과 맞서 싸웠다. 그리고 끝내 그 싸움에서 승리하지 못하고 때로는 비참하게 때로는 허무하게 최후를 맞았다. 《홍길동전》의 작가 허균은 비참하게 죽었고, 《홍길동전》의 주인공 길동은 허무하게 죽었다. 비극이다. 그러나 아는가? '편견과의 싸움'은 언제나 실패하지만, 결코 포기하지 않는 의인이 있어 끝나지도 않는다는 사실을 말이다. 그리하여 그 의인이 싸움을 포기하지 않는다면 역사의 굵은 줄기로 끈질기게 이어져, 훗날 위대한 승리의 열매를 맺는다는 사실을 말이다.

처음 읽는 홍길동전

세계관이나 가치관, 이데올로기나 도덕 등은 대부분 근사한 말로 포장되었을 뿐, 지극히 전형적인 때로는 악질적인 편견이다. 그러나 우리가 분명한 궤적을 내다보며 인생을 계획적으로 살아가기 위해서는, 더욱이 개인을 넘어 한 공동체의 질서와 안녕을 지키기 위해서는, 이러한 것들이 편견일지라도 절실하게 필요하다. 어찌 보면 편견은 필요악이다. 필요악에 대한 태도는 신중하면 신중할수록 좋다. 이때 신중함이란 날카로운 논리나 엄격한 잣대를 버리고 보다 유연한 판단 기준을 취하는 너그러움을 의미한다. 그렇지 않을 경우 그 논리나 잣대가 십중팔구는 또 하나의 편견일 가능성이 높기 때문이다.

《홍길동전》에서 주인공 길동은 적서차별 문제를 공론화시키지도 못했고, 서얼을 낮게 만든 축첩제도에 대해 그 어떤 비판조차 하지 못했으며, 이 모든 부조리의 뿌리인 성리학적 질서의 반인권적 측면은 아예 들여다볼 능력조차 없었다. 길동은 현실 순응적 인물에 지나지 않았던 것이다. 그렇지만 보라. 허균은 참형을 당했고, 그의 저작은 세상에서 사라졌으며, 《홍길동전》은 금서가 되어 지하에 묻혔다. 그러다가 신분제도가 느슨해진 뒤에야 겨우 필사본으로 나돌 수 있었다.

편견은 자신에게 도전하는 자가 아무리 미미할지라도 이렇듯 무섭게 보복하는 것이다. 따라서 우리는 언제나 명심해야 한다. 편견은 결코 만만한 적이 아니며, 비록 턱없이 부족해 보이고 마침내 형편없이 무너질지라도 편견에 대한 도전은 위대한 도전이다.

《장자》를 마지막 한 권까지
남김없이 불태울 것이다

《장자》

《장자》만이 장자의 삶과 사상의 온전한 증인이다

사마천의 《사기》에 의하면 장자(기원전 365?~기원전 270?)는 송나라 몽蒙 지방, 지금의 중국 허난성河南省 상추시商丘市에서 태어났다고 한다. 이름은 주周이고, 낮은 벼슬아치를 잠깐 지냈다. 부귀공명을 누리지는 못했지만 자유로운 삶을 살았다. 초나라 위왕이 많은 재물을 하사하며 그를 재상으로 맞아들이고자 했으나, "나는 차라리 더러운 시궁창에서 노닐며 즐길지언정 나라를 가진 제후들에게 얽매이지는 않을 것이오. 죽을 때까지 벼슬하지 않고 내 마음대로 즐겁게 살고 싶소" 하며 단호하게 거절했다.

참으로 빈약한 기록이다. 하지만 도서관 고문서실에서 먼지에 쌓인 문적文籍들을 뒤지며 장자의 일생에 대한 정보를 많이 알아내는 일은 무의미하다. 그의 일생에 대한 진짜 기록은 장자 자신이 《장자》라는 위대한 책에 적어 놓았기 때문이다. 오직 《장자》만이 장자의 진정한 전기傳記다. 그리고 오직 《장자》만이 세속의 편견과 고정 관념에 얽매이지 않고, 그 어떤 현자보다 자유로운 영혼으로 자신의 몸과 마음을 지켰던 장자의 삶과 사상의 온전한 증인이다.

우리를 구원해주는 복음서

《장자》는 장자의 사상을 담은 책으로 원래 10만 자로 되어 있었다고 한다. 지금 전하는 책은 4세기 서진西晉 시대에 곽상郭象이 정리하고 주석을 단 텍스트로 내편 7편, 외편 15편, 잡편 11편 등 모두 33편으로 구성되었다. 일반적으로 내편만 장자가 직접 쓴 것이고, 나머지는 후대에 덧붙여진 것으로 알려져 있다. 또한 많은 학자가 내편 중 특히 〈소요유〉 편과 〈제물론〉 편, 이 두 편만을 장자 본래의 사상으로 본다. 그런 만큼 우리도 《장자》를 읽을 때는 두 편에 특히 집중할 필요가 있을 것이다.

《장자》는 때로는 우언寓言이나 장자 자신의 구체적 경험담으로, 때로는 논설이나 다른 현자들과의 철학적 대화로, 작위적이고 부자유한 인간의 행태를 통렬하게 비웃는다. 물론 그 비웃음은 비웃음 자체에 목적이 있지 않다. 《장자》는 도리어 우리를 보다 즐거운 삶, 보다 자유로운 삶으로 이끄는 충실하고 친절한 안내자다. 결국 《장자》는 고착화된 선악善惡 · 진위眞僞의 기준을 금과옥조처럼 섬기며 살아가는 획일화된 삶에서 우리를 구원해주는 복음서라 할 수 있겠다.

그런 의미에서 우리는 《장자》의 번역자 안동림이 '해제'에서 적어놓은 《장자》의 존재 가치를 새겨 읽을 필요가 있겠다. 안동림은 《장자》가 일체의 편견에서 자유로운 사상의 세계를 펼쳐 보이는 고전임을 지적한다.

"장자는 인류 역사상 보기 드문 천재이다. 그의 천재성은 인간의 상식을 멀리 뛰어넘는다. 상식의 척도에서 보면 그는 '터무니없는' 말을 지껄인 사람이다. 그러나 '터무니없기' 때문에 위대한 사상가일지도 모른다. 《장자》 가운데에는 《논어》나 《맹자》에 보이는 경건 독실한 인생의 지혜나 착실한 이상주의적 설교를 찾아보기 어렵다. 《논어》와 《맹자》가 그대로 '도덕 교과서'라면 《장자》는 오히려 그렇지 않은 데에 특유의 존재 가치가 있다."

기발한 상상력, 매혹적인 문장, 호방한 해학과 풍자와 상징을 통해 참다운 인생에 대한 웅숭깊은 사색으로 이루어진 《장자》는 역사에 길이 남을 문학작품으로서도 전혀 손색이 없으며, 그 영향력 또한 대단했다. 훗날 송나라의 소식에서 중국 근대문학의 아버지 루쉰에 이르는 수많은 중국 문인은 물론, 동서양의 문예비평가나 미학자들도

《장자》의 예술정신에 직간접적인 영향을 받았다.

사상서로서도 문학작품으로서도 독보적인 가치를 지닌 방대한 고전이 바로《장자》다. 따라서 짧은 필설로 소개하거나 해설하는 일이 도리어 불경스럽다. 신영복도《강의》에서 장자에 대해 강의하기에 앞서 이렇게 망설였다.

"《장자》는 6만 5천여 자나 되는 대단히 방대한 책입니다.《사기》에는 10만 자라고 기록하고 있습니다. 어디서부터 이야기해야 할지 망연합니다만……."

편견에서 자유로웠던 현자

북녘 바다에 물고기가 있다. 그 이름을 곤鯤이라고 한다. 곤의 크기는 몇 천 리나 되는지 알 수가 없다. (이 물고기가) 변해서 새가 되면 그 이름을 붕鵬이라 한다. 붕의 등 넓이는 몇 천 리나 되는지 알 수가 없다. 힘차게 날아오르면 그 날개는 하늘 가득히 드리운 구름과 같다. 이 새는 바다 기운이 움직여 대풍大風이 일 때 (그것을 타고) 남쪽 바다로 날아가려 한다. 남쪽 바다란 곧 천지天池를 말한다. 제해齊諧란 괴이한 일을 아는 사람이다. 그 제해의 말에 의하면 "붕이 남쪽 바다로 날아갈 때는 파도를 일으키기를 3천 리, 회오리 바람을 타고 (하늘 높이) 오르기를 9만 리, (그런 뒤에야) 6월의 대

바실리 그리고리예비치 페로프, 〈시인 마이코프의 초상〉
1872년, 캔버스에 유채, 103×80cm, 모스크바 트레티야코프 미술관 소장.

풍을 타고 남쪽으로 날아간다"고 한다.

- 〈소요유〉

《장자》의 제1편인 〈소요유〉의 첫 대목이다. 장자는 책의 서두부터 우리를 기죽인다. 붕鵬이 9만 리 위에서 내려다보는 인간이란 얼마나 초라한 존재인가? 물론 인간이라는 불완전한 존재의 가련한 신세를 한탄하자는 뜻은 아닐 것이다. 도리어 인간을 한없이 초라하게 만듦으로써, 편견에 찬 법도를 들먹이며 시비是非를 따지려 드는 일의 허망함을 일깨우고 싶은 것이 장자의 의도였을 것이다. 시비를 따지지 않고 조화에 순응하는 자만이 도리어 현명해질 수 있음은 다음 대목에서 보다 확실해진다.

언제인가 장주莊周가 나비가 된 꿈을 꾸었다. 훨훨 날아다니는 나비가 된 채 유쾌하게 즐기면서도 자기가 장주라는 것을 깨닫지 못했다. (그러나) 문득 깨어나 보니 틀림없는 장주가 아닌가. 도대체 장주가 꿈에 나비가 되었을까? 아니면 나비가 꿈에 장주가 된 것일까? 장주와 나비에는 (겉보기에) 반드시 구별이 있(기는 하지만 결코 절대적인 변화는 아니)다. 이러한 변화를 물화物化(만물의 변화)라고 한다.

- 〈제물론〉

《장자》를 마지막 한 권까지 남김없이 불태울 것이다

이는 '호접몽胡蝶夢'이라 하여 《장자》에서 가장 유명한 이야기다. 이 현묘한 이야기는 인간이 당연시하는 '차별'이 불완전함을 보여준다. 우리가 오랫동안 의심 없이 받아들였던 실용적 목적에 봉사하는 이분법적 사고는 이 이야기에서 허무하게 무너진다. 바로 이 무너짐이야말로 인간 존재가 완전히 자유로운 세계, 장자가 생각하는 유토피아로 들어서는 실마리가 된다. 아래 대목을 보자. 장자는 죽음에 다다른 삶의 마지막 순간까지도 어리석은 편견이 불러오는 헛된 '차별'을 비웃었다. 세상에 그 어떤 현자도 장자만큼 현명하게 죽지는 못했으리라.

장자가 바야흐로 죽으려 할 때, 제자들이 후하게 장사지내고 싶다고 했다. (그러자) 장자가 말했다. "나는 천지를 널로 삼고 해와 달을 한 쌍의 옥으로 알며 별을 구슬로 삼고 만물을 내게 주는 선물이라 생각하고 있다. 내 장례식을 위한 도구는 갖추어지지 않은 게 없는데 무엇을 덧붙인단 말인가?" 제자가 "(아무렇게나 매장하면) 까마귀나 소리개가 선생님을 파먹을 일이 염려됩니다"라고 하자 장자는 대답했다. "땅 위에 있으면 까마귀나 소리개의 밥이 되고 땅 밑에 있으면 땅강아지나 개미의 밥이 된다. 그것을 한쪽에서 빼앗아 다른 쪽에 주다니 어찌 편견이 아니겠느냐!"

— 〈열어구〉

'편견偏見'이란 '일편지견一偏之見', 즉 한쪽에 치우친 생각이다. 다른 쪽, 그것도 아주 많은 다른 쪽을 보지 못하고 오직 한쪽만 보고 생각하는 것은 어쩌면 인간의 생물학적 한계인지도 모르겠다. 상식적으로 설명해도 우리는 우리의 뒤쪽을 보는 눈이 없다. 이는 단지 시지각의 문제가 아니라 인식의 문제이기도 했다. 인간이 크고 작은 공동체를 이루며 인간다운 삶을 살아가는 데 필수적이라고 생각했던, 소위 법률이니 신앙이니 도덕이니 하는 것들 중 대부분이 사실은 그럴싸하게 미화된 편견이다. 우리가 사물이나 상황을 인식하고 판단하는 확고한 근거 역시 이 편견이다.

결국 편견의 역사는 곧 인간의 역사요, 따라서 편견은 일종의 원죄다. 그랬기에 편견은 인류 최초의 현자賢者들이 공통적으로 벗어나고자 했던 근본 문제다. 장자는 2,300여 년 전에 그의 저술《장자》를 통해서, 비범한 삶과 더욱 비범한 죽음으로써 편견에서 자유로운 내면의 목소리를 그 어떤 현자보다 높은 수준에서 들려주었고, 그 목소리는 문자로 지금까지 전한다.

'장석주의 장자 읽기'라는 부제가 붙은《느림과 비움의 미학》에서 장석주는 '에필로그' 마지막에 이렇게 적는다. "2010년 새해 아침. 어리석은 자가 엎드려서 쓰다."

그렇다.《장자》를 읽든,《장자》에 대한 글을 쓰든, 우리는 그 누구라도 어리석은 자가 되어 엎드려야 할 것이다. 마땅히 그래야 하는 것이 아니라 어쩔 수 없이 그렇게 되는 것이다. 장자는 그럴 만한 현자요, 《장자》는 그럴 만한 고전이다. 정말로 편견의 역사가 인간의 역사라면, 지금도 편견은 인간의 삶과 생각을 지배하고 있으며, 앞으로도 지배하고자 할 것이다. 그에 맞서 지혜의 목소리를 들려주는 고전이 있어 그 고전 앞에 어리석은 자가 되어 엎드릴 수 있으니, 이 얼마나 큰 축복인가?

처음 읽는 장자

"한 노인이…… 굴을 뚫고 우물에 들어가 항아리를 안아 내다가는 밭에 물을 주고 있었다. 애를 써서 수고가 많은데 그 효과는 매우 아주 적었다.…… (자공이 말하기를) '나무에 구멍을 뚫어 기계를 만들고 뒤쪽은 무겁게 앞쪽은 가볍게 합니다. (그러면) 흐르듯이 물을 떠내는 데 콸콸 넘치도록 빠릅니다. 그 기계 이름을 두레박이라고 하죠' 했다. 밭일을 하던 노인은 불끈 낯빛을 붉혔다가 (곧) 웃으면서 말했다. '나는 내 스승에게서 들었소만, 기계(따위)를 갖는다면 기계에 의한 일이 반드시 생겨나고 그런 일이 생기면 반드시 기계에 사로잡히는 마음이 생겨나오. 그런 마음이 가슴속에 있게 되면 곧 순진결백純 眞潔白 한 (본래 그대로의) 것이 없어지게 되고, 그것이 없어지면 정신이나 본성의 작용이 안정되지 않게 되오. 정신과 본성이 안정되지 않은 자에겐 도가 깃들지 않소. 내가 (두레박을) 모르는 게 아니오. (도

에 대해) 부끄러워 쓰지 않을 뿐이오.'"(〈천지〉)

〈매트릭스〉의 감독 워쇼스키 형제보다 2,300여 년 앞서 장자는 문명이 치닫게 될 디스토피아를 정확히 예견했다. 흔히 문명을 편리함으로 생각하지만, 이는 인류 역사와 거의 같이 시작된 아주 오래된 편견이다. 아니 이 편견의 산물이 인간의 역사요 문명의 역사라고 해야 더 옳겠다. 자연을 조작해 만든 문명이 우리에게 편리함을 준 것은 사실이나, 우리의 손과 발, 영혼과 미의식을 마비시켰다는 점을 잊어서는 안 된다. 지금 문명의 주인은 정체조차 모르는 '그 무엇'일 뿐, 인간은 아니다. 그 무엇이 매트릭스의 설계자라면, 그 설계자는 지구상에 있는 모든《장자》를 마지막 한 권까지 남김없이 불태울 것이다.

노년은 얼마나
아름다운가

《노년에 관하여》

고전 라틴 산문의 창조자이자 완성자

마르쿠스 툴리우스 키케로(기원전 106~기원전 43)는 고대 로마의 문인·철학자·변론가·정치가로 고대 로마가 공화정에서 제정시대로 넘어가는 과도기를 파란만장하게 살다 안토니우스에게 처형당했다. 그는 10여 권의 주옥같은 저술과 방대한 양의 서신을 남긴 고전 라틴 산문의 창조자이며 완성자다. 우리나라에는 《의무론》, 《최고선악론》, 《국가론》, 《노년에 관하여》, 《우정에 관하여》가 번역되어 있다. 그의 라틴 산문은 이후 유럽 공식어가 된 라틴어의 규범이 되었다.

부유한 기사 계급 집안에서 태어난 키케로는 어려서부터 높은 수준의 교육을 받았고, 신동 소리를 들었다. 기원전 90년, 그의 나이 16세에 그리스 내란을 피해 로마에 와 있던 아테나 아카데메이아 학파의 수장이었던 철학자 필론을 만났다. 짧은 만남이었지만 그에게 전수받은 비판적인 사유 방식은 키케로의 삶 전체를 지탱했다. 한편 스토아 철학자인 디오도토스에게도 철학을 배웠는데, 그 시절에 평생의 친구가 된 헤로데스 아티쿠스를 만난다. 훗날 키케로는 자신의 저서 《우정에 관하여》를 헤로데스 아티쿠스에게 헌정한다.

집정관에 오르고 '국부國父(Pater Patriae)'라는 영예로운 칭호까지 얻으며 성공가도를 달리던 키케로는 철저한 공화주의자였다. 하지만 시대는 제정으로 넘어가고 있었다. 기원전 49년 카이사르가 루비콘 강을 건너 로마로 남진하자 키케로는 폼페이우스 편에 가담하지만, 승리는 카이사르의 몫이었다. 그러나 대범한 카이사르는 키케로에게 책임을 묻지 않았다. 키케로는 간신히 사면을 받지만 기원전 46년 아내와 이혼하고, 이듬해 사랑하는 딸 툴리아마저 세상을 떠난다. 키케로는 저술활동에 몰입하며 슬픔을 잊었는데, 《노년에 관하여》도 이때 쓰인다. 키케로는 이 책 역시 평생 친구인 헤로데스 아티쿠스에게 헌정한다.

카이사르는 제정시대를 키케로와 함께 열고 싶어했지만, 키케로는 공화주의자로서 정치적 소신을 굽히지 않았다. 기원전 44년 카이사르가 암살되고, 기원전 43년 안토니우스, 옥타비아누스(훗날 아우구스투스, 로마의 초대 황제), 레피두스, 세 사람은 삼두정치 협정을 맺게 되는데, 이 과정에서 안토니우스는 언제나 자신을 견제했던 키케로가 죽기를 원했다. 평소 키케로를 스승으로 받들던 옥타비아누스는 키케로를 지켜주지 않았고, 안토니우스의 부하들은 키케로의 목과 오른손을 그의 몸에서 떼어낸다. 처참한 말로였다.

키케로의 일생은 서양철학사에서 보았을 때는 도리어 빛난다. 《노년에 관하여 우정에 관하여》의 번역자 천병희는 '키케로는 왜 전설적인 인물인가'라는 제목의 서문에서 그의 업적을 이렇게 적는다.

"그는 철학 저술을 통해 스토아 학파, 아카데메이아 학파, 아리스토텔레스 학파 등을 소개했으며 이 역할을 수행하는 과정에서 그는 로마와 유럽에 철학적 어휘를 제공하는 데 결정적으로 기여했다. 라틴어를 사상 전달의 필수적인 무기로 삼은 것 또한 키케로의 공적이다."

노년의 즐거움을 역설하다

기원전 44년 카이사르가 암살되기 직전에 쓰인 것으로 추정되는 《노년에 관하여》는 84세의 카토가 30대인 스키피오와 라일리우스의 질문에 답하는 형식으로 되어 있다. 《노년에 관하여》에서 카토는 키케로의 대리자가 되는 셈이다. 카토(기원전 234~기원전 149)는 로마 최고의 역사서 《기원론》을 남긴 장군·정치가·문인이고, 스키피오(기

원전 236~기원전 184)는 제3차 포에니 전쟁에서 카르타고를 멸망시
킨 장군·정치가·철학자이며, 라일리우스(?~기원전 160?)는 스키피
오의 절친한 친구로 집정관을 지낸 철학자다.

키케로는 자신의 대리자 카토의 입을 통해 노년에 대한 편견들에 대
해 논리정연하게 반박하고, 의미 있는 노년은 어떤 것인지에 대해 매
력적인 문장으로 설명하며, 결론부에서는 죽음의 의미에 대한 의연
한 견해를 피력한다. 고대 로마 최고의 문장가답게 키케로는 카토의
경험과 선현들의 이야기, 책을 통해 접한 고대 그리스 철학자들의 이
야기를 유려한 문체로 들려주면서 늙는다는 것은 인생의 막바지에
받는 아름다운 선물이라며 노년의 즐거움을 역설한다. 80쪽이 채 안
되는 《노년에 관하여》에서 키케로가 주장한 내용들은 2,000여 년이
지난 지금의 우리에게도 참신하며 진보적이기까지 하다.

언론의 통계자료에 의하면 우리나라는 이미 '장수 사회'에 접어든 지
꽤 되었다고 한다. 65세 이상의 인구 비율이 2000년에 7%를 넘었고,
2018년이면 그 비율이 14%, 2026년이면 20%를 넘어설 것이라 한다.
이처럼 사회는 고령화되어 가는데, 가치 있는 노년을 맞는 일이 얼마
나 소중한 것인지 생각하는 일은 뒷전으로 밀려나고, 도리어 '노년'
을 절대 가까이 가서는 안 될 부정적 대상쯤으로 매도하는 것이 현실
이다. '안티에이징'을 구호처럼 외치며 온갖 성형술과 화장술을 동원
해 주름살을 펴고 탄력 있는 피부를 가꾸는 중년들의 발버둥이 안쓰
럽기까지 하다. 2,000여 년 전에 노년에 대한 편견들을 명쾌하게 반

박하고, '가치 있는 노년'의 진정한 의미를 가르쳐준 《노년에 관하여》의 가치가 새삼스럽다.

인생이라는 드라마의 '에필로그'

만약 자네들이 내 지혜에 감탄하곤 한다면(내 지혜가 자네들의 평가와 내 별명[현인]에 걸맞은 것이라면 좋으련만!), 내가 지혜로운 것은 자연을 최선의 지도자로 모시고 자연이 마치 신인 양 거기에 따르고 복종하기 때문일세. 인생이란 드라마의 다른 막들을 훌륭하게 구상했던 자연이 서투른 작가처럼 마지막 막을 소홀히 했으리라고는 믿기 어렵네.

자신이 노년을 전혀 짐으로 여기지 않는 지혜를 가진 데 대해 놀라는 스키피오와 라일리우스에게 카토는 이렇게 담담하게 대답한다. 이 대목은 《노년에 관하여》가 '노년에 관하여' 무슨 말을 해줄지 넉넉히 짐작하게 한다. 노년은 지극히 자연스럽게 오는 것. 노년은 절대 소홀히 해서는 안 되는 것. 그러기에 젊음은 젊음대로 노년은 노년대로 편견 없이 소중히 간직해야 할 가치 있는 시절이라는 것. 카토는 부연한다.

인생의 주로走路는 정해져 있네. 자연의 길은 하나뿐이며, 그 길은 한 번만 가게 되어 있네. 그리고 인생의 매 단계에는 고유한 특징이 있네. 소년은 허약하고, 청년은 저돌적이고, 장년은 위엄이 있으며, 노년은 원숙한데, 이런 자질들은 제철이 되어야만 거두어들일 수 있는 자연의 결실과도 같은 것이라네.

흔히 인생을 항해에 비유한다. 그래서인지 키케로는 뱃사람들이 하는 일로써 노년의 가치, 혹은 노년에 접어든 이가 하는 일의 가치를 이렇게 설명한다. 이 대목은 《노년에 관하여》가 '노년에 관하여' 말하고 싶은 바의 핵심에 거의 도달한다. 키케로의 비유가 적절하면서도 날카롭다.

노년에는 활동할 수 없다고 주장하는 자들은 근거를 대지 못하고 있는 셈이네. 그들이야말로 다른 사람들은 더러는 돛대에 오르고 더러는 배 안의 통로를 돌아다니고 또 더러는 용골에 괸 더러운 물을 퍼내는데 키잡이는 고물에 가만히 앉아 키를 잡고 있다고 해서 항해하는 데 있어 그가 아무것도 하는 일이 없다고 주장하는 자들과도 같네. 젊은 선원들이 하는 일은 하지 않지만, 키잡이가 하는 일은 더 중요하고 의미 있는 일이라네. 큰일은 체력이나 민첩성이나 신체의 기민성이 아니라, 계획과 명망과 판단력에 의하여 이루어진다네. 그리고 이러한 자질들은 노년이 되면 대개 줄어드는 것이 아니라 더 늘어난다네.

명심할 점이 있다. 키케로는 《노년에 관하여》에서 '노년에 관하여'뿐만 아니라 '젊음에 관하여'도 매우 중요하게 언급한다. 결국 노년에 대한 편견을 없애는 일은 단지 노년의 가치뿐만 아니라 젊음의 가치를 자각하기 위해서도 소중하다는 점을 분명히 하는 셈이다. 《노년에 관하여》가 노년에 이른, 혹은 노년을 준비하는 사람들뿐만 아니라 노년과는 아직은 거리가 먼 젊은이들에게도 매우 가치 있는 고전인 이유가 바로 여기에 있다.

이 토론이 진행되는 동안 내내 자네들은 내가 칭송해마지 않는 것은 어디까지나 젊었을 적에 기초를 튼튼하게 다져놓은 노년이라는 점을 명심해두게나.……백발이나 주름살로 갑자기 권위를 앗아 올 수 있는 것이 아니라네. 권위란 명예롭게 보낸 지난 세월의 마지막 결실이기 때문이네.

《노년에 관하여》는 '죽음'에 대한 진지한 논의로 마지막을 장식한다. 키케로는 스토아 철학을 로마 제국에 소개한 사상가답게, 죽음을 육신에서 영혼이 자유로워지는 것으로 본다. 실제로 안토니우스에 의해 처형될 날이 1년 남짓 남은 키케로의 감탄사가 실로 의연하다. 바로 그날, 안토니우스의 병사 헤렌니우스에게 자신의 목을 내밀 때도

자크 루이 다비드, 〈마리 조제프 부롱의 초상〉
1769년, 캔버스에 유채, 66×55cm, 시카고 아트 인스티튜트 소장.

키케로의 영혼은 그렇게 의연했으리라!

 내가 삶을 떠날 때 집이 아니라 여인숙을 떠나는 것 같은 느낌이 들 것 같네. 자연이 우리에게 준 것은 임시로 체류할 곳이지 거주할 곳이 아니기 때문이네. 내가 이 혼잡하고 혼탁한 세상을 떠나 신과 같은 영혼들의 모임과 공동체로 출발하는 그날은 얼마나 영광스러운 날이 될 것인가!

"키케로는 우리에게 생각하는 법을 가르쳤다"고 프랑스의 계몽주의자 볼테르는 말했다. 소신 있는 정치가이자 라틴 산문의 선구자였던 키케로는《노년에 관하여》를 통해 '노년에 관하여' 생각하는 법을 지금도 우리에게 변함없이 가르친다.

처음 읽는 노년에 관하여

《노년에 관하여》는 참 좋은 책이다. 이렇게 친근하고 정감 있게 자신의 책이 평가받는 일을 키케로도 좋아할 듯싶다. 격정적인 욕망에서 놓여난, 경험의 깊이를 얻은 지혜로 풍요로운, 그리하여 죽음 앞에서 '불멸의 영혼'을 겸허하게 고대하는 노년의 키케로에게 '위대한 고전' 운운하는 일은 얼마나 헛된 찬사인가?

노령화 사회에 맞춰 '나이듦'이라는 테마로 알량하게 기획된 베스트 셀러 10권을 읽느니 키케로의 《노년에 관하여》를 읽는 일이 10배는 가치 있다. 다른 고전과는 달리 지루하지도 난해하지도 않은 《노년에 관하여》가 우리에게 주는 교훈은 단지 '노년'에 대한 올바른 이해의 수준을 훨씬 넘기 때문이다. 키케로가 '노년'이라는 테마로 쓴 《노년에 관하여》에서 정말 말하고 싶은 바는 우리 삶에서 편견이 얼마나 무의미한 착각인지를 깨닫자는 것이다.

당신의 우상을
깨뜨려라

《신기관》

"실험은 매우 성공적이었다"

프랜시스 베이컨(1561~1626)은 대법관이었던 니콜라스 베이컨 경의 막내아들로 태어났다. 12세의 어린 나이에 케임브리지 대학교 트리니티 칼리지에 입학하는데, 이곳에서 배운 스콜라 철학은 베이컨에게 여간 실망스러운 것이 아니었다. 그의 생각에 철학은 인간의 실생활에 도움이 되는 학문이어야 했다. 아리스토텔레스의 철학에 바탕을 둔 스콜라 철학은 중세의 신학적 세계관의 마지막 자취였다.

제도권 교육에 불만을 품은 베이컨은 학위도 받지 않은 채 대학을 그만두고 세상 속으로 뛰어들었다. 그는 영국 대사 수행원으로 프랑스 파리로 건너가 정치에 대한 안목을 키우던 중 아버지의 갑작스러운 죽음으로 귀국한 뒤 법학을 공부해 변호사이자 정치가로 활동했다. 국회에서 의석을 얻어 대의원이 되고 기사 작위도 받았으며 법무장관을 거쳐 당시 최고 지위인 대법관에 임명되었다. 베이컨의 공직 생활은 그다지 도덕적이지 못했는데, 그의 나이 60세가 되던 1621년 뇌물수수 혐의를 받아 사임하는 것으로 마감되었다.

훗날 근대 과학 혁명의 선구자로 평가받게 되는 베이컨의 진짜 인생은 공직 생활을 그만둔 이후부터 시작되었다. 새로운 시대에 맞는 학문의 올바른 방법론을 정립하기 위해 거대한 기획에 착수한 베이컨은 총 6부로 구성된 방대한 저술《대혁신》을 구상하고 집필에 들어갔는데, 제1부《학문의 진보》와 제2부《신기관》만 완성시켰다. 베이컨을 유럽 전체 철학자들의 멘토로 추앙받게 만들어준 것은《신기관》이다. 아리스토텔레스의 논리학 저서 제목인 '기관'에 맞서 제목을 붙인 이 책은 이론적 추론보다는 실험과 관찰을 통해 보다 확실한 지식에 이를 수 있는 길을 모색한 베이컨의 대표적인 저술이다.《신기관》을 통해 베이컨은 학문의 새로운 방법론을 제시했고, 학문의 진보를 매우 낙관적으로 전망했다.

60세에 공직에서 물러나고 65세에 사망할 때까지 5년. 비겁한 권모술수와 헤픈 씀씀이 등으로 평판이 나빴던 베이컨은 이 5년 동안만큼은 정열적인 탐구자로서 존경받을 만한 삶을 살았고, 장렬하게 죽었다. 윌 듀랜트는 《철학 이야기》에서 '실험과학의 첫 번째 순교자'라는 별칭이 붙게 되는 베이컨의 최후를 이렇게 적는다.

"1626년 3월 런던에서 하이게이트로 말을 달리면서 고기를 눈으로 덮어두면 얼마 동안 썩지 않을까 하는 문제를 숙고하던 끝에 그는 이 문제를 당장 실험해보기로 결심했다. 농가에서 말을 멈추고 닭 한 마리를 사서 죽인 다음 뱃속에 눈을 채워 넣었다. 그러는 동안에 오한이 나기 시작하고 기분이 나빠졌다. 말을 타고 집으로 돌아가기에는 상태가 매우 나쁘다는 것을 알고 가까운 아란텔 경의 저택으로 데려다달라고 명령했다. 그는 이 집에서 병석에 누웠다. 그는 생명을 단념하지 않고 쾌활하게 '실험은……매우 성공적이었다'고 썼다. 그러나 이것이 그의 마지막 편지였다."

과학 혁명 시대의 첫 발걸음

15세기 말 콜럼버스가 아메리카 대륙을 발견한 이후 16세기는 그야말로 신대륙이 본격적으로 발견되던 시대였다. 그리하여 지구는 이전보다 훨씬 다양한 생물과 인종이 가득 찬 구球임이 밝혀졌다. 이제는 신이 주관하는 영적인 세계 못지않게 인간의 손과 발과 눈이 닿는 세속의 세계도 복잡해진 것이다. 서양인들은 자신이 실제로 관찰한 이 복잡한 세계를 인식하고 판단할 필요가 있었고, 그 필요를 충족시켜줄 새 시대를 기대하며 17세기를 맞았다.

17세기는 확실히 과학 혁명 시대였다. 신으로 대표되는 영적인 세계가 그 빛을 잃은 것은 아니지만, 우리가 흔히 과학자라고 부르는 서양의 진보적 철학자들은 그 빛이 비추고 있는 구체적 세계에서 너무도 많은 지식을 얻을 수 있게 되었다. 갈릴레오 갈릴레이, 요하네스 케플러, 아이작 뉴턴 등 우리에게 잘 알려진 과학자들은 그저 빙산의 일각일 뿐이다. 학문적 업적이란 몇몇 천재에 의해서 기억되지만, 그들만큼이나 끈기 있고 성실한 수많은 동료가 없었다면 불가능한 것이다.

바로 이 과학 혁명 시대의 첫 발걸음을 내딛은 사람이 베이컨이며, 그의 책 《신기관》이 그 위대한 첫 발자국이다. 《신기관》은 두 권으로 구성되어 있는데, 베이컨은 제1권을 '(우상) 파괴편'으로 제2권을 '(진리) 건설편'으로 불렀다. 제1권에서는 이제까지의 학문이 갖고 있는 4가지 우상(편견)을 논박하고, '자연에 대한 해석'을 가능하게 하는 방법으로 '참된 귀납법'을 제안한다. 제2권에서는 '열熱'에 대한 연구를 예로 들어 자신이 제안한 '참된 귀납법'을 구체적으로 설명해 보인다.

물론 베이컨 자신이 과학자가 아니었기에 당대의 과학적 성과를 제대로 반영하지 못했다는 점, 수학이 과학에서 하는 역할을 제대로 인식하지 못했다는 점, 관찰을 물리량으로 측정하는 근대 과학의 기본 원리에 이르지 못했다는 점 등을 들어 《신기관》의 한계를 말할 수는 있다. 그렇지만 과학적 지식에 이르는 인간의 지성에서 구태의연한 편견을 제거하고, 새 시대에 맞는 '기관(논리학)'이 필요함을 역설했다는 점에서 《신기관》은 분명 17세기 과학 혁명 시대의 서막을 알리는 신호탄이었다.

학문의 진보에 대한 희망의 메시지

인간은 자연의 사용자 및 자연의 해석자로서 자연의 질서에 대해 실제로 관찰하고, 고찰한 것만큼 무엇인가를 할 수 있으며 이해할 수 있다. 그 이상의 것은 알 수도 없고, 할 수도 없다.

경험, 특히 실험을 중시했던 베이컨은 《신기관》을 이와 같은 잠언으로 시작한다. 학문의 대혁신을 기획했던 베이컨의 사상이 중세 신학적 세계관에서 많이 벗어나 있음을 한눈에 알 수 있다. 물론 그저 관찰하고 고찰하기만 하면 무엇인가 할 수 있고 이해할 수 있는 것은 아니다. 조건이 필요하다. 베이컨은 4가지 우상 파괴를 그 조건으로 제시한다. 그렇다면 4가지 우상이란 무엇인가?

'종족의 우상'은 인간성 그 자체에, 인간이라는 종족 자체에 뿌리박고 있는 것이다.……인간의 모든 지각은……인간 자신을 준거로 삼기 쉽다.……표면이 고르지 못한 거울은 사물을 그 본

앙리 마티스, 〈희고 노란 옷을 입은 책 읽는 여인〉
1919년, 캔버스에 유채, 42×33cm, 네덜란드 트리튼 재단 소장.

모습대로 비추는 것이 아니라 사물에서 나오는 (반사)광선을 왜곡하고 굴절시키는데, 인간의 지성이 꼭 그와 같다.

'동굴의 우상'은 각 개인이 가지고 있는 우상이다.……그것은 개인 고유의 특수한 본성에 의한 것일 수도 있고, 그가 받은 교육이나 다른 사람에게 들은 이야기에 의한 것일 수도 있고, 그가 읽은 책이나 존경하고 찬양하는 사람의 권위에 의한 것일 수도 있고, 첫인상의 차이에 의한 것일 수도 있다.

인간 상호간의 교류와 접촉에서 생기는 우상이 있다. 그것은 인간 상호간의 의사소통과 모임에서 생기는 것이므로 '시장의 우상'이라고 부를 수 있겠다. 인간은 언어로써 의사소통을 하는데, 그 언어는 일반인들의 이해 수준에 맞추어 정해진다. 여기에서 어떤 말이 잘못 만들어졌을 때 지성은 실로 엄청난 방해를 받는다.

철학의 다양한 학설과 그릇된 증명방법 때문에 사람의 마음에 생기게 되는 우상이 있는데, 나는 이를 '극장의 우상'이라고 부르고자 한다. 지금까지 받아들여지고 있거나 고안된 철학체계들은, 생각건대 무대에서 환상적이고 연극적인 세계를 만들어내는 각본과 같은 것이다.……그와 같은 각본은 수없이 만들어져 상연되고 있는데, 오류의 종류는 전혀 다르지만 그 원인은 대체로 같다.

이상이 《신기관》에 나오는 유명한 '4가지 우상'이다. 근대적 학문에 종사하는 사람이 반드시 벗어나야 하는 4가지 편견인 것이다. 인간

의 척도로 자연을 바라보고, 개인의 성격이나 교육·습관·경향을 과
신하고, 일상적으로 소통되는 언어의 부정확성으로 인한 오해에 현
혹되고, 특정 사상의 체계나 이론에 얽매이는 것. 이 4가지 편견을 제
거하지 못한다면 사물을 객관적으로 관찰하지 못하고, 개별적인 사
례들을 연구하면서 귀납적으로 자연의 법칙에 다가가지도 못한다고
베이컨은 주장한다.

이 4가지 우상에 대한 장황한 논박을 끝내고 나서, 베이컨은 자신이
주장하는 '참된 귀납법'을 사용해 '학문의 진보'를 위해서 매진할 것
을 강력하게 호소한다. '참된 귀납법'은 《신기관》에 조금은 추상적으
로 정의되어 있긴 하지만, 근대 자연과학의 방법론과 본질적으로 같
다고 할 수 있다. 실제로 베이컨에게 학문의 진보란 자연과학의 진보
와 다름없다.

     학문과 기술의 발견 및 증명에 유용한 (참된) 귀납법은,
적절한 배제와 제외에 의해 자연을 분해한 다음, 부정적 사례를 필
요한 만큼 수집하고 나서 긍정적 사례에 대해 결론을 내리는 것이
다.……참된 귀납법 혹은 진정한 증명방법을 도입하기 위해서는 지
금까지 아무도 생각하지 못했던 많은 일들을 해야 하거니와, 특히
사람들이 삼단논법에 쏟아왔던 노력보다 더 많은 노력을 기울여야
한다. 참된 귀납법의 도움을 받으면 공리를 발견하기도 쉽고 개념을
규정하기도 쉽다.

베이컨은 4가지 우상(편견)에서 벗어나 참된 귀납법에 입각한 연구가 활성화되면, 학문이 놀라운 진보를 이룰 것이라고 확신했다. 그의 확신대로 편견에서 벗어난 학문, 특히 자연과학은 눈부시게 발전했다. 그 과정에서 수많은 후배가 베이컨을 뒤이어 실험에 매진하다 정신적으로, 그리고 실제로 순교했다. 세계의 그 어떤 문명권보다도 편견의 벽이 두꺼웠던 만큼 벽을 뚫고 나가는 열정 또한 대단했던 서양 문명이 유사 이래 처음으로 세계사의 주인공이 되는 장면이다.

처음 읽는 신기관

베이컨 이전의 서양 학문에서는 초월적이고 관념적인 형이상학이 자연 현상을 지배했다. 그리고 관찰이 진리에 접근할 수 없는 불완전한 경험만을 인간에게 준다고 생각했기 때문에 귀납법의 가치를 인정하지 않았다. 베이컨은 자연 현상의 인과관계를 도리어 중요시했고, 기존의 지식을 강화하는 연역법보다는 새로운 지식의 지평을 열 수 있는 귀납법의 가치를 높이 샀다.

그에 따라 그는 당연히 형이상학보다는 자연과학을 학문의 중심에 우뚝 세웠고, 귀납법이 효율적으로 새로운 지식의 지평을 열 수 있도록 수동적 관찰보다는 적극적·반복적 관찰이라고 할 수 있는 '실험'을 중요시했다. 그 무엇보다도 베이컨이 최우선 과제로 생각했던 일은 편견의 정체를 분명히 아는 것이었고, 실제로 그는 인류 지성사에서 처음으로 그 일을 해냈다. 베이컨은 적(편견)을 알고 싸웠기에 학문의 전투에서 이길 수 있었다.

우리가 서 있는 곳이
유토피아다

《유토피아》

"눈보다 순결한 영혼을 가진 사람"

토머스 모어(1477~1535)는 영국 런던의 법률가 존 모어의 아들로 태어났다. 12세에 당대 최고의 현자로 존경받던 존 모턴 경의 집에서 시동侍童 노릇을 하며 배움의 문을 두드렸다. 모어의 비범함을 간파한 모턴 경은 모어의 아버지와 상의하여 그를 옥스퍼드 대학에 입학시켰다. 모어는 대학에서 라틴어와 그리스어는 물론 수사학도 배워 정통하게 되었다. 이때 인문주의자로서 소양을 모두 갖춘 셈이다.

16세가 되었을 때 모어는 아버지의 요구로 옥스퍼드 대학을 중퇴하고 법률가가 되려고 링컨 법학원에 입학했다. 모어는 이 시절부터 이탈리아에서 시작된 대륙의 르네상스를 배우기 시작했는데, 에라스뮈스와 친교를 맺은 후부터는 인문주의자로서 명성을 얻게 된다(에라스뮈스는 토머스 모어의 집에 머물면서 《우신예찬》을 집필했다).

모어는 세속적으로도 충분히 성공한 사람이었다. 한때 종교적 소명 의식을 느끼고 4년간 수도원 생활을 하기도 했지만, 결국 성직자의 길을 버리고 결혼하여 법률가와 정치가로 활동하다가 대법관의 자리까지 오른다.

정의와 양심의 인간으로서 인문주의의 세례를 받은 모어였기에, 세속적인 성공의 끝엔 비참한 최후가 기다리고 있었다. 당시 교황청과 결별하고 국왕 자신이 교회의 수장이 되는 종교개혁을 단행한 헨리 8세는 교황청에 보낼 자신의 이혼 청구서에 토머스 모어가 서명하기를 거부했다 하여 그를 반역죄로 런던탑에 구금했다. 결국 토머스 모어는 1535년 참수형에 처해졌다.

토머스 모어의 죽음은 온 유럽을 경악시켰고 에라스뮈스는 "토머스 모어는 눈보다도 순결한 영혼을 가진 사람이었다. 영국은 과거에도 그리고 이후로도 그와 같은 천재성을 다시 발견할 수 없을 것이다"며 그의 죽음을 애도했다. 그가 죽은 후 400년이 지난 1935년 교황 비오 11세는 토머스 모어를 시성諡聖했으며, 이후 교황 요한 바오로 2세에 의해 정치가의 수호성인守護聖人으로 선언되었다.

종교적 편견에서 벗어난 정치적 공상소설

1516년에 출판된 토머스 모어의 《유토피아》는 가상의 이상세계를 그린 작품이다. 제목인 '유토피아utopia'는 그리스어의 '없다ou'와 '장소topos'의 복합어다. 이는 모어가 직접 만든 신조어인데, 현실에서는 존재하지 않는 세계 혹은 현실에서는 실현 불가능한 이상향을 말한다. 박혜영이 《고전의 향연》에서 지적한 것처럼 "이런 '비현실성'이 실제로는 그렇지 못한 현실세계를 비판할 수 있는 원동력"이 된다. 모어는 이 책을 통해서 이상이 현실과 공존하면서 동시에 현실을 비판하는 독특한 구성을 창조해낸 것이다.

《유토피아》는 모어가 플랑드르 지방을 방문했을 때 포르투갈 선원 라파엘 히슬로다에우스에게서 들은 이상적인 섬나라, 유토피아에 대한 이야기를 담은 정치적 공상소설이다. 유토피아에서는 인간의 탐욕을 부추기는 사유재산이 폐지되고, 노동계급과 유한계급의 분리가 용납되지 않고, 의료복지 체제가 완비되고, 놀랍게도 안락사가 허용된다. 금과 보석들이 사치와 허영과 함께 멸시되고, 백성들은 하루 6시간 이상 노동하지 않고, 교육의 가치가 존중되고, 남녀 차별은 사라진 지 오래고, 공직자들의 청렴이 당연시되고, 종교적 관용이 보장된다. 이는 정치적으로나 사회·윤리적으로 수백 년을 앞선 주장이다.

그러나 명심할 점이 있다. 토머스 모어는 '반드시 가야만 할 나라'인 유토피아를 한 번 가기만 하면 더는 다른 어디로 갈 필요가 없는 영원한 천국으로 그리지 않았다. 그 천국이 천국으로서 자격을 갖지 못

한스 홀바인, 〈로테르담의 에라스뮈스의 초상〉
1523년, 패널에 유채, 42×38cm, 파리 루브르 박물관 소장.

한다면, 그곳은 다시 더 나은 세상을 꿈꾸며 떠나야 하는 임시적인 천국일 뿐이다. 유토피아가 영원한 천국이라면, 이 생각은 또 다시 편견이 되어 더 나은 세상을 꿈꾸는 우리를 속박할 것이기 때문이다. 결국 토머스 모어의 《유토피아》는 두 가지 편견을 깨버렸다. 그리고 우리는 그 깨진 편견 위에 두 가지 위대한 생각의 기둥을 세울 수 있게 되었다. 첫째, 종교는 보다 나은 세상을 이 지상에 건설하고자 하는 인간의 숭고한 욕망을 결코 막을 수 없다. 둘째, 유토피아를 찾아 떠날 필요가 없는 완전한 유토피아는 있을 수 없다. 이 두 가지 생각 이야말로 토머스 모어가 《유토피아》를 통해 우리에게 전해주고 싶은 간절한 메시지다.

유토피아는 만들어질 뿐이다

양들은 언제나 온순하고 아주 적게 먹는 동물이었습니다. 그런데 이제는 양들이 너무나도 욕심 많고 난폭해져서 사람들까지 잡아먹는다고 들었습니다. 양들은 논과 집, 마을까지 황폐화시켜 버립니다.……그들(귀족과 성직자)은 이 사회에 아무런 좋은 일을 하지 않고 나태와 사치 속에서 사는 것만으로도 부족하다는 듯이 이제는 더 적극적인 악행을 저지릅니다. 모든 땅을 자유롭게 경작하도록 내버려두지 않고 목축을 위해 울타리를 쳐서 막습니다.

《유토피아》는 크게 2부로 이루어져 있는데, 제1부에서는 영국의 당대 현실 문제를 라파엘의 목소리로 비판한다. 그는 넓은 땅에 울타리를 쳐서 목초지를 만들던 인클로저enclosure의 폐해를 언급한다. 모어가 살던 영국 사회는 이 '인클로저'로 대변되는 초기 자본주의의 병리적인 현상들이 나타나기 시작한 때다. 모어가 뜬금없이 헛된 공상의 날개를 펼치며 재미있는 소설 한 편을 쓴 것이 아니라는 사실을 정확하게 알게 해주는 대목이다. 사실 모어가 가장 관심을 가졌던 것은 자신의 조국인 영국의 사회 문제들이었다. 라파엘의 목소리를 빌린 모어의 현실 비판은 대단히 구체적이다.

인클로저로 인해 많은 곳에서 곡물 가격이 급등했습니다. 또 양모 가격도 껑충 뛰어서 가난한 직공들이 양모를 구하지 못하여 일 없이 놀게 되었습니다.……양모 상업이 정말로 단 한 사람의 수중에 들어간 것이 아니므로 '독점'이라고 부를 수는 없지만 아주 소수의 수중에 들어가 있고 또 이 사람들이 아주 부자들이어서 그들이 팔고 싶은 마음이 들 때까지, 다시 말해서 받고 싶은 가격이 될 때까지는 서둘러 팔려고 하지 않기 때문입니다.

한편 제2부는 작중의 모어가 라파엘이 말하는 유토피아의 제도 전반에 대해 받아 적은 내용들이다. 이 제2부야말로 모어의 정치 철학이 지향하는 바가 되겠다. 유토피아의 시민들은 당대 영국에서 행해지고 있는 갖가지 모순을 합리적이며 인도적인 방법으로 거의 극복한 것으로 보인다. 제2부에서는 현대적 관점에서 보았을 때도 결코 낡아 보이지 않는 모어의 정치 철학을 엿볼 수 있는데, 특히 종교적 관용을 언급한 대목에서는 모어의 진보적 성향에 놀라지 않을 수 없다. 때는 바야흐로 신교와 구교 사이의 피비린내 나는 종교전쟁의 시대였지 않은가?

모든 사람들은 자신이 선택한 종교를 믿을 수 있으며, 조용하고 겸손하고 합리적으로, 또 남에게 고통을 가하지 않는다는 조건으로 전도를 할 수 있게 하였습니다. 설득에 실패했다고 해서 힘을 남용하거나 폭력에 의존할 수는 없으며 이를 위반한 사람은 추방형 혹은 노예형에 처했습니다.

그러나 참으로 이상한 일이다. 제2부를 읽다 보면, 유토피아가 당대 유럽의 국가들보다 못한 점도 적지 않게 눈에 띈다. 인간의 숭고한 쾌락마저 억제하는 스파르타식 획일주의, 매수를 일삼고 용병의 생명을 경시하는 비열한 전쟁 방식, 나체로 맞선을 보는 반인권적 관습 등이 '반드시 가야만 하는 이상향'의 모습은 아닐 것이다. 실제로 제2부 마지막에서 모어 역시 이 점을 지적한다.

라파엘 씨가 이야기를 마쳤을 때 그가 설명한 유토피아

의 관습과 법 가운데 적지 않은 것들이 아주 부조리하게 보였다. 그
들의 전쟁술, 종교의식, 사회관습 등이 그런 예들이지만, 무엇보다
도 내가 가장 큰 반감을 가진 점은 전체 체제의 기본이라 할 수 있는
공동체 생활과 화폐 없는 경제였다.……비록 그가 의심할 바 없이
대단한 학식과 경험을 가진 것은 분명하지만, 나는 그가 말한 모든
것에 동의할 수는 없다. 하지만 고백하건대 유토피아 공화국에는 실
제로 실현될 가능성은 거의 없지만 어쨌든 우리나라에도 도입되었
으면 좋겠다고 염원할 만한 요소들이 많다고 본다.

이에 대해서는 《유토피아》의 번역자 주경철이 '해제'에서 지적한 바
를 읽고 생각을 정리할 필요가 있다.

"여기에서 다시 생각해볼 점은 유토피아 역시 더이상 진전이 필요 없
는 완벽한 세계가 아니라는 사실이다. 사실 유토피아 사회도 역사를
통해 발전한 곳이라는 점을 인식할 필요가 있다.……유토피아는 그
자체로서 우리가 지향해야 할 이상향이 아니라 현실 사회를 비추어
줄 거울의 기능을 한다. 모어는 특정한 이상향을 곧바로 제시했다기
보다 이상향은 어떠해야 하는지 생각하는 방법을 제시한 것이다."

결국 유토피아는 찾아가기만 하면 되는 그런 곳도 아니요, 한 번 찾
기만 하면 더는 찾을 필요가 없는 곳도 아니다. 유토피아는 '어딘가'
에 완벽한 상태로 존재하지 않고 '바로 여기' 불완전한 세상에서 건
설되어야 하며, 그 건설의 역사는 인간이 살아 있는 한 영원히 계속

되어야 할 것이다. 단 하나의 종교, 단 하나의 천국을 강요하는 편견
에서 자유로웠던 인문주의자 토머스 모어의 유토피아관觀은 이렇듯
'발전' 가능성에 항상 열려 있어 새로운 편견에 사로잡히는 어리석음
을 범하지 않았다.

처음 읽는 유토피아

편견은 우리의 생활이나 지식을 왜곡하는 데 그치지 않고 우리가 원
하는 풍요로운 세상, 평화로운 세상, 평등한 세상을 꿈꾸지 못하게 만
든다. 그리고 아주 아이로니컬하게도 인간을 구원하기 위해 우리의
정신을 지배했던 종교가 그런 편견의 가장 완고한 주재자였다. 단 하
나의 종교와 단 하나의 천국이 그 밖의 수많은 종교와 천국의 존재를
인정하지 않았다. 그 편견에서 벗어나기만 하면 신세계가 열릴 수 있
는 그런 편견이, 다른 것이 아닌 바로 종교에 의해 완고하게 고착되었
던 것이다.

유럽에서는 그러한 종교적 편견이 천 년 동안 고딕 건축물처럼 단단
하게 유럽인들의 정신을 지배했다. 하지만 르네상스기에 이르러 그
편견은 점차 금이 가기 시작했다. 16세기 유럽의 인문주의자들은 기
독교가 설정해놓은 사후 천국을 인정했지만, 지금 이 세상이 단지 천
국으로 가기 위한 남루한 임시 거처에 불과하다는 편견에서 벗어났

다. 그들은 정의와 평등, 이성과 합리적인 제도로써 이 세상에 천국을
건설하고자 하는 열망을 갖게 되었다. 토머스 모어의 《유토피아》는
바로 그 열망의 최초의 결실이었고, 이 결실은 지금까지도 여전히 유
효하다.

나는 당신의 권리를 위해
내 목숨을 바치겠다

《관용론》

찬사 혹은 질투

"나는 당신이 하는 말에 찬성하지 않지만, 당신이 그렇게 말할 권리를 지켜주기 위해서라면 내 목숨이라도 기꺼이 바치겠다." 관용에 관해 이야기할 때 자주 언급되는 이 말은 볼테르(1694~1778)가 했다고 잘못 전해졌지만, 틀림없이 볼테르다운 이야기다. 그런 관용의 정신이야말로 볼테르가 자신의 정신세계를 구축하는 도구요 목표였기 때문이다.

'볼테르'는 필명이고, 본명은 '프랑수아 마리 아루에'다. 그는 파리에서 유복한 공증인의 아들로 태어나 높은 수준의 교육을 받은 천재적인 지식인이었다. 격동의 18세기를 고스란히 살아낸 그는 정치적으로나 종교적으로 매우 비판적인 정신의 소유자였기에 영국으로 독일로 스위스로 숱한 망명 생활을 감내해야만 했다. 재기발랄한 논객이었던 볼테르는 많은 사랑을 받았지만, 동시에 시기와 질투 역시 그에 못지않게 많이 받았다. 그의 84년 일생은 그야말로 한 편의 드라마처럼 파란만장했다.

흔히 18세기 프랑스의 작가이자 계몽사상가라고 소개되는 볼테르는 99권의 책을 썼던 왕성한 저술가였다. 다만 《캉디드 혹은 낙관주의》와 《관용론》, 이 두 책을 제외하고는 우리에게 그다지 잘 알려져 있지 않고, 국내에 번역조차 되어 있지 않다. 왜 그런가? 또한 우리가 흔히 접할 수 있는 서양철학사에서도 볼테르에 대해서는 그다지 많은 지면을 할애해주지 않는다. 왜 그런가? 다음과 같은 찬사를 받는 볼테르에게 웬 푸대접이란 말인가?

"이탈리아에 르네상스가 있고 독일에 종교개혁이 있다면 프랑스에는 볼테르가 있다."(빅토르 위고)

"세상 모든 책이 불탈 때 단 몇 권의 책을 구할 수 있다면 성경과 셰익스피어와 도스토옙스키의 작품들과 볼테르의 《캉디드 혹은 낙관주의》를 구하겠다."(앙드레 지드)

"볼테르는 일평생 인간의 오류를 고발하기에 전념했다."(귀스타브 랑송)

그렇다면 앞에서 던진 물음에 대해서는 두 가지로 답할 수 있을 것 같다. 첫째는 우리나라에서 볼테르가 상대적으로 저평가되었다. 둘째는 우리나라에서 고전을 선정하고 번역하고 읽히는 일이 편향적으로 이루어졌다. 물론 그 외의 답도 있을 수 있고, 아예 정답이 없을 수도 있다. 독자들이 고전을 폭넓게 접하고 볼테르에 대해 스스로 소신 있게 평가를 내릴 수 있는 능력을 배양하는 길밖에 없다.

다른 서양철학사 관련 서적과는 달리 윌 듀랜트의 《철학 이야기》에서는 한 장章을 할애해서 볼테르의 삶과 사상에 대해 진지하고 흥미로운 평가를 내린다. 《철학 이야기》는 그 자체로서도 훌륭한 서양철학 입문서이지만, 볼테르에 대한 우리의 생각을 정리하는 데에는 그야말로 최고의 책이라 할 수 있다.

불관용의 해악에 대한 준엄한 보고서

《관용론》은 장 칼라스 사건에 대한 백서白書 형식의 책이다. 백서란 '특정 사건이나 현상을 분석하고 그 내용을 만인에게 알리기 위해 만든 보고서'를 말한다. 그렇다면 장 칼라스 사건은 도대체 어떤 사건이었나?

모범적인 가장인 장 칼라스는 툴루즈 지방에 사는 신교도 상인이었다. 그의 큰아들 마르크 앙투안은 변호사가 되고자 했던 꿈이 좌절되자 자살을 택한다. 구교도와 신교도가 서로 찢어 죽이는 광신의 시대에 이 자살은 왜곡되기에 충분했다. 마르크 앙투안이 구교로 개종하려 했기 때문에 가족들이 그를 죽인 것이라고 말이다. 구교도 재판관들은 장 칼라스에게 사지를 찢어 죽이는 거열형을 선고하고, 1762년 형이 집행된다. 장 칼라스가 처형된 후 박해받던 그의 가족들이 볼테르에게 도움을 청했을 때, 그들이 겪은 중세적 박해의 이야기를 듣고 그는 경악했다. 그리하여 볼테르의 노력으로 이 사건은 재심에 회부되고 부당성이 입증되어 장 칼라스는 처형된 지 3년 만에 무죄가 되어 복권된다.

아주 간단한 듯 보이는 이 사건은 18세기 유럽 사회가 갖고 있던 신구교간의 상호 편견이 빚은 잔혹한 비극을 아주 상징적으로 보여준다. 하지만 이 사건을 통해서 볼테르가 호소한 관용은 단지 당대의 종교적 갈등이나 편견의 문제에만 국한된 것이 아니다. 《관용론》의 번역자 송기형·임미경도 '인간 정신의 자유에 대한 옹호'라는 제목의 서문에서 정확하게 지적했다.

"그가 이 책을 통해 호소한 관용은 종교적 대립의 상처가 깊었던 볼테르 당대의 시대적 요청이었지만, 또한 시대를 초월한 보편적인 미덕이기도 했다."

종교적 신념이든 이성적 신념이든 다른 그 어떤 신념이든 '관용'이 '편견'을 이기지 못한다면, 인간의 신념은 인간을 얼마나 잔혹하게 만들 수 있는가? 이런 철학적인 물음을 물어야만 장 칼라스 사건의 백서라 할 수 있는 볼테르의 《관용론》이 왜 쓰였는지, 왜 쓰여야만 했는지, 왜 시대를 초월한 고전이 되었는지 알 수 있을 것이다.

스스로 "나는 깊지 않기 때문에 밑바닥까지 보이는 작은 시내와 같다"고 말했던 볼테르. 언제나 사상의 자유와 건강한 소통을 사랑했던 논객 볼테르. 《관용론》에서는 그런 볼테르의 면모를 전혀 볼 수 없다. 그는 바뀌었다. '작은 시내'가 아니라 짙푸른 '대하大河'가 되었다. 위트를 버리고 진지했다. 비꼬지 않고 정곡만을 찔렀다. 볼테르는 논객이 아니라 철학자가 되어 《관용론》을 인간과 인권의 역사 앞에 바쳤다.

볼테르의 기도

신앙의 자유에 대한 이 책은 권력과 신중함 앞에 인도주의의 이름으로 겸허하게 내놓는 호소입니다. 나는 이 책을 통해 후일 열매를 맺게 될 씨앗을 하나 뿌렸습니다. 이제 남은 일은 시간의 흐름에, 국왕의 호의에, 그의 각료들의 현명함에, 그리고 바야흐로 문명의 빛을 널리 퍼뜨리고 있는 이성의 정신에 모든 것을 맡기고 기다리는 일입니다.

볼테르는 《관용론》의 마지막 25장에서 이렇게 적는다. 그가 뿌린 관용이라는 씨앗이 튼실한 열매를 맺을지 썩은 열매를 맺을지는 관용의 정신이 얼마나 살아 있는지에 달려 있다. 그러나 그토록 기다리던

장 바티스트 카미유 코로, 〈화관을 쓴 책 읽는 여인〉
1845년, 캔버스에 유채, 47×34cm, 파리 루브르 박물관 소장.

열매는 '장 칼라스 사건'보다 잔혹한 인종차별, 세계대전, 대학살 등이었다. 국왕은 호의를 잃었고, 각료들은 현명함을 잃었고, 이성은 관용을 잃었다. 역사는 볼테르의 간절한 호소를 저버렸다.

볼테르 자신도 이렇듯 비극적인 미래를 어느 정도 직감했을까? 그는 《관용론》에서 장엄한 기도를 신에게 올렸다. 그것은 관용을 잃지 않게 해달라는 기도였다. 편견을 이길 수 있는 위대한 미덕인 관용은 불완전한 인간에게 호소해서는 결코 얻을 수 없는 것이기에, 볼테르는 《관용론》 23장에서 이렇게 신에게 기도를 올렸을까?

이제 나는 인간들이 아닌 신에게, 즉 온갖 존재와 전 세계와 모든 시대를 주관하시는 하나님, 당신에게 호소하려 합니다.

이 광대한 공간에서 길 잃고 떠도는, 우주의 티끌처럼 흔적 없는 미약한 존재들이 감히 당신에게, 모든 것을 주셨으며 또한 그 뜻은 변함없고 영원하신 당신에게 무엇을 간구하는 일이 허락된다면, 부디 우리 인간의 본성에서 비롯된 죄들을 가엾게 보아주소서. 그러므로 그러한 죄로 인해 우리를 재앙 속에 던지지 말아주소서. 당신은 우리에게 결코 서로를 미워하라고 마음을 주신 것이 아니며, 서로를 죽이라고 손을 주신 것이 아닙니다. 그러므로 우리가 서로 도와서 힘들고 덧없는 삶의 짐을 견디도록 해주소서.

우리의 허약한 육체를 가리고 있는 의복들, 우리가 쓰는 불충분한 언어들, 우리의 가소로운 관습들, 우리의 불완전한 법률들, 우리의 분별없는 견해들, 우리가 보기에는 참으로 불균등하지만 당신이 보기에는 똑같은 우리의 처지와 조건들 사이에 놓여 있는 작은 차이들, 즉 인간이라 불리는 티끌들을 구별하는 이 모든 사소한 차이들이 증오와 박해의 구실이 되지 않도록 해주소서.

당신을 숭배하느라고 한낮에 촛불을 켜는 자들이 당신이 내려주는 햇빛으로 만족하는 사람들을 관대히 대하게 해주소서. 당신을 사랑한다는 것을 내보이기 위해 자신들의 옷 위에 흰색 천을 덮어쓰고 다니는 자들이 검은 모자 망토를 걸치고서도 당신을 사랑한다고 말하는 사람들을 미워하지 않도록 해주소서. 당신을 경배하는 말에 옛날에 사용되던 언어를 쓰든 더 나중의 언어를 쓰든 마찬가지로 경건하게 여기도록 해주소서.

붉은색이나 자주색의 옷을 입은 사람들(고위 성직자들), 이 세상의 다만 흙덩이에 불과한 한 조각 땅 위에 군림하는 사람들, 그리고 금은동으로 만든 둥근 금속 조각들을 가진 사람들, 이들이 자신의 '지위'와 '부'라고 부르는 것을 누리는 데 거만하지 않게 해주시고, 또한 그 밖의 사람들은 이들을 시샘하지 않게 해주소서. 사실 당신도 아시는 바와 같이 이러한 허세란 부질없는 것이라서 부러워할 것도 우쭐할 것도 없기 때문입니다.

이 세상 사람들이 그들 모두가 형제라는 사실을 잊지 않게 해주소서! 사람들로 하여금, 노동과 정직한 생업의 결실을 강탈해가는 강도들을 증오하듯이 그들의 영혼에 가해지는 폭압을 증오하게 해주소서. 전쟁이라는 재앙은 피할 수 없는 것이라 해도, 평화를 유지하는 동안만은 서로를 미워하지 않고, 서로 편 갈라서 고통을 주지 않게 해주소서. 그리고 시암에서 캘리포니아에 이르기까지 다양한, 그러나 당신을 경배하는 데서는 마찬가지인 수많은 언어를 통해, 우리가 이 땅에 머무는 시간을 우리에게 이 삶을 주신 당신의 은혜를 찬양하는 데 쓰게 하소서.

볼테르가 기도를 올리고 3세기가 지나 바야흐로 21세기로 접어들었지만, 세상은 여전히 잔혹한 편견의 벽에 갇혀 있다. 이 기도를 들어야 할 신은 응답이 없다. 하기야 '3세기씩이나'가 아니라 '3세기밖에' 아직 안 지났다. 기다림의 시간이 아직은 부족하다고 생각하자. 아직도 60억의 인구가 '지구'라고 불리는 이 위태로운 별에서 죽지 않고 살아 있음에 고마워하자. 볼테르의 후예들이 관용의 창을 들고 편견과 맞서 싸우고 있음을 기억하자. 그리고 그 후예들의 수가 줄지 않고 빠른 속도로 늘어나고 있는 기적에 기립박수를 보내자.

처음 읽는 관용론

하나의 편견은 인간의 현명한 노력에 의해 무너지면서, 그 현명한 노력도 함께 무너뜨리며 또 하나의 편견을 만들어낸다. 일종의 도미노 현상이라 할 수 있겠다. 아주 놀랍게도 '근대적 이성'이라고 하는 가장 현명한 편견 퇴치 수단도 가장 포악한 편견으로 전락하는 데 200년에서 300년 정도면 충분했다. 이렇듯 무서운 편견은 불관용을 동력으로 작동한다. 나와 타인, 나의 세계관과 타인의 세계관, 나의 신앙과 타인의 신앙, 내가 속한 문명과 타문명의 차이를 공격적으로 해석하는 불관용이야말로 편견을 무서운 적으로 만들어주는 근본적인 원인이다. 그런 의미에서 볼테르의 '신에게 올리는 기도'는 인간의 영혼이 불관용을 이기고 편견의 도미노 현상을 막을 수 있는 가장 위대한 자기반성의 기도다. 인간이라 불리는 티끌들을 구별하는 이 사소한 차이들이 증오와 박해의 구실이 되지 않도록 해주소서!

제 3 장

널리 배움을 구하다

배우고 때때로 익히면
또한 기쁘지 않겠는가

《논어》

배움을 탐했던 사람

공자(기원전 551~기원전 479)는 중국 산둥성山東省 취푸시曲阜市의 동남쪽 지방에서 아버지 숙량흘과 어머니 안씨 사이에서 태어났다(아버지는 3세 때, 어머니는 17세 때 돌아가셨다). 자는 중니仲尼요 이름은 구丘다. 춘추시대 말기를 살았던 그는 주周나라의 질서가 혼란스러워지자 주 왕조 초의 제도를 복원하는 일을 평생의 사명으로 생각했다. 노나라는 주나라 무왕武王이 동생인 주공周公에게 봉해준 나라이고, 공자가 태어난 곳은 주나라 천자天子가 사는 낙읍洛邑, 지금의 허난성河南省 뤄양洛陽(주나라 때는 낙읍으로 불렸다)에서 가까운 문화적 중심지였다. 그런 까닭에 공자는 자신이 태어난 노나라를 자랑스럽게 생각했다. 《논어》의 "제나라가 한 번 변하면 노나라에 이르고, 노나라가 한 번 변하면 이상향에 이른다"(〈옹야〉 편) 하는 대목에서도 그의 자부심을 읽을 수 있다.

당시 제나라는 강대국이었지만 인仁을 저버리고 패도정치를 일삼았고, 노나라는 약소국이었지만 주공이 남긴 여러 가지 예악禮樂과 법도法度가 남아 있었다. 그런 까닭에 공자는 노나라의 정치 제도를 잘 개혁하면 왕도정치를 실현할 수 있는 이상적인 사회를 재건할 수 있으리라고 생각했다.

공자의 일생은 사후 공자의 명성과는 달리 빛나지 못했다. 공자는 젊은 날 창고지기와 가축 사육일을 하면서도 주나라 예법에 대한 공부의 끈을 놓지 않았다. 예禮의 전문가로 관직에 나아갈 수 있었지만, 입신양명하지는 못했다. 결국 공자는 48세 때 정치에서 물러나 제자들을 가르치는 일을 시작했다. 그에게 천명天命은 아마도 후학들을 가르치는 일이었는지 모른다.

50대 중반부터 제자들을 이끌고 여러 나라를 떠돌며 자신의 이상을 실현해보고자 했으나, 그를 받아주는 나라는 없었다. 결국 그는 철저하게 실패한 이상가로 조국인 노나라로 돌아왔다. 패권주의가 팽배하던 춘추시대에 공자의 이상은 제후들에게 망상으로 보였을 것이다. 그는 노나라에 돌아와서 제자들을 가르치고 문헌을 정리하는 데

에만 몰두하며 말년을 보냈다. 그리고 73세가 되는 해에 세상을 떠나 노나라 수도 북쪽 쓰수이泗水강 언덕에 묻혔다.

도대체 공자는 어떤 인물인가? 성인인가, 낡은 봉건주의 사상의 태두泰斗인가? 동아시아 사상계의 최고봉이라는 지위를 2,500여 년 동안 차지해왔던 공자에 대해서는 말도 많고 탈도 많다. 실제로 전 세계 사상가 중에서 공자만큼 극단적인 존경과 비판을 동시에 받는 인물은 없다. 그렇지만 후대에 '배우기를 좋아하는 사람'의 귀감이 되었다는 점만큼은 부정하기 힘든 공자의 공헌이다.

《논어》의 "열 집이 살고 있는 조그만 마을이라도 반드시 나와 같이 성실하고 믿음직한 사람은 있겠지만 나처럼 배우기 좋아하는 사람은 없을 것이다"(〈공야장〉편) 하는 대목에서 알 수 있듯이, 그는 위대한 사상가이자 스승이기 이전에 평생 동안 배우기를 좋아했던 사람이다.

스승을 그리워하다

공자가 그의 제자들과 나눈 이야기를 기록해놓은 《논어》는 동아시아에서 수천 년 동안 베스트셀러였고, 앞으로도 그럴 것이다. 지금 우리나라에도 수십 종의 번역본이 대형서점 서가 한 칸을 차지하고 있어,《논어》를 읽거나 공부하고자 하는 독자들을 난감하게 만든다. 또한 총 20편 500여 문장으로 이루어진 이 불멸의 고전은 금언(아포리즘)의 보고寶庫이기도 하다.

《논어》를 정식으로 읽어본 적이 없는 독자라도 "30세에는 자아를 확립했고(이립而立), 40세에는 사물의 도리를 판단할 때 혼란을 일으키지 않았고(불혹不惑), 50세에는 천명을 알았고(지천명知天命), 60세에는 여러 가지 비판을 자연스럽게 받아들이게 되었으며(이순耳順)"(〈위정〉편)에서 따온 나이별 이름을 모르는 사람이 있을까? "옛것을 익혀 새것을 알면(온고이지신溫故而知新) 남의 스승이 될 수 있다"(〈위정〉편)에서 유래한 온고지신溫故知新을 모르는 사람이 있을까?

《논어》는 매우 다양한 내용을 담고 있다.《논어》를 번역하고 해설한 이강재는 청나라 말 량치차오梁啓超가《논어》에 담긴 내용을 분류한 바를 다음과 같이 소개한다. ① 개인의 인격 수양에 관한 가르침, ② 사회의 윤리에 관한 가르침, ③ 정치에 관한 이야기, ④ 철학적 이치에 관한 이야기, ⑤ 제자나 당시 사람들에게 그들의 상황에 따라 가르침을 베푼 문답, ⑥ 제자나 옛사람 혹은 당시 사람들에 대한 평가, ⑦ 자기 자신에게 한 이야기, ⑧ 공자의 일상생활에 대한 이야기나 제자들의 눈에 비친 공자의 인격 등이다.

이렇게 다양한 내용을 담았다 해도,《논어》를 읽는 독자들은 대부분 공자의 인간됨을 가장 진하게 느끼게 된다.《논어》가 공자의 학문적 업적을 객관적으로 서술한 딱딱한 책이라기보다는 공자를 사랑한 제자들이 스승을 그리워하는 마음에서 편찬한 매우 인간적인 책이기 때문이다.

우리는《논어》에서 혼란한 시대에 바른 정치를 구현하는 통치학을 배울 수도 있고, 원만한 인간관계의 방법이나 자기수양법을 배울 수도 있으며, '인仁'의 철학적 의미와 '군자君子'의 도道를 배울 수도 있다. 하지만 그 어떤 것을 배우든지 기어코 가장 인상적으로 배우게 되는 것은 인자한 스승이 겸손하면서도 당당한 목소리로 들려주는 '배움' 그 자체다.

불멸의 스승

배우고 때때로(또는 항상) 익히면 또한 기쁘지 않겠는가? 벗이 먼 곳에서 찾아온다면 또한 즐겁지 않겠는가? 남이 알아주지 않아도 성내지 않는다면 또한 군자답지 않겠는가?

이는 《논어》의 첫 구절이다. 공자의 제자들이 가장 먼저, 가장 존경스러운 마음으로 떠올린 스승의 말씀이 어쩌면 이다지도 정겹단 말인가? 이 구절을 아무리 읽어봐도 공자에게서 성인다운 면모는 떠올릴 수 없다. 공자는 제자들에게 이토록 따뜻한 스승이었다.

유(자로)야! 너에게 안다는 것이 무엇인지 가르쳐주마. 아는 것을 안다고 하고 모르는 것을 모른다고 하는 것, 이것이 아는 것이다.

카를 슈피츠베크, 〈책벌레〉

1850년경, 캔버스에 유채, 49×27cm, 독일 슈바인푸르트 게오르그 셰퍼 미술관 소장.

무슨 일이든 성급하게 앞서 나가는 버릇이 있는 자로에게 공자가 한 말이다. 아는 영역과 모르는 영역을 분명히 하고, 모르는 것에서 아는 것을 취하는 자로의 공부법에 따끔하게 일침을 가한 것이다. '안다'는 것에 대해 이렇게 정곡을 찌르는 금언도 없을 것이다. 한편 이와 함께 우리가 명심해야 할 또 하나의 구절이 있다.

> 배우기만 하고 생각하지 않으면 어둡고, 생각하기만 하고 배우지 않으면 위태롭다.

학습과 사색을 병행하는 공부의 중요성을 이야기할 때 자주 인용되는 《논어》의 유명한 금언 중 하나다. 학교와 학원을 오가며 공부만 할 뿐 사색할 시간을 갖지 못하거나, 쓸데없는 공상에 사로잡혀 온전히 공부에 전념할 시간을 갖지 못하는 학생들이 특히 명심해야 할 금언이라 할 수 있겠다. 한편 요즘 학생들에게 꼭 필요한 구절을 하나 더 소개해본다.

> (무엇을) 아는 것은 좋아하는 것만 못하고 좋아하는 것은 즐기는 것만 못하다.

'즐기다'는 것의 참 의미는 이런 것이다. 학생들의 지적 수준은 높아질지언정 지성의 수준은 날로 떨어지는 요즘 같은 교육 현실에 경종을 울리는 금언이다. 예나 지금이나 '즐거운 공부'는 최고 수준의 교육 목표이어야 한다.

물론 공자가 마냥 인자하기만 한 스승은 아니었다. 때로는 아주 엄하게 제자를 다그쳤고, 때로는 아주 냉정하게 제자를 외면했다. 물론 이때 엄하고 냉정한 것은 인자함의 다른 이름이다. 인자한 스승일수록 더욱 엄하고 냉정한 법이다. 다음 구절을 보자. 배우는 자세가 간절하지 않은 제자들에게는 공자의 가르침도 결코 간절하지 않았다.

어찌할까, 어찌할까라고 말하지 않는 사람은 나도 어찌할 수 없다.

《논어》는 읽을 때마다 색다른 깨달음을 얻게 되는 그야말로 불멸의 고전이다. 그런데 그렇게 얻은 색다른 깨달음들이 교집합을 이룰 때 우리의 기억 속에서 강렬한 형상 하나가 또렷해지는데, 그것은 스승으로서 공자의 인자하면서도 위엄 있는 모습이다. 공자가 가장 사랑했던 제자 안회는 스승의 그런 모습을 아름답고 웅장한 말로 찬탄했다. 《논어》가 어떤 책이고 공자가 어떤 인물이었는지에 대해서는 이런저런 논평이 있을 수 있다. 그렇지만 《논어》만큼 배움에 대한 깨달음을 주는 책은 동서고금에 없었으며, 공자는 안회의 찬탄을 받기에 부족함이 없는 불멸의 스승이었다.

〓〓 (선생님의 인품과 학식은) 우러러볼수록 더욱 높고 뚫을수록 더욱 굳세며 바라보면 앞에 계시다가도 어느 틈에 홀연히 뒤에 계신다. 선생님께서는 차근차근 사람을 잘 이끄시어 글로써 나를 넓혀주시고 예로써 나를 단속해주신다. (공부를) 그만두려 해도 그만둘 수 없어 이미 나의 재주를 다했는데도 앞에 우뚝 서 있는 듯하다. 비록 그것을 따르고자 하나 따를 길 없다.

처음 읽는 논어

고등학교 1학년 때였다. 항상 골똘히 사색하기를 좋아하던 내게 큰형님이 아주 따끔하게 충고해주며 《논어》의 한 구절을 일러주셨는데, "배우기만 하고 생각하지 않으면 어둡고, 생각하기만 하고 배우지 않으면 위태롭다"가 그 구절이다. 큰형님은 일단 배운 바를 오래도록 사색하는 습관에 대해서는 칭찬해주셨다. 그렇지만 사색하며 폼 잡는 것만 좋아하고 공부를 게을리하는 나를 단호하게 꾸짖으셨다. 그 꾸짖음이 어찌나 단호했던지 지금도 이 구절은 내게 일종의 트라우마로 남아 있다.

나는 공부가 힘들고 공부에 지칠 때면 《논어》를 읽으며 용기를 얻고 위로를 받는다. "배우기만 하고 생각하지 않으면 어둡고, 생각하기만 하고 배우지 않으면 위태롭다"는 구절에 이르면, 혹시 지금도 다양한 책을 읽고, 암기하고, 정리하는 일에 게으른 것은 아닌지 겁이 난다. 그때마다 큰형님의 따끔한 꾸짖음이 떠오른다. 고전은 이렇듯 우리 곁에 머물며 우리를 늘 반성하게 만드는 책이 아닐까 한다.

사물의 이치를 연구하여
천하를 평화롭게 하다

《대학》

공자에서 주희까지

《예기》는 오경五經 중 하나인데, 오경은 공자가 편찬과 저술에 관계했다고 하여 존중되는 경서 가운데 특히 중요한 다섯 책, 즉《역경》·《서경》·《시경》·《예기》·《춘추》를 일컫는다. 총 49편으로 이루어진《예기》중 제42편을 주희(1130~1200)가 경經 1장, 전傳 10장으로 구별하고 주석을 가해 책 한 권으로 독립시킨 것이 바로《대학》이다.

주희는 경은 공자의 말을 증자가 기술한 것이고, 전은 증자의 뜻을 그의 제자들이 기술한 것이라고 단정했다. 증자(기원전 506~기원전

436?)는 공자의 제자 중 매우 뛰어난 유학자로 중국의 5대 성인으로 추앙받는다. 5대 성인은 공자, 안자, 증자, 자사, 맹자, 이렇게 다섯 인물을 말한다. 증자는 이름은 삼參이고 자는 자여子興이며, 산둥성山東省에서 태어났다. 공자의 애제자로 노魯나라에서 제자들의 교육에 힘썼으며, 특히 효심이 두터웠다고 한다.

주희의 말만 놓고 보자면 《대학》의 저자는 증자이지만, 이는 그다지 신빙성이 없는 것으로 학계에서는 보고 있다. 한편 이강수는 《중국 고대철학의 이해》에서 《대학》의 저자에 대한 두 가지 학설을 다음과 같이 제시하고 있지만 이 역시 가능성에 불과하다.

"오늘날 《대학》의 저자에 관해서는 두 가지 학설이 지배적이다. 하나는 진한秦漢 시기의 유학자가 지었다는 것이고, 다른 하나는 전국시대의 유학자가 지었다는 것이다. 그 가운데서도 전국 말이나 진秦, 한漢 사이에 순자 계열의 유학자들이 저술하였을 것이라고 보는 설이 우세하다."

결국 《대학》은 공자에서 주희까지 여러 학자에 의해 무수히 많이 보완되었을 뿐, 딱 한 명의 저자에 의해 만들어진 책으로 볼 수는 없고, 또 그렇게 볼 필요도 없는 듯하다. 다만 송대의 유학자 주희가 《예기》의 한 편에 불과하던 글을 《대학》이라는 책으로 독립시키고, 이를 사서四書에 포함시킴으로써 세상에 널리 알리는 데 가장 큰 공헌을 했다는 사실만은 알아둘 필요가 있겠다.

'격물치지'와 '수신'

《대학》은 크게 경 1장, 전 10장으로 구별된다. 원래 《예기》의 〈대학〉에는 경과 전의 구별이 없었으나, 주희는 공자의 말씀을 증자가 정리한 부분과 증자의 취지를 증자의 문인들이 정리한 부분으로 나눈 것이다. 경에서는 3강령 8조목을 소개하고, 전에서는 3강령 8조목에 대해 보다 상세하게 설명했다.

3강령은 '학문의 이상 또는 교육의 이념'이라 할 수 있는데, '나의 명덕을 밝힘(명명덕明明德)', '백성을 새롭게 함(신민新民)', '(이 두 가지가) 지선至善에 머무르도록 함(지어지선止於至善)', 이 셋을 말한다.

8조목은 학문을 닦는 순서와 방법을 논한 것인데, '사물의 이치를 확실하게 밝힘(격물格物)', '자신의 앎을 철저하게 함(치지致知)', '자기 뜻을 진실하게 함(성의誠意)', '자신의 마음을 바르게 함(정심正心)', '자신의 몸을 가다듬음(수신修身)', '자신의 집안을 바로잡음(제가齊家)', '자신의 나라를 바르게 다스림(치국治國)', '온 세상을 올바르게 함(평천하平天下)', 이 여덟을 말한다.

《대학·중용》을 번역한 이세동은 3강령 중 2가지와 8조목의 관계를 이렇게 조리 있게 설명한다.

"8조목은 3강령을 이루어가는 단계이다. 나의 명덕을 밝히는 일은 격물→치지→성의→정심→수신의 단계를 거쳐 완성되고, 백성을 새롭게 하는 일은 제가→치국→평천하의 단계를 거쳐 완성된다. 명덕을 밝히는 일을 다시 앎(지知)과 실천(행行)으로 구분할 경우, 격물과

안토넬로 다 메시나, 〈서재에 있는 성 제롬〉

1475년경, 패널에 유채, 46×38cm, 런던 내셔널 갤러리 소장.

치지는 앎의 단계이고 성의·정심·수신은 실천의 단계이다."

3강령 중 마지막 단계인 '지어지선'은 위의 2가지 강령과 8조목이 완성된 후에나 도달할 수 있는 학문의 최고 경지일 것이다.

《대학》은 짧은 분량의 책이지만, 그 목표와 이상을 실천하기 위해서는 30년도 모자라는 힘겨운 책이며, 동서고금을 통해 유래를 찾아보기 힘든 독특한 교육 철학서이기도 하다. 《대학》의 역자 김학주는 그러한 독특한 가치를 이렇게 설명한다.

"도가나 불가를 막론하고 사상가치고 주희가 말한 사물의 이치를 연구하여 지식을 획득하는 '격물치지'와 자신을 수양하는 '수신'의 문제를 생각해보지 않은 이는 없을 것이다. 서양의 과학도 '격물치지'의 학문이어서 처음 서양 학문이 중국에 소개될 때, 중국 사람들은 그것을 격치학格致學이라고도 불렀다. 그렇지만 《대학》의 이상처럼 학문의 방법과 목표를 '사물에 대하여 그 이치를 연구하는 데'에서 시작하여 '천하를 평화롭게 하는 일'까지 발전시킨 경우는 다른 곳에서는 찾아보기 힘든 일이다."

선의 경지로 도약하다

송대가 되면서 문벌귀족이 몰락하고 관료 임용제도인 과거는 객관성과 공정성을 갖게 되었다. 송대의 고위 관료들은 대부분 과거 출신자였고, 이들은 천하를 책임진다는 사대부로 '치자治者 의식'을 갖게 되었다. 공자와 맹자의 전통을 따르면서, 이러한 새로운 시대에 부응하는 새로운 유학(신유학 혹은 성리학)을 정립하는 사상적 기반으로《대학》의 3강령은 그야말로 안성맞춤이었다. 송대 신흥 사대부들은 3강령을 '학문의 목표와 이상'으로 삼아 이상적인 지도자, 즉 대인大人이 되고자 했다. 신유학의 완성자인 주희가 특별히 사서에 포함시킨《대학》은 첫머리에 이 3강령을 천명하는 교육 철학서가 아니던가?

대인大人이 되는 배움의 길은 명덕明德을 밝힘에 있으며, 백성을 새롭게 함에 있으며, (이 두 가지가) 지선至善에 머무르도록 함에 있다.

여기서 특히 주목할 점은 바로 "백성을 새롭게 함(신민新民)"이라는 강령이다. 김기현은《대학》에서 위정자가 백성을 위하는 소위 위민爲民의 관념은 공자 때 이미 확립되었으나 지식인이 반드시 백성을 위해 봉사해야 한다는 신민의 전통은 신유학 이후부터 세워졌음을 지적하면서, 주희에 의해 완성된 신유학을 이렇게 평가한다.

"주자(주희)는 기존의 유학으로는 유교적 이상 사회를 현실 세계에 구현하기 어렵다는 문제의식에서 신유학을 정립하였다. 주자의 신유학은 유가 철학이 관념상의 도덕이나 명분상의 도덕으로서가 아니라, '나'와 '우리'의 지금 여기에서의 도덕 실천에 근거가 되는 이론으로서 정립되어야 한다는 유가의 실학 정신이 낳은 괄목할 만한 성취 가운데 하나다."

새로운 유학이 시대적 요청에 부응하는 데 그친 것은 아니다. 도덕적 실천만을 강조하던 공자나 맹자와 달리 도덕적 실천을 해야 하는 이유에 주목함으로써 사상적으로 보다 심오해지기도 했다. 8조목 중 '격물치지'에 대한 전傳의 해설에서 우리는 이러한 심오함을 확인할 수 있다. 《논어》나 《맹자》를 읽을 때와 달리 사상적 심오함을 확실히 느낄 수 있는 《대학》의 중요한 대목이다.

이른바 앎을 철저하게 하는 것이 사물의 이치를 확실하게 밝히는 일에 있다는 것은, 나의 앎을 철저하게 하고자 한다면 사물에 나아가 그 이치를 남김없이 밝히라는 것이다. 대체로 사람 마음의 영묘靈妙함은 앎이 없음이 없고, 천하의 사물은 이치가 없음이 없지만 오직 이치를 확실하게 밝히지 않기 때문에 그 앎이 미진한 것이다. 그러므로 태학에서 처음 가르칠 때, 반드시 배우는 자들에게 모든 천하의 사물에 나아가 이미 알고 있는 이치를 바탕으로 더욱 추구하여 그 궁극에 도달하도록 하였다. 힘쓰기를 오래하여 어느 순간 (사물의 이치를) 관통하게 되면 모든 사물의 안과 밖·정밀하고 거친 것이 (모두 나에게) 다가오지 않음이 없고, 내 마음의 온전한 본체와 큰 쓰임이 밝아지지 않음이 없다. 이런 상태를 사물의 이치가 확실하게 밝아졌다고 하고 이것을 앎의 지극함이라고 한다.

《대학·중용》을 번역한 이세동은 이 구절에 대해 이렇게 해석한다. "공자와 맹자의 원시유학은 공동체 사회를 조화롭게 영위할 수 있는 도덕적 실천을 중시하였다. 형이상학적인 천도天道나 심성心性의 문제는 깊이 있게 다루지 않았다. 그러나 주희의 성리학은 도덕적 실천을 해야만 하는 이유에 주목한다. 인간에게는 어떠한 도덕적 인자因子가 있기에 도덕적 실천을 해야 하며, 나와 남, 인간과 자연 등 유기적으로 구성되어 있는 존재들의 실상이 무엇이며, 이들과의 관계 속에서 어떻게 행위하는 것이 도덕적 실천인가 등등의 문제에 관심이 많았다.……성리학의 이러한 철학적 경향이 이전의 유학과는 다르기 때문에 현대에 와서 성리학을 새로운 유학(신유학新儒學)이라고 하는 것이다."

《대학》은 새로운 시대에 맞는 학문의 방법과 목표를 분명히 하고, 공자나 맹자 시대의 원시유학보다 훨씬 심오해진 신유학의 사상적 깊이를 보여준다. 물론《대학》은 모든 사회 구성원의 평등한 배움이 아니라 공직을 맡는 지도층 사대부들에게만 적용되는 배움의 길을 제시했다는 점에서 한계를 갖는다. 하지만 내면에서 올바르고 밝은 덕을 밝히고, 사람들을 올바로 이끌어 새롭게 하며, 지선에 머무르도록 한다는《대학》의 3강령은 학문이 오직 출세의 수단으로 전락한 요즘의 교육 현실에서 여전히 시사하는 바가 크다고 하겠다.

동아시아의 이념적 토대였던 성리학을 완성한 주희가 《예기》의 한 편을 책으로 독립시켰을 때는 다 이유가 있었을 것이다. 분명 '격물'에서 '평천하'까지의 8조목은 공부하는 사람이라면 자기 자신에게 항상 다짐시켜야 할 자세다. 물론 어느 책의 제목처럼 "내가 정말 알아야 할 모든 것은 유치원에서 배웠다"고 할 수도 있다. 하지만 공부의 길에 본격적으로 뛰어들어 겸손하면서도 진취적인 자세를 오래도록 잃지 않으려면, 학문의 마땅한 방법과 순서를 엄격한 언어로 적어 놓은 《대학》을 읽어야 한다. 유치원 때는 절대로 배울 수 없었던 것들을 배워야 한다.

《대학》을 읽을 독자들에게 충고 한 마디 덧붙인다면, 한문漢文 실력까지는 아니라도 한자漢字 실력만큼은 어느 정도 갖추었으면 한다. 한자가 갖고 있는 심오한 뜻을 담은 어휘들이 수두룩한 《대학》은 읽어도 의미 파악이 힘든 문장들로 가득하다. 《논어》나 《맹자》처럼 구체적인 상황이 설정된 어록이 아니기 때문이다. 힘들겠지만 한문 원문과 우리말 번역을 대조해가며 한 구절 한 구절 짚어 나가는 《대학》 공부에 한번쯤은 도전해보기 바란다.

우리는 사람으로서 해야 할 일을
배운 적이 없다

《소학》

주희냐, 유청지냐

중국 송대에 성리학이 학문적 주도권을 잡으면서 체계적인 아동 교육서가 필요해졌는데, 성리학의 집대성자였던 주희(1130~1200)도 그러한 필요에 지대한 관심을 가졌고, 그 관심의 결과물이 바로《소학》이다. 이 책은 소년들에게 유교사회의 규범과 유교사회가 요구하는 인간의 도리를 가르치는 교과서라 할 수 있다. 주희가 《소학》을 편찬하기 훨씬 이전에도 같은 제목의 아동 교육서가 있기는 했다. 다만 문헌 기록으로만 언급되었을 뿐 실제로 전해내려 오지 못했을 뿐이다.

사실 《대학》이 지향하는 도학을 실행하기 앞서 어려서부터 인륜의 도를 몸소 실행하는 일이 선행되어야 함은 《논어》 〈학이〉 편의 한 구절에서 이미 정확하게 지적되었다. "배우는 젊은이는 집에 들어와서 효도하고 밖에 나가서는 어른에게 공손해야 하며, 신중히 행동하고 신의를 지키며, 널리 사람들을 사랑하고 그중에서도 어진 이를 가까이해야 한다. 이렇게 행동하고 남은 힘이 있다면 글을 배워야 한다." 어쨌든 주희는 사서 중 《대학》을 매우 중요시했지만, 평생을 두고 《소학》의 중요성에 대해 잊은 적이 없었다. 학문적으로 가장 난숙한 경지에 이른 50대에 그야말로 작심하고 《소학》을 편찬한 것만 봐도 그가 얼마나 이 책을 중요시했는지를 알 수 있다.

흔히 《소학》의 편찬자가 주희라고들 알고 있지만, 실제적인 편찬자는 주희의 제자인 유청지(1139~1195)다. 유청지는 《훈몽신서訓蒙新書》, 《계자통록戒子通錄》과 같은 아동용 서적을 편찬한 경험이 있어 주희가 그를 믿고 《소학》의 편찬을 맡겼던 것으로 보인다. 물론 실제적인 편찬자는 아닐지라도 주희가 이 책에 기여한 바는 결코 작지 않다. 주희가 유청지에게 보낸 편지 등의 자료를 검토해보면 그러한 내막을 알 수 있다. 주희는 편제編制의 방향과 참고할 경전이나 수록할 현인들의 언행 혹은 고사를 손수 정했고, 아동 교육서에 맞게 난이도를 조정했으며, 필요에 따라서는 직접 수정·가필하기도 했다. 그렇다면 《소학》의 편찬자는 '주희와 유청지'라고 보아야 옳을 것이다.

성인을 위한 수신서

《소학》은 책 편찬의 의의를 설명하는 〈소학서제小學書題〉와 〈소학제사小學題辭〉, 내편과 외편으로 구성되었다. 책의 서문에 해당하는 〈소학서제〉와 〈소학제사〉는 주희가 직접 쓴 것이다. 총 214장으로 이루어진 내편은 교육의 과정과 목표와 자세 등을 설명하는 〈교육의 길(입교立教)〉, 오륜五倫을 설명하는 〈인간의 길(명륜明倫)〉, 몸과 언행을 바르게 하는 길을 제시하는 〈수양의 길(경신敬身)〉, 옛 성현의 행적을 기리는 〈고대의 도(계고稽古)〉로 나뉜다. 그리고 총 172장으로 이루어진 외편은 현인들의 훌륭한 말을 소개하는 〈아름다운 말(가언嘉言)〉과 현인들의 선한 행실을 기록한 〈착한 행동(선행善行)〉으로 나뉜다.

이들 각 편의 모든 글은 기존 문헌에서 인용했고, 당연히 인용 출처를 명확히 밝혔다. 《소학》을 번역한 윤호창은 "내편에 인용된 주요 문헌은 《예기》, 《논어》, 《맹자》가 전체 214장 중에 162장을 차지해 주희의 사서四書 중심의 사고방식을 읽을 수 있다. 또한 행실을 소개한 외편은 전체 172장 중에 110장에서 송대 사대부의 행실을 모범 사례로 제시하고 있으며, 특히 정호·정이 형제, 장재, 사마광, 여씨의 《동몽훈》 등이 다수를 차지해 도학을 천명한 북송 사대부에 대한 (주자의) 존경을 엿볼 수 있다"고 했다.

아동 교육서인 만큼 쉽게 읽히고 이해되는 책이 바로 《소학》이다. 그렇지만 성리학의 집대성자인 주희가 50대에 접어들면서 마음먹고 편찬을 기획한 책인 만큼 그 내용이 만만하지만은 않다. 배병삼이 《고

전의 향연》에서 지적한 대로 "《소학》에는 11세기 유교사상가, 주희가
꿈꾼 문명 세계의 비전과 사회질서, 그리고 이를 이끌어내는 리더십
양성 프로그램이 들어 있다". 어쩌면 아동 교육서이기 때문에 도리어
대가만이 편찬할 수 있었을 것이다.

《소학》은 조선시대 성리학자들에게도 매우 중요시되던 경전이다. 이
이는 심혈을 기울여 《소학》에 주석을 단 《소학집주》를 편찬했고,
1586년에는 《소학》을 한글로 널리 보급하기 위해 교정청校正廳에서
《소학언해》를 간행했다. 한편 김종직의 제자이자 조광조의 스승이었
던 김굉필은 인간의 기본을 잊은 채, 성리性理니 도학道學이니 하는
것들만 따지고 들며 살아온 지난날을 반성하고 《소학》을 평생 연구
하고 가르치며 '소학동자小學童子'로 자처했다.

성리학의 대가 중 한 사람이었던 김굉필이 어린아이의 눈높이에 맞
춰 몸과 마음을 닦았다는 사실이야말로 《소학》이 갖는 가치를 상징
적으로 보여준다.

인간의 도리란 무엇인가

옛날 소학에서는 물 뿌리고 쓸며, 응대하고 대답하며,
나아가고 물러가는 예절과 어버이를 사랑하고 어른을 공경하며, 스
승을 존경하고 벗과 친하게 지내는 도리를 가르쳤다. 이것은 모두

'몸을 닦고 집안을 가지런히 하며, 나라를 다스리고 천하를 평안히
한다'는 《대학》의 가르침의 근본이 된다. 반드시 어릴 적에 배우고
익히도록 한 것은 배움은 지혜와 함께 자라고, 교화는 마음과 함께
이뤄지게 해서 그 배운 것과 실천이 서로 어그러져 감당하지 못하게
되는 근심을 없게 하고자 해서이다.

오늘날 옛날 소학에서 사용되던 책의 전부는 볼 수 없지만, 전해지
는 문헌들 속에 뒤섞여 있는 내용은 아직도 많이 있다. 그러나 읽는
사람들은 때때로 단지 옛날과 지금은 시대적 기준이 다르다고 해서
이를 실천에 옮기지 않는다. 그러나 이들은 옛날이나 지금이나 다름
이 없는 것은 당연히 처음부터 실행하지 않으면 안 된다는 것을 모
르는 것이다.

이제 당시의 기록들을 모아서 이 책을 만들었다. 어린아이들에게 주
어서 배우고 익히는 데 도움이 되게 하고자 하니, 풍속과 교화에 조
금이라도 보탬이 되길 바란다.

《소학》의 서문인 〈소학서제〉만 읽어도, 주희가 왜 이 책을 편찬했는
지 선명하게 알 수 있다. 주희가 이 책을 통해 소년들에게 바라는 것
은 "물 뿌리고 쓸며, 응대하고 대답하며, 나아가고 물러가는 예절과
어버이를 사랑하고 어른을 공경하며, 스승을 존경하고 벗과 친하게
지내는 도리"였다. 오직 그것뿐이었다.

《소학》의 내편은 일종의 지침이요, 외편은 그 지침을 실행한 현인들

하르먼스 판 레인 렘브란트, 〈책을 읽고 있는 화가의 아들, 티투스 판 레인〉
1665년경, 캔버스에 유채, 70×64cm, 빈 미술사 박물관 소장.

의 말과 행동의 실례다. 지침을 읽고 실례들을 확인하기도 하고, 실례들을 확인하면서 지침을 명심하기도 하라는 주도면밀한 편제다. 예를 들면 이렇다. 내편의 〈수양의 길〉 46장은 다음과 같은 《맹자》의 한 대목인데, 이는 음식에 관한 중요한 지침이다.

음식을 밝히는 사람을 사람들이 비천하게 여기는 까닭은 작은 사소한 욕망을 채우기 위해 큰마음을 잃어버리기 때문이다.

이 지침에 대한 구체적인 실례를 제공하기 위해 외편의 〈착한 행동〉 76장과 79장은 각각 《유빈가훈》과 《온공가범》의 한 대목을 인용한다. 지침을 암송하는 것보다 그 지침의 실례를 읽고 그 지침의 근본을 몸과 마음에 새기는 일은 얼마나 소중한가?

고시랑 형제 세 분은 모두 깨끗하고 좋은 벼슬자리에 있었다. 그러나 손님을 초청한 경우가 아니면 고깃국과 고기 산적을 같이 먹지 않았으며, 저녁 식사에는 무와 박만 먹을 뿐이었다. (《유빈가훈》)

요즘의 사대부 집안은 궁궐에서 빚는 방법으로 만든 술이 아니면 안 되고 과일은 먼 지방에서 가져온 진기하고 특이한 것이어야만 한다. 음식도 여러 가지가 아니면 안 되고 그릇이 상에 비좁을 정도가 아니면 감히 손님과 친구를 부르지 못한다. 항상 몇 날

며칠을 술과 음식을 마련한 다음에야 초청하는 글을 보낼 수 있다. 그렇지 않으면 사람들이 다투어 더럽고 인색하다고 비난한다. 그렇 기 때문에 요즘의 풍속을 따라 사치하지 않는 사람이 드물다. 아아! 풍속이 이처럼 타락했다! 관직에 있는 사람들이 이것을 막지는 못 할망정 조장해서 되겠는가. (《온공가범》)

이렇듯 훌륭한 취지를 가지고 짜임새 있게 구성된 책이지만, 《소학》 은 교육학적으로 많은 한계를 지닌다. 어린 소년들에게 봉건적인 유 교 질서를 강요하는 책이다 보니 오늘날의 관점에서 보면 기가 찬 대 목이 한둘이 아니다. 부모님 앞에서는 재채기나 기침이나 하품도 하 지 말라느니, 아버지가 부르면 씹고 있던 음식을 뱉고 뛰어가 응답해 야 한다느니, 과부의 아들은 벗으로 삼지 말라느니, 남자아이의 허리 띠는 가죽으로 만들고 여자아이의 허리띠는 실로 만들어야 한다느니 하는 지침에는 그 누구라도 동의하기 힘들 것이다.

이러한 부정적 평가가 있지만, 우리가 《소학》을 읽어야 하는 이유는 분명하다. 어느 시대나 그 시대에 맞는 윤리가 있지만, 어릴 적부터 다져야 하는 '배움의 기본기'는 윤리의 변화와 무관하게 불변의 가치 를 가진다. 《소학》의 수많은 지침을 관통하는 가르침은 바로 그 기본 기에 충실하기 때문이다. 따라서 《소학》을 읽으며 우리가 정말 기가 찰 노릇은 오늘날의 교육 현실이 그 기본기에서 너무도 멀리 벗어났 다는 점이다. 지금 우리나라의 소년이든, 소년을 기르는 부모든, 소

년을 가르치는 선생이든, 과연 《소학》 외편 〈아름다운 말〉의 다음과
같은 대목을 읽고 기가 차지 않을 자신이 있는가?

> 어린아이를 가르칠 때에는 먼저 마음을 차분하게 하도
록 가르치고, 사물을 자세히 살피며, 공손하고 경건한 태도를 가지
도록 가르쳐야 한다. 오늘날 세상 사람들은 (진정한 배움의 목표이
자 대상인) 학문을 배우지 않아 남자나 여자나 어릴 때부터 교만하
고 게을러졌으며 자라서는 더욱 흉악하고 사나워졌다. 이것은 단지
어린 사람으로서 해야 할 일을 배운 적이 없기 때문이다.

처음 읽는 소학

《소학》을 번역한 윤호창은 '옮긴이의 말'에서 《소학》이 가진 미덕과
존재 이유를 이렇게 적는다.

"물질과 욕망의 무한한 질주를 통해 자기 보존을 하는 오늘날의 체제
는 많은 것들을 파괴하고 잃어버렸다. 타인에 대한 배려, 공동체에 대
한 애정은 물질에 대한 욕망에 반비례해 줄어들고, 인간 자체에 대한
왜소함과 풍요 속의 고독만을 증폭시켰다. 이 같은 의식의 파편화와
맞물려 공동체는 해체되고 가족은 급속하게 분해되어 버렸다. 여기서
소학이 가진 미덕과 존재 이유를 엿볼 수 있다."

고전을 읽을 때면, 거부감을 느끼는 대목이 한둘이 아니다. 가뜩이나 읽고 싶은 마음이 들기 어려운 책이 고전인데, 오늘날의 상식으로는 쉽게 이해하기 어려운 의무사항들이 쏟아져 나온다면 고전 읽기가 즐거울 리 없다. 따라서 고전은 스스로 읽어 이치를 터득하기보다는 노련한 스승의 가르침에 따라 오늘날의 현실에 맞게 그 고전을 재해석하는 일이 더욱 중요하다.

교육은 우리를
슬프게 한다

《격몽요결》

성리학으로 무장한 새 시대의 지도자

고려 말에 등장한 신진 사대부들은 고려 말 전쟁 영웅 이성계와 힘을 합쳐 개혁이냐 혁명이냐를 놓고 저울질했다. 결론은 혁명이었다. 이성계의 오른팔인 신진 사대부의 브레인은 정도전이었다. 정권을 잡은 이성계와 정도전을 위시한 신진 사대부들은 곧바로 토지 개혁을 단행했다. 귀족들이 가지고 있던 토지를 해체하고, 신진 사대부들에게 고루 나누어주었다(모든 혁명은 이런 일을 하는 법이다). 개혁에 그치고자 했던 정몽주 등 고려 충신들이 살해당하면서 고려의 운명은 끝나고, 1392년 이성계는 왕위에 올랐고, 국명을 '조선'으로 하는 새 왕조가 시작되었다.

건국 초기 조선은 새 왕조로서 면모를 제대로 갖추기 위한 수많은 진통이 있었다. 이 진통들이 극에 다다른 것은 세조 때였다. 세종이 죽고 그의 큰아들(문종)이 왕이 되었으나 2년 4개월 만에 죽고 이어 나이 어린 세종의 큰손자(단종)가 왕의 자리를 이었다. 그리고 수양대군은 단종을 폐위시키고 제7대 왕 세조가 되었다. 왕위 찬탈자들은 그의 찬탈을 도운 자들, 즉 훈구勳舊 대신들을 편애했다. 훈구 대신들은 한동안 큰 권세를 누렸다.

이들이 권력을 독차지하는 동안 새 정치를 바라는 세력도 자라고 있었다. 변화는 조선 제9대 왕 성종의 즉위와 함께 시작되었다. 성종은 김종직을 비롯한 재야의 학자를 대거 등용했다. 이들을 사림士林이라 한다. 지방에 근거지를 가지고 있는 중소지주 출신의 지식인이었던 사림은 주희의 성리학(=주자학=신유학)을 경학經學의 중심으로 생각했던 신흥 세력이다.

그러나 훈구 대신들이 순순히 권력을 내주지는 않았다. 사림은 훈구 대신과 맞선 권력 투쟁의 과정에서 4차례나 화를 당하게 된다. 이를 4대 사화士禍라 한다. 4대 사화란 1498년(연산군 4)의 무오사화, 1504년(연산군 10)의 갑자사화, 1519년(중종 14)의 기묘사화, 1545년(명종 즉위년)의 을사사화를 가리킨다.

건국 초에나 필요했던 군君 주도 정치 체제는 이미 고질적인 비리로 수명을 다했고, 군신君臣 상호간의 견제 정치 체제가 뒤를 이어야 할 시대가 왔다. 또한 훈구 대신들의 장기 집권으로 철저히 무시당했던 지방도 이제는 질서를 재편해야 할 시대가 왔다. 송나라가 그랬던 것처럼 조선도 이제 주희의 성리학이 필요한 시대였다. 대세는 사림이었다. 4대 사화조차도 그 대세를 막을 수는 없었다. 다가오는 사림의 시대는 위대한 실천적 유학자 한 사람을 잉태했고 때에 맞춰 몸을 풀었다. 천재적인 성리학의 대가요 실천가였던 이이(1536~1584)가 세상에 자신의 웅대한 존재를 드러냈다. 과연 그는 어떤 존재였는가?

이이는 13세 때 진사 초시에 장원급제한 것을 비롯하여 9번이나 대소 과거에 장원급제하여 구도장원공九度壯元公으로 불리던 천재였다. 29세 때 호조 좌랑을 시작으로 승지, 부제학, 이조·호조·병조·형조 판서를 두루 지내며 관료로 화려한 경력을 자랑했으며, 태극설·이기설·사단칠정설 등 넓고도 깊은 수준의 학설도 갖추었다. 한편 서원 향약과 해주향약을 만들기도 했고, 당쟁을 조정했으며, 선조에게 '시무육조'를 바쳤고, '십만양병설' 등 개혁안을 주장했다. 이이의 업적을 칭송하는 데 적합한 수식어는 없다. 그는 우리나라 반만 년 역사상 최고의 정치가요 학자였다.

몽매한 사람들을 가르치다

《격몽요결》은 율곡 이이가 선조 10년, 즉 그의 나이 42세 때인 1577년

조지프 세번, 〈존 키츠〉

1821~1823년, 캔버스에 유채, 56×41cm, 런던 영국 국립 초상화 미술관 소장.

에 황해도 해주에서 쓴 책이다. 저술 당시부터 지금까지 읽히는 우리나라의 대표적인 아동 교육서다. 그러고 보면 이이는 최고의 베스트셀러 작가이기도 하다.

《격몽요결》은 이 책의 저술 동기를 분명히 밝히는 〈서문〉과 성인聖人이 되는 것을 목표로 학문하는 뜻을 세우라는 내용의 〈입지立志〉, 학문적 성취를 위해 혁파해야 할 나쁜 습관에 관한 〈혁구습革舊習〉, 몸을 바르게 하여 학문의 기초를 마련하자는 〈지신持身〉, 독서의 순서를 제시한 〈독서讀書〉, 부모를 섬기는 방법에 관한 〈사친事親〉, 주희의 〈가례家禮〉에 따라 상제와 제례를 하고 사당을 갖추라는 〈상제喪制〉와 〈제례祭禮〉, 부부간의 예를 바로 세우고 가산을 관리하는 방법을 제시한 〈거가居家〉, 사회생활의 교양에 해당하는 〈접인接人〉, 과거를 거쳐 벼슬 생활을 하는 데 필요한 자세를 내용으로 하는 〈처세處世〉 등 모두 10장으로 구성되었다.

이이의 《격몽요결》은 주희의 《소학》과 마찬가지로, 오늘날 교육학적인 관점에서 보면 다소 이해하기 힘든 내용도 많이 담고 있다. 따라서 처음 읽는 사람이라면 거부감이 들 수 있다. 《격몽요결》의 번역자 이민수는 각 장마다 제법 많은 분량의 해설을 실어 독자들을 배려하고 있는데, 이는 자상한 편집이다. 《격몽요결》에서 '격몽'은 '몽매한 (어린) 사람들을 가르친다'는 뜻이고, '요결'은 '그 일의 중요한 비결'을 말한다. 서문을 보면 이이가 왜 이 책을 집필하게 되었는지 소상하게 설명되어 있다.

내가 바다 남쪽에 집을 정하고 살려니 학도 한두 사람이 와서 나에게 배우기를 청했다. 이에 나는 그들의 스승이 되지 못할 것을 부끄럽게 여기는 한편, 또 처음 배우는 사람들이 아무런 향방도 알지 못할 뿐 아니라 더욱이 확고한 뜻이 없이 그저 아무렇게나 이것저것 묻고 보면 서로 아무런 도움도 되지 못하고 도리어 남들의 조롱만 받을까 두렵게 생각되었다. 이에 간략히 책 한 권을 써서 여기에 자기 마음을 세우는 것, 몸소 실천하는 일, 부모 섬기는 법, 남을 대하는 방법 등을 대략 적고 이것을 《격몽요결》이라 이름했다. 학도들에게는 이것을 보여 마음을 씻고 뜻을 세워 마땅히 날로 공부하도록 하고자 하며, 또 나 역시도 오랫동안 우물쭈물하던 병을 스스로 경계하고 반성하고자 한다.

《격몽요결》은 최고의 학문 수준에 이른 이이가 체험에서 비롯된 동기에 의해 어린 아이들뿐 아니라 자기 자신조차도 소홀히 할 수 있는 학문의 도리를 적은 책이다. 따라서 아동 교육서로서 순수한 성격을 분명히 가지고 있으며, 그 순수한 성격은 시대를 초월한 보편성도 지닌다.

새 세상을 꿈꾸는 단 하나의 방법

《격몽요결》의 번역자 이민수의 지적대로, 《격몽요결》은 "성리학을 바탕으로 한 사림파가 정권을 잡고 국정 전반에 본격적으로 나서던 시기에 학문을 통해 사림파의 이념을 사회 저변에 확산하기 위한 근본적인 노력의 일환이었다고 할 수 있다". 《격몽요결》 제1장인 〈입지장立志章〉의 아래와 같은 대목에서 그러한 아동 교육서의 성격이 진하게 묻어난다. 하지만 이는 아직 코 흘리는 아이들에게는 매우 부자연스러운 요구일지도 모른다.

처음 학문을 하는 사람은 반드시 맨 먼저 뜻부터 세워야 한다. 그리해서 자기도 성인聖人이 되리라고 마음먹어야 한다. 그렇지 않고 만일 조금이라도 자기 스스로 하지 못한다고 물러서려는 생각을 가져서는 안 된다.

《격몽요결》 제4장인 〈독서장讀書章〉에서 이이는 독서를 하는 순서까지도 어린 아이에게 강요한다. 《격몽요결》이 당시 아동들의 필수 교과서였고, 국가적 차원에서 인쇄하여 널리 보급된 책이었음을 감안하면, 오늘날의 획일적 교육 못지않은 폐해가 있었을지도 모른다. 이이가 제안한 순서는 다음과 같다.

《소학》, 《대학》, 《논어》, 《맹자》, 《중용》, 《시경》, 《예경》, 《역경》, 《춘추》, 《근사록》, 《가례》, 《심경》, 《이정전서》, 《주자대전》, 《어류》.

그렇다면 이러한 교육 방식들이 과연 《격몽요결》이 갖는 치명적인 결점일까? 이 문제는 조금 더 신중한 접근이 필요하다. 본래 정치란 정치세력을 규합하는 이데올로기가 필요하며, 자라나는 세대에 그 이데올로기를 정신적으로 무장시키는 교육도 필요하다. 그래서 따지고 보면 정치서와 교육서는 동전의 양면이다. 루소가 플라톤의 정치 철학서 《국가》를 두고, "인간 교육에 대한 세계 최대의 논문"이라고 극찬한 것은 당연한 평가다. 《국가》는 완전히 교육적으로도 읽힐 수 있다.

그 어떤 학자들보다도 정치적이었던 이이의 대표적인 저술이 아동 교육서 《격몽요결》이고, 청년 시절 이이가 선조에게 올렸던 총 11장의 정치개혁 보고서라 할 수 있는 《동호문답》의 제10장이 '논교인지술論敎人之術(교육정책을 논하다)'이라는 사실도 같은 이치다. 천재적인 사상가이자 정치가였던 이이에게 새 세상을 꿈꾸는 단 하나의 방법이자 가장 중요한 방법은 바로 '교육'이었다. 그렇기 때문에 이이의 교육 철학이 고스란히 담긴 《격몽요결》을 우리가 만만히 볼 수 없는 것이다.

앞서 살펴보았지만, 이이는 최고의 지식인이었고 정치가였으며 교육자였다. 한마디로 대가였다는 말이다. 그리고 《격몽요결》은 이이의 대표적인 저술로 꼽힌다. 시대착오적인 교육 내용에 실망스럽다고 하여 혹은 이념 교육서 같은 불쾌한 의도에 반감을 품어 《격몽요결》을 쉽게 덮어버린다면, 이는 커다란 실수이자 어리석음을 드러내는 일이다.

대가의 고전이 정말 담고 있는 의미는 내용을 깊이 읽을 수 있는 통찰력이 없는 독자와 손쉽게 책을 읽고 덮어버리는 성급한 독자에게는 결코 자신의 모습을 온전히 드러내지 않는다. 곰곰이 생각해보라. 수없이 많은 아동 도서가 매일 쏟아지는 오늘날, 교육과 정치가 저 구태의연한 아동 교과서인 《격몽요결》이 전부였던 이이의 시대보다 나은 바가 무엇인가? 생각이 길어진다면, 이제 다시 조심스러운 마음으로 《격몽요결》의 '격몽'과 '요결'에 빠져보자. 반드시 얻는 것이 있으리라!

처음 읽는 격몽요결

특정 이념으로 무장한 지배층을 끊임없이 재생산하기 위해, 즉 지극히 정치적인 목적으로 교육을 이용하는 일은 일종의 필요악이었다. 수백 년 동안 《격몽요결》이 아동 교육서로 군림했다는 사실은 그 오랜 세월 동안 조선 왕조의 근간이 흔들리지 않고, 그를 바탕으로 국가가 백년대계를 도모할 수 있었던 든든한 힘이 되어주었음을 뜻한다. 하지만 정치적 목적으로 교육이 이용되는 일은 사회 구성원의 다양성과 창의성이 필요한 시대로 접어들면 그야말로 불필요한 악으로 전락할 수밖에 없다.

특정 집단만이 교육의 수혜자가 되고, 그 수혜자들이 일사분란하게 똑같은 교과서로 공부하면서 성장하고, 더 나아가 똑같은 이념을 가진 학자와 관리들이 되는 일이 언제까지나 튼튼한 사회와 국가를 보장해주지는 않는다. 내가 되고 싶은 사람이 아니라 사회나 국가가 요구하는 사람이 되도록 강요하는 교육, 그래서 너무 이른 나이에 배움이 입신양명의 수단으로 전락하는 교육은 우리를 슬프게 한다.《격몽요결》은 그 가치를 인정하는 데 인색할 필요도 없지만, 비판적 평가 없이 읽을 필요는 더욱더 없는 문제적 고전이다.

열린 사회와
개혁의 적들

《북학의》

조선 후기 최고의 르네상스인

청나라를 다녀와 쓴 《북학의》로 유명한 조선 후기의 실학자 박제가 (1750~1805)는 박지원과 함께 북학파北學派의 거장이다. 북학이란 청나라를 배척해야 할 나라라기보다는 배워야 할 나라로 생각하는 학풍을 말한다. 청나라는 병자호란의 치욕을 조선에 안겨준 나라다. 그러한 청나라를 배워야 할 선진문명국으로 생각한 박제가를 보수적인 성리학자들이 곱지 않은 시선으로 보았을 것은 자명하다. 또한 그는 태생적으로 서얼이었으니 평생토록 받았을 차별 대우 역시 짐작하기 어렵지 않다.

1637년 인조는 남한산성을 나와 삼전도에서 청나라 태종에게 무릎을 꿇었다. 그리고 7년 후인 1644년 청나라는 명나라를 멸망시켰다. 이로 인해 중국中이 문화華의 아버지이고, 주변국들은 중국을 아버지로 섬기는 자식일 뿐이라는 사상인 중화주의中華主義 혹은 화이사상華夷思想은 뿌리째 흔들렸다. 조선의 성리학자들에게 아버지가 없어진 셈이다.

아버지를 잃은 아들은 독립할 수밖에 없다. 송시열 같은 자주적인 성리학자들은 조선이 스스로 중화中華가 될 것을 주장했고, 그의 주장은 당시 조선의 지식인층에서 광범위한 지지를 받았다. 이제 중화 문화의 본류인 명의 멸망으로 중화 문화의 유일한 계승자인 조선이 바로 중화라고 하는 조선중화주의가 사상계를 지배하게 되었다.

그런데 문제는 조선이 세상의 중심이 될 만한 나라인가 하는 점에 있었다. 조선 땅을 평생 한 번도 벗어나 보지 못한 샌님들이 책상 위에서 붓대를 휘두르면서 사상思想의 계통도를 그릴 경우 조선중화주의는 가능한 논리였지만, 이용후생利用厚生이라는 관점에서 본 조선의 실제적 문명 수준은 철천지원수라 할 수 있는 청나라에 비해 형편없이 낮았다.

따라서 청나라를 배척하고, 심지어 정벌해야 할 대상으로 보는 조선중화주의자들의 북벌론北伐論은 타당하지도 않았고, 가능하지도 않았다. 백성에게 이롭고 국가에 도움이 된다면 비록 오랑캐인 청나라라 할지라도 배워야 할 것은 배워야 한다는 '북학론'이 청나라의 문물을 두 눈으로 직접 보고 돌아온 박지원과 박제가에 의해 주창되었던 것은 결코 우연이 아니다.

박제가는 우리가 이름을 알고 있는 수많은 조선 후기 지식인 중 한 명에 불과한 그저 그런 인물이 결코 아니다. 그는 청나라를 네 차례나 연행하면서 견문을 넓혔고, 청나라 최고의 지식인들과 친밀하게 교유했으며, 동남아시아의 상황과 서양 학문의 우수성에 대해서도 이해하고 있었다. 당시 조선의 그 어떤 지식인보다도 국제 정세에 대한 깊은 안목을 가지고 있었던 것이다. 이뿐이 아니다. 그는 서예가·문인화가로서도 이름을 날렸으며, 시인·산문가로서도 최고 수준에 도달해 그 문명文名이 청나라까지 알려졌다. 한마디로 그는 조선 후기 최고의 르네상스인이었다.

그러나 시대를 앞서간 불온한 사상가 박제가의 최후는 비참했다. 규장각을 설치하고 재야의 능력 있는 서얼 신분의 학자들을 등용하던 정조는 박제가를 총애해서 검서관이라는 직책을 맡겨 서책을 간행하는 일에 종사하도록 했다. 그렇지만 정조가 갑자기 죽으면서 박제가의 신변이 불안해졌다. 1801년에는 사돈 윤가기尹可基의 옥사에 연루되어 함경도 종성으로 유배되었고 1804년에 석방되었지만, 이듬해 죽어 경기도 광주에 묻혔다. 어쩌면 서얼 출신의 급진적인 사상가에게 예견된 최후였다.

가장 실용적인 목적으로 쓰이다

일종의 청나라 기행 보고서인 《북학의》는 3편의 '서문', 본문에 해당하는 '내편'과 '외편', 상소문 형식으로 내편과 외편을 요약 정리해 정조에게 바친 '진소본 북학의', 이렇게 네 부분으로 구성되었다.

내편은 1778년 박제가가 청나라 연행에서 돌아온 뒤 바로 완성했다. 그때 박제가의 나이는 29세였다. 외편은 3년 후인 1781년에 완성된 것으로 보이는데, 그때 그의 나이는 32세였다. 《북학의》는 패기만만한 젊은이가 순수하고 열정적인 의지, 수많은 학자와 교유하면서 축적한 학문의 깊이를 모두 투영해 저술한 책인 셈이다.

우리가 《북학의》를 실제로 읽노라면, 사서삼경이나 주희의 저술을 읽을 때와는 사뭇 다른 일종의 충격 비슷한 것을 받게 된다. 배병삼이 《고전의 향연》에서 지적한 것처럼 "박제가의 글은 명쾌하고 적절하다. 제삼자의 해설이나 첨언을 요구하지 않는다. 전통적 글쓰기에서 기대함직한 그윽한 아취나, 고전이라는 이름에 둘러싸인 '아우라(흉내낼 수 없는 고고한 분위기)'가 없다". 《북학의》는 소위 전문가들의 '권장 도서'에 속하는 고전 중에서 가장 실용적인 책이다.

앞서 박제가는 우리가 이름을 알고 있는 수많은 조선 후기 지식인 중 한 명에 불과한 그저 그런 인물이 결코 아니라고 했다. 그와 마찬가지로 《북학의》 역시 조선 후기에 쓰인 수많은 책 중 하나에 불과한 그저 그런 책이 결코 아니다.

열린 사회를 위한 개혁서

《북학의》에는 3편의 서문이 실려 있는데, 북학파의 원조라 할 수 있는 서명응과 박지원의 서문, 박제가의 자서自序가 그 셋이다. 그중 박지원의 서문이 가장 문제적이다. 그는 역시 위대한 인물이다. 박지원이 《북학의》를 처음 읽고 느낀 점을 이야기한 대목을 보자.

내가 연경에서 돌아왔더니 초정楚亭(박제가의 호)이 그가 지은 《북학의》 내편·외편 2권을 내어 보여주었다. 초정은 나보다 앞서서 연경에 들어갔었다. 초정은 농사, 누에치기, 가축 기르기, 성곽의 축조, 배와 수레의 제작에서부터 시작하여 기와, 삿자리, 붓, 자를 제작하는 것에 이르기까지 일일이 눈여겨보고 마음으로 계교計較(견주어 따져봄)하여 보았다. 눈으로 보아서 알 수 없는 것이면 반드시 물어보았고, 마음으로 계교하여 석연치 않은 것이 있으면 반드시 저들(청나라 사람)에게 배웠다.

박지원이 지적한 대로 《북학의》는 '청나라 문물 백과사전'이다. 하지만 박제가는 '청나라 문물'을 소개하는 정도에서 논의를 끝내지는 않는다. 《북학의》의 번역자 안대회의 판단이 정확하다. 《북학의》는 "18세기 조선의 현실에 대한 뼈아픈 자각과 통찰의 저작이요, 다시 말하자면 위기에 봉착한 조선 사회의 현실과 미래에 대한 통렬한 자기 부정의 저서다. 이 책에는 조선시대에 씌어진 어떠한 저서에서도

에드가르 드가, 〈에드몽 뒤랑티의 초상〉
1879년, 종이에 파스텔과 템페라, 100×100cm, 글래스고 미술관협회 소장.

찾아보기 힘든 강렬한 변화에의 욕구와 개혁의 논리가 펼쳐져 있다." 그리고 그러한 욕구(욕망)와 논리는 32세의 피 끓는 젊은이가 패기만을 앞세워 허공에다 외치는 이상주의적 주장이 아니었다. 그는 수많은 당대 지식인과 교유하며 이상과 현실에 대해 침착하게 가늠할 수 있는 안목을 갖추고 있었다. 《북학의》는 천재적인 개혁사상가 박제가의 오랜 학문의 결실이다. 《북학의》는 그 누구라도 청나라에 다녀오기만 하면 쓸 수 있는 그런 책이 아니란 말이다. 박지원의 서문은 이 점을 놓치지 않고 지적한다.

시험 삼아 한 번 책을 펼쳐보니 내가 《열하일기》에 쓴 내용과 조금도 어긋남이 없어 마치 한 사람의 손에서 나온 듯하였다. 이것이 바로 초정이 나에게 기쁜 마음으로 선뜻 보여준 이유이며, 내가 흔연히 그것을 사흘 동안 읽고도 싫증을 내지 않은 이유다. 아! 한갓 우리 두 사람이 눈으로 직접 확인했다고 해서 그런 것이겠는가? 일찍이 비 내리는 지붕 아래 눈 오는 처마 밑에서 연구하고, 술기운이 거나하고 등심지가 가물거릴 때까지 맞장구를 치면서 토론하던 내용을 한 번 눈으로 확인한 것이기 때문이다.

박제가는 현군賢君이었던 정조의 개혁 정신을 읽을 줄 아는 충성심도 깊었다. 이는 서얼이었던 자신을 등용해준 데 대한 고마움 때문만은 아니다. 박제가는 자신의 출세만을 꾀하는 간신이 아니라 국제 정세에 밝은 당대 최고의 선각자였기에 조선의 국가 시스템을 보다 객관적·체계적으로 바라볼 수 있는 안목을 갖고 있었다. 외편을 마무리하며 정조에게 바치는 글 중 한 대목을 보자. 당시 그 어떤 지식인이 이런 수준의 진언進言을 정조에게 올릴 수 있었겠는가?

현재 천하는, 동으로는 일본으로부터 서쪽으로는 서장西藏(티베트), 남쪽으로는 과왜瓜哇(자바섬), 북쪽으로는 할하(몽고의 할하족이 관할하는 지역)에 이르기까지 전쟁 먼지가 일지 않은 지 거의 2백 년입니다. 이것은 지난 역사에는 없었던 일입니다. 이런 천재일우의 기회에 온 힘을 다하여 국력을 키우지 않는다면 다른 나라에 변고라도 발생할 때 우리도 더불어 우환이 발생할 것입니다.……신은 그것을 염려합니다.

박제가는 《북학의》에서 청나라의 선진문명을 배워야 한다는 주장을 거듭 직설直說한다. 따라서 《북학의》가 "청나라는 문명국이요 조선은 야만국"이라는 식으로 도식화한 기술주의적 사유의 결과물이라는 비판을 받을 수도 있다. 그러나 조선 후기 최고의 르네상스인이었던 그에게 북학北學의 북北은 단지 청나라가 아니라 '배울 가치가 있는 모든 나라'였다. 따라서 지나치게 시대를 앞서간 개혁사상가 박제가에 대한 평가가 어떻게 내려지든 관계없이, 우리는 《북학의》를 통해 매우 단순하지만 그래서 더욱 근본적인 학문의 방법 하나를 터득해야 할 것이다. 박지원이 서문에서 명쾌하게 지적했듯이 말이다.

학문의 방법은 다른 것이 없다. 모르는 것이 나타나면 길 가는 사람이라도 붙잡고 물어보는 것, 그것이 올바른 학문의 방법이다. 어린 종이 나보다 한 글자라도 더 아는 것이 있다면 예의염치를 불문하고 그에게 배울 것이다. 남보다 못한 것을 부끄러워하여 자기보다 나은 자에게 묻지 않는다면 종신토록 아무런 기술도 갖추지 못한 고루한 세계에 자신을 가두어버리는 꼴이 되리라.

처음 읽는 북학의

배움의 대상이나 스승은 따로 없다. 내가 본 적 없는 것들이 충만한 세상이야말로 가장 훌륭한 배움의 대상이요, 내가 모르는 바를 알고 있는 사람이야말로 가장 훌륭한 배움의 스승이다. 무엇을 바라볼 것인지가 이미 지정되어 있고, 불필요한 권위로 훌륭한 스승상이 결정되어 있는 교육 현실이 결코 옛일만은 아니다. 단지 다른 이념이나 종교를 신봉한다는 이유만으로 특정 학자나 국가, 혹은 문명권이 이룩해놓은 학문적 업적을 저평가하는 분위기는 요즘도 교육의 암울한 측면으로 남아 있다. 교육은 겉치레와 권위에서 자유로워야 한다.

어느 환상가가 쓴
교육에 관한 몽상

《에밀》

장 자크 루소의 '사상적 유산'

장 자크 루소(1712~1778)는 스위스 제네바에서 가난한 시계공의 아들로 태어났다. 어머니가 그를 낳고 얼마 안 돼 죽게 되자, 아버지가 그를 키웠다. 이후 아버지가 군인과의 결투 후 부득이 제네바를 떠나야 했고, 이내 큰아버지가 루소를 키웠다. 조카들과 함께 생활하던 루소는 공장工匠의 심부름 따위를 하며 그다지 유복하지 못한 소년 시절을 보냈다.

루소는 16세가 되면서 제네바를 떠나 도처를 떠돌게 되었는데, 이 기간에 바랑 남작부인을 만나 자신의 인생에서 중요한 전기를 맞이한다. 그녀는 10여 년간 루소의 어머니이자 연인이었다. 루소는 바랑부인의 후원으로 논리학, 철학, 기하학, 라틴어, 생리학, 해부학, 식물학, 음악 등 다양한 교육을 받을 수 있었다.

자신의 어머니이자 연인이었던 바랑 부인의 문란한 사생활을 견디다 못한 루소는 다시 혼자가 되어 주로 가정교사 일을 하며 지내다 30세 때 파리로 간다. 이번에도 루소는 은인 한 명을 만나게 되는데, 그가 바로 18세기 프랑스 계몽주의의 대가인 드니 디드로다. 디드로는 당시 《백과전서》를 간행하고 있었는데, 그와 교유하면서 루소도 그 작업에 동참한다.

프랑스의 사상가 디드로, 달랑베르, 볼테르, 몽테스키외 등이 여러 학문을 집대성하여 20여 년 동안 편찬한 책이 《백과전서》다. 편찬의 기본 취지는 혁명보다는 개혁에 있었지만, 근대적인 지식과 사고방법으로 당시 사람들을 계몽하고 권위에 대해 비판적인 태도를 취했기 때문에 프랑스혁명의 사상적 배경이 되었다. 1751년 제1권이 출판되었고, 이어 1772년까지 본문 19권, 도판圖版 11권의 대사전이 완성되었다.

루소는 이후 《과학과 예술론》,《인간 불평등 기원론》 등의 책을 쓰면서 점차 디드로나 볼테르를 비롯한 계몽주의자들과 사상적으로 결별하게 된다. 그는 다른 계몽주의자들과 달리 이성과 진보에 대한 믿음을 버리고, 자연으로 돌아가 잃어버린 인간미를 되찾아야 한다고 주

장했기 때문이다. 그의 대표 저서 중 하나인 《사회계약론》의 첫 문장
도 "인간은 본래 자유인으로 태어났지만, 그는 (사회 혹은 문명) 어
디서나 쇠사슬에 묶여 있다"가 아닌가?

한편 《사회계약론》이 출간되고 2개월 뒤에 나온 《에밀》은 더욱 문제
적이었다. 당시의 신학을 부정했기 때문이다. 결국 《에밀》은 판매금
지되었고, 루소에게는 구속영장이 발부되었다. 루소는 스위스로 도
피해 가까스로 자유인의 신분을 유지했지만, 자신의 고향인 제네바
에서도 사정은 비슷했다. 그의 책은 판매금지되었고, 그는 졸지에 망
명자 신분이 되어 다시 떠돌게 되었다. 철학자 데이비드 흄의 도움으
로 영국에 머물던 루소는 피해망상증에 시달렸고, 이내 영국을 떠나
자신의 이름을 숨긴 채 프랑스로 돌아갔다.

루소는 죽기 전 마지막 10년 동안을 《고백록》, 《루소는 장 자크를 심
판한다》, 《고독한 산책자의 몽상》 같은 자서전적인 책을 쓰며 보냈
고, 1778년 프랑스의 대귀족 지라르댕 후작의 영지에 피신해 있다가
쓸쓸히 죽었다. 그렇지만 1789년 프랑스혁명 후 루소의 명성은 화려
하게 부활했다. 당시 시민들은 루소의 시신을 판테옹(프랑스 파리에
있는 국립묘지)으로 이장했고, 그를 프랑스혁명의 사상적 아버지로 추
앙했다.

자신이 쓴 책들과 달리 그다지 모범적이지도 않고 아름답지도 못한
삶을 살았지만, 루소의 파란만장한 일생이 후세에 남긴 족적은 위대
했다. 크리스티아네 취른트는 《책》에서 루소의 사상적 유산을 이렇

게 적는다.

"루소는 인간의 감수성을 설파하는 예언자였다. 또한 그는 아름다운 자연과 위대한 감정을 알리는 사도였다. 그와 함께 프랑스와 독일에서 하나의 문화가 시작되었는데, 바로 사람들이 자연에서 인간에게 필요한 훌륭한 것을 찾을 수 있으리라는 희망을 가지고 자연의 품에 뛰어드는 일이 시작된 것이다.……아이들이 루소의 철학에서 중요한 역할을 담당할 수 있는 것은 그들이 순수하고 때 묻지 않은 자연이기 때문이다.……그들에게 적절한 교육을 시키는 것은 그들이 나중에 한 사회 공동체의 도덕적으로 가치 있는 구성원이 되게 만들기 위해서다. 오늘날 시민운동 단체가 새로 조성되는 주거 지역에 아이들을 위한 모험 놀이터를 만들고자 하거나, 청소년 범죄자들을 감옥소에 보내는 것이 아니라 농가에 보내 교화시키자고 주장한다면 그 이념은 루소의 유산에서 나온 것이다."

에밀의 성장 과정

《에밀》은 장 자크 루소가 자유로운 시민으로 성장하도록 준비된 에밀이라는 가상의 아이를 교육시키는 이야기 형식으로 되어 있다. 에밀은 부유한 귀족의 상속자이고 신체가 건강한 고아다. 루소가 에밀을 고아로 설정한 이유는 자신의 교육에 절대적으로 영향을 받게 만들기 위해서다. 이 책은 크게 5부로 이루어져 있다.

제1부는 유아기(출생에서 5세까지)의 교육론으로 어머니와 아버지의 의무, 도시의 탁한 공기를 피해 아이를 시골에서 키우라는 가르침을 담고 있다. 제2부는 아동기(5세에서 12세까지)의 교육론으로 읽고 쓰기는 아직 가르치지 말 것, 말과 관념이 아닌 감각과 경험을 통해 사물을 이해시키기 위해 많은 시간을 들일 것 등을 이야기하고 있는데, 이는 아직은 지식을 획득하기보다는 지식을 획득하는 도구인 기관을 연마하는 것이 교육 목표이기 때문이다.

제3부는 소년기(12세부터 15세까지)의 교육론으로 지리학이나 물리학 등을 가르치지만 언제나 자기 주위에서 관찰할 수 있는 자연현상에서부터 시작할 것, 여전히 독서는 금할 것(《로빈슨 크루소》는 예외다), 직업을 사회적 편견 없이 스스로 선택하도록 할 것(실제로 에밀은 목공일을 배운다), 이제 자연인이면서 동시에 사회인이 될 준비를 하는 때이므로 사람들과 어울려 살고, 남의 이성이 아니라 자신의 이성으로 사태를 정확하게 파악하는 훈련을 시킬 것 등을 강조한다.

제4부는 청년기(15세부터 20세까지)의 교육론으로 동정심과 박애정신 같은 정서적이며 도덕적인 감정이 형성되고, 세상은 더불어 사는 곳이라는 현실에 눈뜨게 되는 만큼, 그 어느 때보다도 신중하게 참된 인간과 사회에 대해 스스로 판단할 수 있는 능력을 배양시킬 것을 이야기한다. 이제 독서를 본격적으로 시작할 것과 결혼할 나이가 되었으니 시끌벅적한 도시가 아닌 평온한 시골에서 자신의 배우자를 찾도록 준비할 것도 아울러 충고한다.

페르디낭 루아베, 〈두 시동〉
1902년, 캔버스에 유채, 46×56cm, 프랑스 랭스 갤러리 소장.

제5부는 성년기(20세부터 결혼까지)의 교육론으로 성년기에 이른 에밀이 배우자를 찾아가는 과정을 상세히 보여준다. 남성과 여성의 차이, 부부 사이의 윤리 등도 아름답고 섬세한 필치로 그려낸다. 어른이 되었지만 아직은 공화국 시민으로 갖추어야 할 양식이 부족한 에밀이 2년 동안 유럽 여행을 하며 각국의 국민성과 풍속, 정부의 형태 등을 관찰한 후 소피와 결혼하고 아이의 아버지가 되자, 선생인 장 자크 루소가 에밀을 떠나며 막을 내린다.

"아이는 작은 어른이 아니다"

책을 읽으며 중요한 구절에 밑줄을 긋는 습관이 있는 독자들은 《에밀》을 읽으면서는 펜을 들지 않아도 된다. 이 책에서 밑줄을 긋지 않아도 될 문장이 별로 나오지 않기 때문이다. 그 정도로 《에밀》은 고전 중의 고전으로서 손색이 없다. 《에밀》이라는 책의 정보를 아는 것에서 멈추지 말고 《에밀》을 반드시 읽고 구체적 문장들을 마음에 새기기를 간곡하게 당부한다.

"참으로 이상한 일이다. 모든 것은 조물주에 의해 선하게 창조됐음에도 인간의 손길만 닿으면 타락하게 된다"로 시작하는 《에밀》은 소설처럼 재미있으면서도 엄청난 사색을 독자들에게 요구하는 무거운 교육 이론서다. 다시 말해 쉽게 읽히나 여운은 짙게 남는 책이다. 학생보다는 선생에게 더욱 필요한 교육론, 시기별 교육 방법에 대해 매우 분석적으로 기술한 교육론, 이 두 가지 특색을 갖춘 교육 이론서는 동서고금을 통틀어 《에밀》이 최초가 아닐까 한다. 그러한 교육 이론서의 면모를 확실히 보여주는 문장들을 찾아보자.

아이에게 지배나 복종의 관념이 깃들게 해서는 안 된다.

아이를 꼬마 박사와 애늙은이로 만들어서 좋을 게 뭐 있겠는가? 아이는 보고 느끼는 데 그 나이에 맞는 사유 방식을 활용한다. 어른의 방식으로 생각하길 강요하지 마라.

한 인간을 교육시키기 전에 선생 자신부터 인간이 되어 있어야 한다. 그리하여 아이에 대한 이상적 모델을 스스로의 내부에 갖추어 놓고 있어야 한다.

어린 아이들에게 독서는 하나의 재앙이다.……독서가 유익하다고 깨달았을 때 읽을 수 있으면 된다.

당신의 아이에게 지리학을 가르쳐주고 싶은가? 지구의와 지도를 구해주고 싶은가? 그런 상징물로 대체하지 말고 직접 데리고 나가 대상 그 자체를 보여줘라. 새벽의 일출을 보여주고 저녁의 일몰을 보여줘라. 태양의 눈부신 탄생과 몰락, 초목들의 활기와 새들의 지저귐을 직접 느끼도록 해줘라. 자연의 감동이 직접 그의 영혼에 스미도록 하라. 당신이 선생이라면, 절대 말로써 이러한 감동을 전달하려 하지 마라.

아이가 무엇인가를 물어온다면, 만족할 만한 답변을 해주기 위해 애쓰지 마라. 호기심을 채워주기보다는 호기심을 불러오는 답변을 해주어라.

인간이 만든 모든 질서는 인간에 의해 파괴될 수 있다. 파괴되지 않고 변형되지 않는 것, 그것은 자연이 새겨놓은 것뿐이다. 자연은 부자나 귀족이나 왕을 만든 적이 없다.

당신의 아이가 게으름에 빠지지 않도록 주의하라. 농부처럼 일하고 철학자처럼 생각하도록 훈련시켜라. 훌륭한 교육은 육체가 정신의, 정신이 육체의 피로를 풀어주도록 조율함으로써 서로를 휴식에 들게 하는 것이다.

인간은 모두 평등하게 태어났다. 왕으로도 태어나지 않았으며 귀족으로도 태어나지 않았고 부자로도 태어나지 않았다. 벌거숭이로 태어나 벌거숭이로 돌아간다는 것, 그것이 진정한 인간의 실체이자 운명이다. 그러므로 우리가 인간의 본성에 대해 연구해야 한다면 여기에서부터 출발해야 하리라.

📖　　　당신과 당신의 학생은 동등한 인간일 뿐이라는 것을 알고 그렇게 실행하라. 그래야만 그의 수준이 당신처럼 향상될 것이다. 그럼에도 학생이 당신의 수준에 못 미친다면, 거리낌 없이 당신이 내려가라. 당신의 명예는 당신에게 있는 것이 아니라 당신의 제자에게 있음을 명심하라.

📖　　　에밀, 현명하고 행복하게 살기를 원한다면 사라지지 않을 아름다움 외에는 집착하지 말아라. 네게 주어진 조건 안으로 네 욕망을 국한시켜라. 하고 싶은 일보다는 해야 할 일을 먼저 하라. 필연의 법칙을 도덕률로 삼아 집착하지 않도록 하라. 잃는 법을 배워라. 삶을 관조함으로써 초월하는 법을 배워라. 역경 속에서도 견디는 법과 의무에 충실히 하는 법을 배워라. 그러면 너의 운명이 지배당하지 않을 것이며 행복할 것이다.

평생 시계처럼 같은 시각에 같은 장소를 산책했던 칸트도 딱 한 번 산책을 거른 일이 있었으니, 그날은 바로 그가 《에밀》을 읽고 있던 날이었다. 나폴레옹은 전쟁 중에도 항상 《에밀》을 가지고 다니면서 읽었다. 또 얼마나 많은 학자와 시민이 《에밀》을 읽으며 충격에 휩싸여 '인간의 교육'이라는 주제를 놓고 사색했는지는 짐작이 가고도 남는다.

어떤 사람은 루소의 《에밀》이 다가올 공화국 시민을 육성하기 위한 정치적 목적에서 쓰였다는 점을 지나치게 부각하기도 한다. 하지만 앞서 언급한 대로 루소는 이성과 진보에 대한 믿음을 버리고 "자연으로 돌아갈 것"을 강조함으로써 정치적 교육론에서 벗어나 '인간성'에 바탕을 둔 보다 보편적인 교육 사상을 창시한 철학자다. "아이는 작은 어른이 아니다." 그리고 "15세 이전의 교육은 소극적이어야 한다"와 같은 그의 중요한 명제들은 오늘날까지 교육의 중요한 지침으로 유효하다. 그런 의미에서 《고전의 향연》에서 안광복이 적어 놓은 《에밀》에 대한 평가는 주목할 만하다.

"《에밀》은 루소 자신의 말처럼 '어느 환상가가 쓴 교육에 관한 몽상'에 불과할지도 모른다. 그러나 이 점이 《에밀》의 가치를 떨어뜨리지는 않는다. 때로 완벽한 환상은 냉철한 현실 분석보다 더 큰 혜안을 준다. 교육 현장 속에서는 항상 목적과 수단이 뒤엉키고 욕망과 이상이 헷갈리는 가운데 수많은 갈등과 오해를 낳기 마련이다. 이 상황에서 《에밀》은 교육이 원래 지향했던 '초심'을 확인시켜주는 기준점으로 여전히 빛을 발하고 있다."

처음 읽는 에밀

《에밀》이 지나치게 이상적인 교육론을 펼친 것만은 확실하다. 그렇다면 그 지나친 이상의 거품을 걷어내자. 그리고 오늘날의 현실에 맞게 재해석해보자. 그렇게 한다 해도 《에밀》이 주는 메시지는 칸트 같은 엄격한 사람이 시간을 어기며 읽게 만들 정도로 빛나는 가치를 갖는다. 태교에 관한 책이 많은 줄 안다. 엄마 뱃속의 아이에게 단 한 권의 책만을 읽어줄 수 있다면, 그 책으로 《에밀》을 강력하게 추천한다. 공부법에 관한 책이 많은 줄 안다. 어리석은 교육열에 사로잡힌 부모들에게 단 한 권의 공부법 책만을 권한다면, 그 역시 《에밀》이다. 그저 추측에 불과하지만 이런 확신이 든다. 모든 대한민국 부모가 《에밀》을 읽는다면, 사교육비가 1/10로 줄 것이다.

사람들은
왜 분노를 잃었을까?

《나는 고발한다》

지식인의 양심

에밀 졸라(1840~1902)는 프랑스 파리에서 출생해 남프랑스 엑상프로방스에서 자랐다. 아버지는 이탈리아계 토목기사였고, 어머니는 가난한 직공의 딸이었다. 중학교 시절 화가 폴 세잔과 사귀게 되어 시와 예술에 눈뜨게 되었다. 대학 입학 자격시험에 2번이나 떨어져 평생 내세울 만한 학위를 갖지 못했지만, 타고난 재능과 노력으로 이른 나이에 이미 당대 유럽에서 많은 판매 부수를 자랑하는 부유한 베스트셀러 소설가 중 한 사람이 되었다. 대단한 성공이었다.

그런데 에밀 졸라 하면 떠오르는 것은 그의 이러한 이력보다는 드레퓌스 사건 때 프랑스 대통령에게 보낸 격문 〈나는 고발한다〉이다. 에밀 졸라는 드레퓌스 사건과 관련해 1897년부터 1900년까지 〈나는 고발한다〉를 포함해 모두 13편의 글을 썼고, 이들을 묶어 《나는 고발한다》라는 단행본을 출간했다(원제목은 '멈추지 않는 진실La vérité en marche'이다).

배우고 가르치는 일은 워낙 다양한 목적을 가지고 이루어지므로 그 목적에 따라 우리는 다양한 각도의 문제의식을 가질 수 있지만, 혼란한 시대일수록 '지식인의 양심'이라고 하는 테마가 소중해짐을 느낀다. 예나 지금이나 지식인이라 불릴 만한 사람은 많다. 이력을 보면, 모두 참 많이도 배웠고 중요한 저작을 많이도 남겼다. 그러나 그들에게 진정한 '지식인의 양심'이란 것이 있었는지에 대해서는 언제나 의문을 품게 된다. 당신, 혹시 지식인인가? 그렇다면 그대의 양심은 무엇인가?

정의와 양심을 묻다

1870년 보불전쟁(프로이센과 프랑스의 전쟁)에서 패한 후 들어선 제3공화국(1870~1940)의 대독對獨 감정은 최악에 이르렀다. 또한 로스차일드 가문을 중심으로 하여 금융자본의 왕국을 세운 유대인들은 제3공화국 초기 왕당파를 지지해 프랑스 시민들의 반유대 감정을 부채질했다. 그러던 차에 유대인인 알프레드 드레퓌스 대위가 독일과의 첩보전 과정에서 반역죄로 몰렸다.

드레퓌스가 유대인이라는 사실과 대상 국가가 독일이라는 사실, 이 두 사실이야말로 드레퓌스 사건의 사회정치적 배경이었다. 프랑스의 민족주의와 반유대주의가 아주 절묘하게 맞아떨어졌다는 점에서 드레퓌스 대위의 운명은 이미 결정 난 것이다. 그는 프랑스와 프랑스 시민들에게서 단 한 줌의 자비도 받을 수 없었다. 그가 설령 무죄일지라도 프랑스는 그의 유죄가 필요했고, 그에 대한 잔혹한 징벌이 필요했다. 정치란 그런 것 아닌가?

1894년 12월 19일 비공개로 진행된 군사 법정에서 드레퓌스는 군적이 박탈되었고 종신 유배를 선고받았다. 유형지는 프랑스령 기아나의 작은 섬 '악마도惡魔島'였다. '악마의 섬'이라니! 유형지의 이름이 많은 것을 상징한다(감옥 탈출 영화로 유명한 〈빠삐용〉도 바로 이 '악마의 섬'에서 촬영되었다. 1952년 8월 22일, 프랑스 정부는 '악마의 섬'을 영구 폐쇄했다. 드레퓌스 대위의 무죄가 선고된 지 46년 만의 일이었다).

드레퓌스에게도 행운의 손길이 전혀 없었던 것은 아니다. 정보국장 조르주 피카르 중령은 정보국에 들어온 수상한 편지 한 통을 조사하던 도중 드레퓌스 사건에서 문제가 되었던 명세서의 진짜 작성자는 드레퓌스 대위가 아니라 에스테라지 소령임을 알게 되었다. 그는 즉시 군 수뇌부에 이 사실을 보고했지만, 이 사건은 재검토되지 않았다. 이후 피카르 중령은 이런저런 불이익을 당했다. 그는 이 사실을 친구인 변호사 르블루아에게 이야기했고 르블루아는 상원 부의장 셰레르 케스트네르에게 그 내용을 알려주었다. 드레퓌스의 무죄를 확신한 셰레르 케스트네르는 에스테라지 소령을 고소했다. 하지만 외압을 받은 필적 전문가들은 문제의 명세서 필적이 에스테라지의 것이 아니라고 판정했고, 군사 법정은 에스테라지를 무죄 석방했다. 어처구니없는 이 판결이야말로 프랑스 군부의 가장 큰 실수였다. 그것은 어느 부유하고 교만한 소설가의 펜에 정의와 양심, 실천과 투쟁의 잉크를 묻혔기 때문이다.

판결 이틀 후인 1898년 1월 13일 〈로로르〉는 프랑스 언론 역사상 가장 유명한 기사가 된 에밀 졸라의 〈나는 고발한다〉를 일면 톱기사로 실었다. 원래 제목은 '공화국 대통령 펠릭스 포르 씨에게 보내는 편지'였는데, 〈로로르〉의 편집장의 권유에 따라 '나는 고발한다'로 바꾸었다. 그날 〈로로르〉는 평소보다 10배 많은 30만 부를 찍었지만 그 30만 부조차 턱없이 부족한 부수였다. 프랑스 파리 시내가 그야말로 발칵 뒤집혔다.

여기서 우리는 명심해야 한다. 당시 프랑스의 민족주의와 반유대주의를 고려하면, 에밀 졸라의 격문은 결코 그에게 유리하게 작용할 리 없었다. 그도 이 사실을 잘 알고 있었다. 그는 이제까지 쌓아온 자신의 부와 명예, 더 나아가 목숨까지도 잃어버릴지 모르는 드레퓌스 사건에 본격적으로 뛰어들었다. 그는 더는 부유한 베스트셀러 소설가가 아니었다. 그는 가진 것이 오직 펜 하나뿐인, 그 어떤 칼로도 베이

에두아르 마네, 〈에밀 졸라의 초상〉
1868년, 캔버스에 유채, 146×114cm, 파리 오르세 미술관 소장.

지 않는 '양심의 지식인'이 되었다.

프랑스는 오랫동안 유럽 문명의 최전선이었다. 그랬기에 프랑스의 비양심과 불관용은 유럽 전체의 자존심을 구기는 일이었다. 〈나는 고발한다〉는 에밀 졸라가 바로 그 유럽 전체의 자존심에 던진 격문이었다. 이제 드레퓌스 사건은 국내외적으로 유명한 사건이 되었다.

1898년 9월 각료 회의가 드레퓌스 부인의 재심 요청을 받아들임으로써 프랑스 최고 재판소인 파기원은 렌에서 드레퓌스 사건을 재심하기로 결정했다. 유형지 '악마도'에 감금되어 있던 드레퓌스가 도착할 항구에서 가까운 지역인 렌의 한 고등학교에서 재심이 열렸다. 결과는 또 하나의 비양심과 불관용이었다. 에스테라지가 자신이 명세서의 작성자임을 고백했지만, 드레퓌스는 다시 유죄 판정을 받고 말았다. 유럽이 또 한 번 경악할 일이었다. 정부와 군부는 자신도 살고 드레퓌스도 사는 길로 유죄 판정과 함께 대통령 에밀 루베의 사면을 획책하고 있었던 것이다.

예상했던 대로 1899년 9월 19일 대통령 에밀 루베는 드레퓌스를 사면하는 행정 명령에 서명했다. 사면이란 죄는 있으나 특별히 자비를 베풀어 행정부의 수반인 대통령이 그 죄를 사해 준다는 의미의 결정이다. 따라서 그동안 드레퓌스를 지지했던 수많은 사람이 보기에는 용납할 수 없는 결정이었다. 평범한 인물에 불과했던 드레퓌스 대위는 정의니 양심이니 하는 거창한 대의명분보다는 가족의 따뜻한 품을 택했다. 에밀 루베 대통령의 사면 결정을 수용한 것이다.

드레퓌스 사건의 진정한 종결을 의미하는 드레퓌스 대위의 복권을
보기 위해 프랑스와 유럽은 1906년까지 기다려야 했다. 1904년 3월
드레퓌스가 생각을 바꿔 사면을 자진 반납하고 제기한 재심 요구가
받아들여졌고, 1906년 7월 12일 파기원은 드레퓌스에게 내린 유죄
선고가 오류였음을 선언했다.

"진실이 전진하고 있다"

에밀 졸라의 양심과 용기 있는 실천을 기리기 위해 1908년 3월 〈르
시에클〉이 기부금을 모아 금메달을 제작했는데, 앞면에는 에밀 졸라
의 얼굴, 뒷면에는 에밀 졸라의 글 한 문장이 새겨져 있다고 한다. 어
떤 문장일까? 《나는 고발한다》를 읽는 독자들이 가장 감동적으로 만
나게 되는 이 한 문장은 이 책의 첫 번째 글인 〈셰레르 케스트네르
씨〉의 마지막을 장식한다(물론 〈나는 고발한다〉에도 이 문장은 나온다).

진실이 전진하고 있고, 아무것도 그 발걸음을 멈추게 하
지 못하리라.

에밀 졸라는 《나는 고발한다》 이후 고난의 길을 걷게 된다. 극렬한
보수주의자들에 의해 끊임없이 살해 위협을 받았고, 유대인에 대한
반감이 상당했던 프랑스 의회도 그를 기소하기로 결정했다. 에밀 졸

라는 이러한 자신의 미래를 분명히 알고 있었다. 〈나는 고발한다〉의
마지막 대목에서 우리는 그러한 그의 결연한 정신을 읽을 수 있다.
우리가 왜 에밀 졸라를 '양심의 지식인'이라고 말하는지, 그가 왜 그
렇게 불릴 자격이 있는지 이 대목이 모든 것을 말해준다.

저는 그토록 큰 고통을 겪은 인류, 바야흐로 행복 추구
의 권리를 지닌 인류의 이름으로 오직 하나의 열정, 즉 진실의 빛에
대한 열정을 간직하고 있을 뿐입니다. 저의 불타는 항의는 저의 영
혼의 외침일 뿐입니다. 부디 저를 중죄재판소로 소환하여 푸른 하늘
아래서 조사하시기 바랍니다! 기다리겠습니다.

예상대로 1898년 7월 베르사유 중죄재판소는 그에게 징역 1년에 벌
금 3,000프랑을 선고했다. 그리고 선고 며칠 후 프랑스 정부는 그의
레지옹 도뇌르 수훈자 자격을 박탈했다. 죄인의 신분을 받아들일 수
없었던 에밀 졸라는 영국으로 망명했고 11개월 후인 1899년 6월에
돌아왔지만, 불과 3년 뒤인 1902년 9월 의문의 가스 중독 사고로 사
망했다. 벽난로의 배기가 제대로 되지 않아 반쯤 탄 석탄이 뿜어내는
독가스가 그의 방 안으로 스며들었는데, 난로 담당자가 극우파이면
서 반유대주의자였다고 한다. 에밀 졸라가 드레퓌스와 지식인의 양
심을 지키기 위해서는 자신의 목숨도 내어 놓아야 했던 것이다.
미하엘 코르트는 《광기에 관한 잡학사전》에서 "졸라는 한때 정의를

위한 투쟁과 사회 참여에도 적극적이었지만 자신이 헌신을 맹세한 창작에서 더이상 벗어나지 못했다"고 적는다. 에밀 졸라의 맹세란 "내가 무슨 일을 하게 될지는 아직 결정할 수 없다. 그러나 문학에 발을 들여놓게 되면 '전부 아니면 무'라는 각오로 임할 것이다"였다. 과연 그랬다. 《나는 고발한다》에 실린 마지막 글인 〈공화국 대통령 에밀 루베 씨에게 보내는 편지〉에서 에밀 졸라는 이렇게 적는다. 그가 의문의 죽음을 당한 것이 더욱 안타깝다. 그는 《나는 고발한다》로 인해 정말 모든 것을 잃었던 것이다.

저는 시인, 즉 한구석에 틀어박혀 자기 일에 몰두하는 고독한 이야기꾼일 뿐입니다. 저 역시 선량한 시민이란 자신이 가장 잘 할 수 있는 노동을 국가에 바치는 데 만족해야 한다는 것을 잘 알고 있습니다. 그러기에 저는 다시 책 속에 갇혀 살고자 합니다. 말하자면 저 스스로 떠맡은 사명이 끝난 이상, 저는 다시 책 속으로 돌아가고자 합니다. 저는 제가 할 수 있는 한 가장 정직하게 제 모든 역할을 수행했습니다. 그리고 저는 마침내 침묵 속으로 돌아가고자 합니다.……
저는 밤낮으로 지평선에서 무슨 일이 일어나는지 지켜보겠습니다. 고백하건대 저는 미래가 싹트고 있는 저 먼 지평선이 머지않아 우리에게 많은 진실, 많은 정의를 보내주길 간절히, 간절히 바랍니다. 기다리겠습니다.

1906년 복권된 드레퓌스 대위는 레지옹 도뇌르 훈장을 받았고, 에밀 졸라의 유해는 사후 6년이 지난 1908년 6월 판테옹으로 이장되었다. 안타깝지만, 자신의 고발이 승리하는 장면을 에밀 졸라는 생전에 볼 수 없었다. 그렇지만 자신의 승리가 생전인지 사후인지가 무슨 차이가 있단 말인가? 그가 몸소 실천한 '지식인의 양심'이 시대를 넘어 다음과 같이 외치고 있거늘.

진실이 전진하고 있고, 아무것도 그 발걸음을 멈추게 하지 못하리라.

처음 읽는 나는 고발한다

"진실이 전진하고 있고, 아무것도 그 발걸음을 멈추게 하지 못하리라." 이 비장한 감동을 주는 문장을 읽으며 우리의 자라나는 세대들은 무슨 생각을 해야만 할까? 에밀 졸라의 시대 못지않게 비양심과 불관용이 판을 치고 있는 이 세상을 살아가는 우리는 도대체 무엇을 깨우쳐야 할까? 그에 대해서도 에밀 졸라는 〈청년에게 보내는 편지〉에서 분명히 언급한다.

"청년, 청년들이여! 언제나 정의와 함께 있으라. 그대들의 내면에서 정의의 관념이 희미해지는 날, 그대들은 파멸하리라. 지금 나는 사회

적 관계의 보장에 지나지 않는 '법전'의 정의를 말하고 있는 것이 아
니다. 물론 그것도 존중해야 하리라. 그러나 좀더 숭고한 관념, 모름
지기 인간의 판결이 잘못될 수도 있음을 원칙적으로 인정하는 정의,
심판자들을 모욕하지 않으면서 기결수의 무죄의 가능성을 인정하는
정의가 있다.……아직 이해관계가 뒤얽힌 이전투구泥田鬪狗에 휩싸이
지 않은 그대들, 아직 어떤 비열한 사건에도 연루되지 않은 그대들,
순수와 선의로 목청껏 외칠 수 있는 그대들이 아니라면, 도대체 누가
정의의 완성을 위해 일어날 것인가?"

우리의 청년들을 '이전투구에 휩싸이지 않은 그대들'로 그냥 놓아두
지 않는 비정한 교육 현실을 나는 고발한다!

진리를 찾아 떠나는
끝없는 여행

《대당서역기》

죽음만이 여행을 멈출 수 있다

현장(602~664)은 중국 허난성河南省 뤄양洛陽 동쪽에 있는 거우스현 緱氏縣에서 태어났다. 원래 성은 진陳이고 이름은 위禕인데, 출가한 뒤 현장이라는 법명을 얻었다. 10세에 뤄양의 정토사淨土寺에 들어갔고, 13세에 정식으로 승적에 올랐다. 석가여래의 뜻을 받들고자 하는 열의로 여러 스승의 강론을 들으며 불경에 심취했으나, 당시 중국의 불경에는 오역이 많았고 그 오역을 바로잡아 불법佛法의 바른 길을 제시해줄 법사도 없었다. 불심이 깊었던 현장은 이 점을 늘 안타까워

했다.

626년 겨울, 현장은 중인도中印度 날란다那爛陀 사원 계현戒賢 법사의 제자 파파밀다라波頗密多羅를 장안에서 우연히 만났다. 그에게서 인도의 불경 연구 상황과 계현 법사의 넓고 깊은 학식에 대한 이야기를 들은 현장은 인도 여행을 동경하게 되었다. 당시 당나라는 백성들의 외국 여행을 법으로 금지시켰기에, 현장은 중앙아시아와 인도 각국의 언어를 공부하면서 때를 기다렸다.

629년 드디어 기회가 왔다. 그해 가을 장안 일대의 자연재해로 농작물 수확량이 부족해지자, 당나라 조정은 백성들에게 양식을 구하기 위한 여행을 허락했고, 현장은 이 기회를 놓치지 않았다. 27세의 불심 깊은 승려 현장은 사막의 다섯 봉화대를 지나 당 제국의 관문인 옥문관玉門關을 빠져나갔다(여행이 자유로워지긴 했으나 국경을 넘는 일은 분명 불법이었다).

물론 현장의 여행 목적이 단순히 계현의 가르침을 받는 데 있지는 않았다. 그는 불교 성지를 참배하고, 보다 완전한 형태의 불경을 구하고자 했다. 그래서 흔히 그의 여행을 취경取經 여행이라 한다. '취경'이란 불교도가 인도에 가서 불경을 구해온다는 뜻이지만, 보다 보편적으로는 다른 사람의 학식과 경험을 배워온다는 뜻이다. 결국 승려인 현장에게 인도 여행은 궁극적으로 구법求法 여행인 셈이다.

현장은 열악한 교통 조건 속에서 외롭고 위험한 여행을 시작했다. 그리고 16년 동안 초인적인 의지로 5만 리(약 19,600km)를 걸어 110개국을 거치는 구법 여행의 사명을 완수했다. 629년 장안을 떠났던 현장이 645년 불경 640질을 가지고 장안으로 돌아오자 당 태종은 그를 반겨 맞았다. 현장은 자신이 직접 가보거나 들은 138개국의 풍토·산물·정치·풍속·전설 등을 소상히 적은 《대당서역기》를 당 태종에게 바쳤다.

당 태종은 현장에게 환속하여 자신을 보좌하는 관리가 되길 권했지만, 현장은 정중하게 거절했다. 현장에게는 또 하나의 긴 여행이 일찌감치 준비되어 있었기 때문이다. 이 여행 역시 초인적인 의지가 필요했다. 현장은 자신이 가져온 불경 640질을 번역하는 일에 인도 여행보다 3년 더 긴 19년을 보냈다. 664년 입적할 때까지 현장은 불경 번역에서 손을 떼지 않았다. 현장의 주도 아래 74부部, 1,335권卷, 1,300여 만 자字의 경전이 완성되었으니, 이는 중국 번역 역사상 초유의 일이었다. 결국 현장의 구법 여행은 16년에 19년을 보탠 35년의 대장정이었고, 그 여행의 끝은 그의 죽음이었다. 죽음만이 그의 여행을 멈출 수 있었다.

최초의 순례자

현장은 중국인 중 최초로 인도 전역을 여행한 순례자였다. 그러나 그가 아주 정밀하게 사물이나 상황을 파악하고 기록할 줄 아는 훈련된 학자였다는 사실을 잊어서는 안 된다. 《대당서역기》는 138개국의 풍토·산물·정치·풍속·전설은 물론 불사佛寺·불승佛僧의 수, 불탑, 성적聖蹟의 유래를 객관적 필치로 적어 내려간 위대한 인문지리학 저술이다. 우한吳晗은《대여행가》에서 현장의 이 위대한 저술이 얼마나 귀중한 학술적 유산인지를 이렇게 적는다.

"그의 기록은 중앙아시아와 인도·네팔·파키스탄·벵골·스리랑카와 같은 국가들의 고대역사 연구자 및 지리 연구자와 고고학 연구자들에게 대단히 중요한 자료로 남아 있다.……《대당서역기》는 이후 국제적으로도 인정을 받아 19세기 말부터 프랑스어와 영어로 번역되었다. 20세기 초에는 영문 개정판과 일어 번역본이 나왔다.……근· 현대 고고학자들은《대당서역기》를 바탕으로 고대 인도와 중앙아시아의 역사 문화 유적지를 발굴했다. 왕사성, 녹야원적, 고사古寺, 아잔타 석굴, 날란다 사원 같은 곳이 바로《대당서역기》를 근거로 발굴된 유적지이다."

《대당서역기》가 얼마나 철저하게 기록되었는지는 현장이 첫 방문국인 아그니국阿耆尼國을 소개할 때부터 쉽게 엿볼 수 있다. 교육용 다큐멘터리 방송의 내레이션처럼 담담한 현장의 목소리를 듣는 듯하다.

    아그니국은 동서로 600리, 남북으로 400리가 넘고, 도성의 둘레는 6, 7리다. 산으로 둘러싸인 데다 길이 험해 외부의 공격으로부터 성을 지키기에 좋다. 물길이 종횡으로 교차해 자연스럽게 농업이 발달했다. 수수, 보리, 대추, 포도, 배, 사과 등이 많이 나고 기후가 따뜻해 살기 좋다. 인도 문자와 약간 다른 문자를 쓰는 사람들이 소박하게 산다. 이곳 사람들은 모직 옷을 입고, 머리가 짧으며 두건은 쓰지 않는다. 화폐는 금전, 은전, 동전을 쓴다.……여기서 서남쪽으로 200여 리를 가서 산 하나를 넘고 큰 강 둘을 건너 다시 서쪽으로 가면 평원이 나오는데, 거기에서 다시 700여 리를 가면 쿠차국에 이른다.

이렇듯 객관적이고 치밀한 기술은 인도를 총괄적으로 기술한 대목에서 가장 잘 드러난다. '천축天竺'이라 불리는 인도 국명의 유래, 도량형과 역법, 주거 생활의 면면, 의복과 음식의 특징, 문화와 교육의 실상은 물론 보병步兵·마병馬兵·거병車兵·상병象兵으로 나뉘는 병제兵制, 형벌 방법, 고유의 인사법과 장례법, 행정과 조세 제도, 천연자원과 민속 등에 대한 그의 차분한 글은 현대 지리학 수업을 철저히 받은 학자가 타임머신을 타고 7세기 때의 인도로 거슬러 올라가 기록한 듯하다.

분명 《대당서역기》에는 마르코 폴로의 《동방견문록》에서 보이는 허풍스러운 과장도, 괴테의 《이탈리아 기행》에서 보이는 들뜬 찬미도 없다. 석가가 열반에 든 보리수나무에 이르러서도 현장은 아래와 같이 냉정할 정도로 침착하다. 그가 성지 순례에 나선 불승佛僧인 것이 의심스러울 정도다.

금강좌 위에 보리수가 있다. 부처님이 살아 있을 때는 높이가 수백 자였으나 지금은 4, 5장쯤 된다. 줄기는 황백색이고 가지와 잎은 파란데, 겨울에도 잎이 떨어지지 않고 색과 광택도 변하지 않는다. 해마다 여래의 열반일이 되면 잎이 모두 떨어졌다가 조금 지나면 다시 원래 모습을 찾는다. 그날은 각 나라의 왕, 여러 곳의 승도, 속인 등 수천만 명이 모여 향수나 향유를 붓는다. 음악을 연주하고 향과 꽃을 걸어 놓고 등불을 켜고서 밤낮없이 공양을 드린다.

이렇듯 《대당서역기》에는 구법승求法僧 자신의 모습이 부각되지도 않았고, 여행자인 자신의 주관적인 감회 같은 것들은 더더욱 찾아볼 수 없다. 따라서 현장이라는 인물 자체와 그의 개인적 체험을 보다 감동적으로 접하고 싶거든 현장의 전기라 할 수 있는 혜립慧立의 《자은전》을 함께 읽으면 좋을 것이다. 그런데 《자은전》은 손쉽게 구해 읽기 어려우니, 《자은전》의 대목을 적절히 인용하면서 현장의 삶을 다각적으로 기술한 샐리 하비 리긴스의 《현장법사》, 현장을 포함한 여행가들의 열정과 도전 정신을 다룬 우한의 《대여행가》, 이렇게 두 권을 권한다.

고행의 길을 가다

5세기경부터 수많은 승려가 중국 국경을 넘어 고행 길에 올랐다. 그

그웬 존, 〈귀중한 책〉

1920년, 캔버스에 유채, 21×26cm, 개인 소장.

들은 중앙아시아의 사막과 고원과 초원을 거쳐 인도로 가는 힌두쿠
시 산맥을 넘었다. 목숨을 담보로 한 고행을 묵묵히 수행한 그들은
말 그대로 '구법자求法者'였다.

그 수많은 구법자 중 한 사람이 바로 현장이다. 그는 보다 완전한 불
경을 원했고, 부처의 발자취를 좇아 불심의 근본을 깨닫고 싶었으며,
훌륭한 스승을 만나 학문적 깊이를 얻고 싶었고, 기어코 중국으로 돌
아와 불경 번역 사업을 통해 불법의 가르침을 중생들에게 전하고 싶
었다. 그랬기에 현장은 고즈넉한 승방에 앉아 촛불을 밝히고 불경 공
부만 할 수는 없었다. 머나먼 길을 떠나야 했다. 험난한 길을 마다하
지 않고 인도에 가야만 했다.

인류 역사상 유래를 찾아보기 힘든 현장의 여행은 뒤이어 구법승의
모험을 다룬 일련의 전설을 낳았고, 오승은의 《서유기》에까지 그려
지면서 지금까지도 세계인들에게 불굴의 의지와 용기를 심어준다.
서양 여성으로서는 최초로 현장의 발자취를 찾아 여행하고 불교를
배운 샐리 하비 리긴스도 그랬는지 《현장법사》의 서문에서 이렇게
적는다.

"나는 현장이 방문했던 중국과 파키스탄, 아프가니스탄과 인도를 여
러 차례 답사하면서 그가 무엇을 보든지 간에 정확하고 주의 깊은 관
찰자였음을 알게 되었다. 그의 체력이 달성한 신체적 위업은 믿기 어
려울 정도이다. 현장은 타클라마칸 사막을 홀로 횡단했고, 내가 실크
로드를 따라가며 우러러 보았던 아시아에서 가장 높은 산맥을 세 개

나 넘어갔다. 그 뒤 나는 현장이 인도의 평원과 밀림을 다섯 차례나
종횡으로 누비고 다녔음을 알게 되었다. 인도의 가장 유명한 사원인
날란다를 방문했을 때는, 그가 세계적인 트레커trekker였을 뿐만 아
니라 잘 훈련된 학승이었다고 평가할 수밖에 없었다.”

처음 읽는 대당서역기

배움이란 머나먼 '진리의 땅'을 찾아 떠나는 여행이다. 아주 운이 좋
으면 여행에서 마침내 돌아와 환대를 받지만, 여행길에서 삶을 마감
하고 유골이 되어 다음 여행자에게 이정표가 되어준다. 하기야 장안
으로 금의환향한 현장도 '불경 번역'이라고 하는 새로운 여행을 미처
다 마치지 못하고 삶을 마감했으니, 배움의 여행에서 돌아와 환대를
받는 일은 애초에 없는 것일지도 모른다. 그러고 보니 우리가 지금 하
고 있는 고전 여행도 결코 쉽지만은 않은 구법 여행이다.

제4장

보다 나은 세상을 만들다

아리스토텔레스 · 《정치학》

맹자 · 《맹자》

한비자 · 《한비자》

존 로크 · 《통치론》

카를 마르크스 · 《공산당 선언》

자사 · 《중용》

올바른 정치란
무엇인가

《정치학》

플라톤이냐, 아리스토텔레스냐

마케도니아는 아테네와 스파르타가 각각 자기 편 동맹시同盟市들을
거느리고 싸운 펠로폰네소스 전쟁(기원전 431~기원전 404)으로 국력
이 크게 약해진 그리스를 차근차근 유린해 갔다. 당시만 해도 마케도
니아는 그리스인들에게 야만인 국가에 불과했다.

자신이 그리스인으로 태어난 데 대해 무한한 자긍심을 가졌던 애국
자 플라톤(기원전 427?~기원전 347?)은 그리스의 몰락 과정을 생생히
지켜보았다. 아리스토텔레스(기원전 384~기원전 322)는 마케도니아

의 귀족 출신으로 18세부터 38세까지 20년 동안 플라톤이 아테네에 세운 학교인 아카데메이아에서 무한한 존경심으로 스승의 가르침을 받았다. 플라톤은 이 야만인 천재 아리스토텔레스를 '아카데메이아의 정신'이라 불렀는데, 이는 스승이 제자에게 보낼 수 있는 최고의 찬사였다.

나이가 마흔세 살이나 차이가 나고 서로의 조국이 적대적 관계였지만, 플라톤과 아리스토텔레스는 돈독한 사제지간이었다. '철학'이라는 진리의 제국에서는 나이나 국적은 무의미했던 것이다.

서양철학사상 둘도 없는 사제지간이었기에, 스승인 플라톤 없이는 제자인 아리스토텔레스를 소개할 방법이 없다. 그렇다고 해서 플라톤과 아리스토텔레스의 철학이 흡사한 것은 아니다. 르네상스 시대의 화가 라파엘로의 〈아테네 학당〉에는 중앙에 두 철학자가 등장하는데, 왼쪽의 플라톤은 손가락을 하늘로 가리키고 있는 반면, 오른쪽의 젊은 아리스토텔레스는 땅의 기운을 느끼려는 듯 손바닥으로 땅을 가리키고 있다. 이러한 모습이야말로 두 철학자의 근본적인 차이를 상징적으로 보여준다. 플라톤과 아리스토텔레스의 철학 세계는 전혀 화해할 수 없는 것이었다.

플라톤과 아리스토텔레스는 '정말로 존재하는 것', 즉 '실재實在'에 대한 생각에서 가장 극단적인 차이를 보인다. '인간 존재'를 예로 들어 두 철학자의 시각 차이를 살펴보자. 플라톤은 구체적 인간들은 '실재'가 아니며, '인간 일반'이라는 보편적인 관념만이 우리의 인식이 닿을 수 없는 저 너머의 세계에 정말로 존재한다고 주장했다. 반면에 아리스토텔레스는 '인간 일반'이라는 보편적인 관념은 단순한 명칭일 뿐이며, 우리가 살고 있는 이 세계에서 움직이는 구체적 인간만이 '실재'라고 했다.

플라톤은 구체적 사물들의 세계는 가짜요, 보편적인 관념들로 이루어진 초월적 세계가 진짜라고 믿는다. 인간이 보고 듣고 만질 수 있는 구체적 세계는 허상일 뿐이고 본질의 세계는 따로 존재한다는 신비주의적 태도를 취한 것이다. 하지만 아리스토텔레스는 그런 신비주의적인 본질의 세계를 인정하지 않는다. 설령 그런 본질의 세계가 있다 할지라도, 그 세계의 본질이 인간의 감각이 닿는 구체적인 세계의 모든 사물에 깃들어 있다고 믿는다. 현실주의 혹은 현세주의적 태도를 견지하는 것이다.

이런 차이 때문에 플라톤은 신화적인 언어로 미지의 세계를 동경하고, 아리스토텔레스는 합리적인 언어로 현실 세계에 대한 구체적 경험을 정리한다. 주지의 사실이지만, 철학philosophy은 어원적으로 '지혜sophia에 대한 사랑philos', 즉 '애지愛智'의 의미를 갖는다. 플라톤에게 철학은 초월적 지혜에 도달하려는 숭고한 사랑이지만, 아리스토텔레스에게 철학은 지혜에 대한 현실적인 사랑이 체계적으로 정리한 지식의 총합이다.

독일의 철학자 프리드리히 폰 슐레겔은 "인간은 플라톤주의자가 아니면 아리스토텔레스주의자로 태어난다"고 했는데, 서양의 모든 사

모리스 드니, 〈드가와 그의 모델〉
1906년경, 캔버스에 유채, 38×46cm, 파리 오르세 미술관 소장.

상은 그의 말처럼 플라톤과 아리스토텔레스에서, 플라톤주의와 아리스토텔레스주의라고 하는 철저하게 서로 다른 철학적 유산을 상속받았다. 수천 년 동안의 서양철학사에서 이 두 철학자의 그늘을 벗어난 철학적 논의는 없었다고 해도 과언이 아니다.

현실적인 너무나 현실적인

그리스인들은 상당한 선민의식을 가졌던 듯하다. 그 선민의식의 근거이자 결과가 바로 '국가(폴리스)'다. 그리스인들은 국가를 자신들의 자랑스러운 발명품쯤으로 생각했다. 공동의 안보를 위한 지역적 결사체로 건설된 국가는 당연히 실용적 목적에 의해 형성된 공동체였다. 하지만 그리스인들은 이 국가 덕분에 자신의 삶이 지적인 면에서나 윤리적인 면에서 훨씬 나아졌다고 생각했다. 그리하여 그들은 국가 안에서 공동체와 개인의 삶을 이전보다 탁월하게 만들려고 노력했다. 그들에게 정치는 국가에서 자신들의 삶을 더 탁월하게 만드는 지적이며 윤리적인 기술이었다.

플라톤은 《국가》를 통해 보다 나은 국가를 만드는 매우 이상적인 방법을 제시했다. 플라톤의 탁월한 제자였던 아리스토텔레스는 스승과 전혀 다른 견해를 《정치학》을 통해 펼쳤다. 플라톤이 이상 국가라고 하는 이념을 상상력으로 구현했다면, 아리스토텔레스는 그리스의 다양한 국가를 경험적으로 분석해 최선의 정체政體(정치체제)를 찾아내려고 했다. 국가를 보다 나은 사회로 건설하기 위해 플라톤이 '이상'의 구름 위에서 하나의 판타지를 제공해 주었다면, 아리스토텔레스는 '최선'이라고 하는 매우 현실적인 목표와 그 목표를 달성하기 위한 현실적인 방안을 제시했다.

아리스토텔레스는 국민이 국가를 건설하는 이유가 단순히 안전하고 풍요로운 삶을 영위하기 위해서가 아니라 궁극적으로 선善 또는 탁월한 삶을 추구하기 위해서라고 보았다. 아리스토텔레스는 이를 강조하기 위해 《정치학》을 이렇게 시작한다.

> 모든 국가(폴리스)는 분명 일종의 공동체이며, 모든 공동체는 어떤 선善을 실현하기 위해 구성된다. 무릇 인간 행위의 궁극적 목적은 선善이라고 생각되는 바를 실현하는 데 있기 때문이다. 이렇듯 모든 공동체가 어떤 선을 추구하는 것이라면, 모든 공동체 중에서도 으뜸가며 다른 공동체를 모두 포괄하는 공동체야말로 분명 으뜸가는 선善을 가장 훌륭하게 추구할 것인데, 이것이 이른바 국가 또는 국가 공동체다.

한편 아리스토텔레스는 국가 이전의 공동체가 자연스러운 만큼 국가도 자연스러운 것이며, 전체가 부분에 우선하듯 국가는 본성상 가정과 개인에 우선한다고 주장한다. 우리에게 익숙한 아리스토텔레스의 명제인 "인간은 정치적(사회적) 동물이다" 역시 이러한 맥락에서 나온 것이다. 이 명제가 포함된 대목이 《정치학》에서는 이렇게 번역되어 있다.

국가는 자연의 산물이며, 인간은 본성적으로 국가 공동체를 구성하는 동물임이 분명하다(우리에게는 "인간은 정치적 [혹은 사회적] 동물이다" 하는 명제가 익숙하지만). 따라서 어떤 사고가 아니라 본성으로 인하여 국가가 없는 자는 인간 이하거나 인간 이상이다. 그런 자를 호메로스는 "친족도 없고 법률도 없고 가정도 없는 자"라고 비난한다. 본성이 그러한 자는 전쟁광이며, 장기판에서 혼자 앞서 나간 말처럼 독불장군이다.……그런데 인간은 언어 능력을 가진 유일한 동물이다. 단순한 목소리는 다른 동물들도 갖고 있으며 고통과 쾌감을 표현하는 데 쓰인다.……그러나 언어는 무엇이 유익하고 무엇이 유해한지, 그리고 무엇이 옳고 무엇이 그른지 밝히는 데 쓰인다. 인간과 다른 동물들의 차이점은 인간만이 선과 악, 옳고 그름 등등을 인식할 수 있다는 것이다. 그리고 이런 인식의 공유에서 가정과 국가가 생성되는 것이다.

최선의 행복입니까?

아리스토텔레스가 인간을 '정치적 동물'이라고 정의하자마자, 곧바로 '언어를 구사하는 동물'이라고 정의한 데 대해 김용석은 《철학정

원》에서 이렇게 해석한다. 정치와 이성적 언어의 상호 관계에 대한
적절한 해석이다.

"인간은 매우 감각적인 신체 부분인 혀를 움직이지만, 그것으로 '의
미 있는 소리'를 내고 타인과 소통하며 관계 맺음으로써 합리적인 공
동체를 창조해내는 존재이다. 아리스토텔레스의 말에는 이러한 인간
의 모습이 담겨 있다. 인간은 이성적 판단을 담은 말을 하는 존재이
기에 공동의 선善, 곧 '좋은 삶'을 위한 공간을 창조할 수 있다는 것
이다."

한편 아리스토텔레스가 그리스의 다양한 국가를 경험적으로 분석해
최선의 정체를 찾아내려고 했음은 앞에서 지적한 바 있다. 바로 그러
한 그의 노력은 다양한 정체를 설명하고 그중 바른 정체와 그른 정체
를 구별한 데서 잘 드러난다(아리스토텔레스는 바른 정체 중 왕정과 귀족
정체가 가장 바람직하다고 보았다).

한 사람이 통치하는 정부(정체와 같은 뜻)들 가운데 공동
의 이익을 고려하는 정부를 우리는 보통 왕정이라고 칭하며, 한 사
람 이상의 소수자가 통치하는 정부를 귀족정체라고 칭한다.⋯⋯그
러나 다수자가 공동의 이익을 위하여 통치할 경우, 정부는⋯⋯ '혼
합정체'라 불린다.⋯⋯앞서 말한 정체들 중 왕정이 왜곡된 것이 참
주정체, 귀족정체가 왜곡된 것이 과두정체, '혼합정체'가 왜곡된 것
이 민주정체다. 참주정체는 독재자의 이익을 추구하는 1인 지배 정

체고, 과두정체는 부자들의 이익을 추구하며, 민주정체는 빈민의 이익을 추구하고, 그 어느 정체도 시민 전체의 이익을 추구하지 않기 때문이다.

국가가 국민에게 선善 또는 탁월한 삶을 영위할 수 있도록 도와주기 위해서는 바람직한 정체를 선택하는 일도 중요하지만, 국민의 행복과 국가의 행복을 일치시킬 필요가 있다고 생각한 아리스토텔레스는 교육의 중요성을 역설했다. 동서고금을 막론하고 정치는 역시 교육 없이는 불가능한 것이다. 총 8권으로 이루어진 《정치학》의 마지막 제8권에서 아리스토텔레스는 조기 교육, 평등한 교육 기회, 공교육, 이렇게 3가지 교육 이념을 내세웠는데, 이는 소수의 인재를 대상으로 한 영재교육을 주장했던 플라톤과는 전혀 다른 생각이었다.

아리스토텔레스의 《정치학》이 국가를 구성하면서 최선의 행복을 누릴 수 있는 국민의 본성뿐 아니라, 국민의 행복을 보장해주기 위해 바람직한 국가의 정체와 교육적 배려도 중요하게 다루고 있음을 알 수 있다. 국민은 국가를 이룸으로써, 반대로 국가는 국민의 행복을 책임짐으로써 최고의 선善에 도달한다는 생각이 2,000년 하고도 수백 년 전에 이렇듯 상세하고 침착하게 주장되었다. 놀랍지 않은가? 《정치학》의 제목이 오늘날 학문명이 되었고, 《정치학》에 등장하는 수많은 용어가 오늘날 정치학의 기본 술어가 되었다. 당연히 《정치학》은 오늘날 읽어도 전혀 낯설지 않다. 아리스토텔레스의 현대성이 놀랍지 않은가?

플라톤 없이는 아리스토텔레스를 소개할 수 없듯이 플라톤의 《국가》 없이는 아리스토텔레스의 《정치학》을 읽는 유익도 제대로 얻기는 힘들 것이다. 이상 사회에 대한 《국가》의 혁신적인 열정과 경험적 사실을 토대로 현실적 최선에 가까워지기 위한 《정치학》의 침착성, 이 둘을 함께 느껴보기를 권한다. 더 나은 세상을 위해서는 열정과 침착성, 이 두 가지가 모두 필요하지 않은가?

<h2 style="text-align:center">처음 읽는 정치학</h2>

아리스토텔레스는 다수자가 공동의 이익을 위해 통치하는 '혼합정체'가 왜곡된 것이 민주정체라고 해서 오늘날 우리나라를 포함해 상당수의 국가가 취하고 있는 정체인 '민주정'을 고운 시선으로 보지 않았다. 폴리스는 요즘으로 따지면 한 개의 동 정도의 적은 시민을 가진 소규모 국가였다. 따라서 오늘날의 민주정은 아리스토텔레스가 민주정체라고 부르던 정체와는 달리 대의민주주의 형태를 취한다. 즉, 일군의 시민들이 자신의 대표자를 '선거'를 통해 뽑은 후 그 대표자가 자신을 뽑아준 시민들의 정치적 의사를 대리 행사하는 것이다.

그런데 문제는 바로 이 '선거'에 있다. 선거가 투명하게 이루어지고 있는지, 선거가 정말 가치 있는 대표자를 선택할 수 있는지, 선거로

뽑힌 대표자가 제대로 시민들의 정치적 의사를 대리 행사하고 있는
지, 여러 가지 문제를 꼼꼼하게 따져보면 '민주정'을 고운 시선으로
보지 않았던 아리스토텔레스의 견해에 고개가 끄덕여질 것이다. 나는
선거권을 행사한 지 30년 가까이 되었지만, 내가 뽑은 대표자가 내
정치적 의사를 알기 위해 진정으로 노력하는 모습을 한 번도 본 적이
없다.

절망의 길목에서
맹자를 만나다

《맹자》

맹자를 아는가

중국 최초의 왕조는 하夏이고 다음은 상商이고 다음은 주周다. 하와 상의 실존 여부는 늘 논란거리다. 다소 신화적인 시대인 것이다. 우리가 흔히 '요순시대'라고 부르는 시대는 상대에 존재했던 요임금과 순임금이 다스리던 전설의 시대다. 상 왕조의 마지막 수도가 은殷이라서 상나라를 은나라라고 부르기도 한다. 따라서 책에 따라서는 '하·상·주'가 아니라 '하·은·주'로 기술되기도 한다.

기원전 770년, 주는 서쪽의 유목민의 압박이 두려워 도읍을 동쪽으로 옮긴다(이제부터는 신화시대가 아니라 분명한 역사시대다). 이 천도 이후의 주나라를 동주東周라 하는데, 바로 이 동주의 전반기가 춘추시대(기원전 770~기원전 403)이고, 후반기가 전국시대(기원전 403~기원전 221)다. 이들 시대의 이름은 이 시대를 기술한 역사서 《춘추春秋》와 《전국책戰國策》에서 따온 것이다. 《춘추》는 공자가 편찬했다고 하는 노나라의 연대기이고, 《전국책》은 각국을 돌아다니면서 군주에게 자신의 정치적 주장을 펴던 유세지사遊說之士('유세'란 '선거 유세' 할 때의 유세이니, 유세지사란 유세하며 떠돌던 선비士를 말한다)들의 담론을 모은 책이다. 춘추전국시대에 주나라 왕은 허수아비였고 여러 제후가 패권을 다투었다(기원전 221년에 진秦나라가 전국을 통일함으로써 춘추전국시대가 끝난다).

춘추전국시대에 소위 제자백가諸子百家들이 저마다 제 목소리를 드높였다. 유가儒家에는 공자와 맹자, 도가道家에는 노자와 장자, 묵가墨家에는 묵자, 법가法家에는 상앙과 한비자 등이 그들이다. 우리가 아는 중국의 대학자들은 대부분 이때 활동하던 유세지사였다.

'맹자'와 《맹자》에 대해서 모르는 사람은 만나기 어렵다. 하지만 이 책을 진지하게 읽어본 사람은 더욱더 만나기 어렵다. 《맹자》에 대한 일반적인 관심 또한 매우 낮다. 사람들은 옛날 옛적에 좋은 말씀을 많이 남긴 성인의 책이니 읽으면 얻을 것이 많을 것이라고 생각하지만, 실제로 읽으려고 하지는 않는다. 당연히 제아무리 소상하면서도 명료하게 '맹자'나 《맹자》에 대해 소개한다고 해도 그들의 반응은 역시 "훌륭한 분이 옛날 옛적에 살았군" 하는 정도에 머물고 만다.

인터넷의 한 백과사전에서 검색해보니 맹자를 이렇게 소개한다. "중국의 전국시대의 유교사상가. 전국시대에 배출된 제자백가의 한 사람이다. 공자의 유교사상을 공자의 손자인 자사子思의 문하생에게서 배웠다. 도덕정치인 왕도王道를 주장하였으나 이는 현실과 동떨어진 이상적인 주장이라고 생각되어 제후에게 채택되지 않았다. 그래서 고향에서 은거하여 제자 교육에 전념하였다."

또한 그 백과사전에서 《맹자》를 검색해보니 소개의 글을 이렇게 시작한다. "중국 전국시대의 사상가 맹가孟軻의 저술. 그의 문인들이 스승이 죽은 후에 정리한 것이라는 견해들도 있으나, 수미일관된 체제 등을 들어 일반적으로 맹자의 직접 저술로 인정하고 있다. 송대의 유학자인 주자朱子 등에 의해 유학의 기본 경전인 사서四書의 하나로서 흔들리지 않는 권위를 지니게 되었다. 후한後漢 말기의 조기趙岐와 주자가 붙인 주석이 가장 수준 높은 해설서로 통용된다. 양혜왕梁惠王 · 공손추公孫丑 · 등문공滕文公 · 이루離婁 · 만장萬章 · 고자告子 · 진심盡心의 7편으로 구성되었다."

나무랄 데 없이 완벽한 소개지만, 이 소개의 글을 필요에 의해 외워두는 일은 무의미하다. 정말로 유의미한 일은 《맹자》를 직접 읽는 것이다. 그 일도 귀찮거나 부담이 되거든 《맹자》에 대한 해설서를 읽으면 된다. 좋은 해설서로는 장현근의 《맹자》(살림, 2006)와 역시 장현근의 《맹자》(한길사, 2010)를 권한다. 《맹자》를 읽는 데 일주일을 바치거나, 훌륭한 《맹자》 해설서를 읽는 데 사흘을 바치는 일이 우리의 인생을 건강하게 바꿀 수도 있다.

사라져버린 《맹자》

때는 전국시대 한복판이었다. 한韓·위魏·조趙·제齊·진秦·연燕·초楚, 이렇게 7개의 큰 제후국(이들을 칠웅七雄이라 부른다)이 힘을 겨루고 있었다. 기껏해야 수천 대의 전차로 싸우던 춘추시대와 달리 전국시대에는 전차병·기병·보병이 한데 어우러진 100만 군대가 투입된 전투가 비일비재했다. 언제고 동맹국이 적국으로, 적국이 동맹국으로 돌변할 수 있었고, 피비린내 나는 전장으로 내몰린 백성들도 언제고 생존을 위해 자신의 제후를 배신할 수 있었다. 한마디로 중국 역사상 최초로 '부국강병'만이 살 길인 전쟁과 혼돈의 시대였다.

맹자가 이 나라 저 나라를 떠돌며 패도覇道정치를 폐하고 왕도王道정치를 구현해야만 중국의 진정한 주인이 될 수 있다고 유세하던 때는 바로 그런 전국시대의 한복판이었다. 패도정치란 무엇인가? 법적 강제력과 군사적 힘에 의한 정치를 말한다. 그럼 왕도정치란 무엇인가? 덕치德治와 인정仁政을 기본으로 하는 도덕적 정치를 말한다. 온갖 무뢰배들이 판을 치고 제후들은 부국강병에 혈안이 되어 있던 전쟁과 혼돈의 시대에 맹자의 왕도정치는 애초부터 터무니없는 이상이었는지도 모른다.

파올로 베로네세, 〈다니엘라 바르바로의 초상〉

1565~1570년, 캔버스에 유채, 121×105cm, 암스테르담 국립미술관 소장.

강력한 군주 중심의 권력 집중, 엄한 법률로 백성들과 군대를 다스리며 꾀하는 부국강병책만이 현실적인 생존 조건이었던 시대에, 맹자는 학자로서도 정치가로서도 완벽하게 패배했다. 기나긴 전국시대를 마감하고 천하를 통일할 때 진秦이 선택한 정치 역시 강력하고 실용적인 패도정치였지 왕도정치가 아니었다. 그리고 맹자와 그의 저술 《맹자》는 사람들에게 잊혀 갔다. 쓸쓸히 역사의 뒤안길로 흔적도 없이 사라졌다.

그렇지만 이게 웬일인가? 당대의 한유, 송대의 주희를 거쳐 《맹자》는 동아시아 학자와 정치가들에게 불멸의 성전이 되었다. 2,000여 년이 지난 지금, 우리나라 도서관에는 수백 종의 《맹자》 번역서와 관련 도서가 진을 치고 있다. 고국인 중국에서야 굳이 말할 필요도 없겠다. 전국시대라고 하는 당시 현실에서 맹자는 학자로서도 정치가로서도 완벽하게 패배했지만, 역사에서는 사정이 달랐던 것이다. 21세기에 접어든 지 10년을 넘어선 지금에도 《맹자》는 낙양의 지가를 올리고 있다.

군주는 백성들과 즐거움을 함께한다

《맹자》는 맹자와 위나라 양혜왕의 대화로 시작하는데, 그 대화가 심상치 않다. 당대의 제후들이 맹자를 존경하고 두려워하지 않을 수 없었을 듯싶다. 《사기》의 저자인 사마천도 이 대목을 읽을 때마다 "아아, 이익이야말로 분란의 시작이로다!" 하고 탄식했다 한다.

　　맹자께서 양혜왕을 만나뵈니, 양혜왕이 말하였다. "노선생! 천리 먼 길의 노고를 사양치 않고 오셨으니, 이는 장차 우리나라에 큰 이익이 되지 않겠습니까?" 맹자께서 대답하셨다. "왕이시여! 하필이면 이익을 말씀하십니까? 다만 (우리에겐 추구해야 할) 인의가 있을 뿐입니다. 왕께서 만일 '어찌해야 우리나라에 이익이 되겠는가?'라고 말씀하신다면, 대부도 '어찌해야 나의 봉지에 이익이 있을까?'라고 말하고, 일반 관리와 백성들도 '어찌해야 나 자신에게 이익이 될까?'라고 말할 것이니, 이와 같이 위아래가 서로 사사로운 이익을 추구하면 나라에는 위험이 생길 것입니다.……그러나 만약 의를 경시하고 이익을 중시한다면, 그 대부는 임금의 소유를 빼앗지 않고는 만족할 수 없을 것입니다. 이제껏 인을 말하는 사람이 그의 부모를 버린 예가 없었으며, 의를 말하는 사람이 그의 군주에게 태만한 적도 없었습니다. 왕께서도 단지 인의를 말씀하시면 그만이지 하필이면 이익을 말씀하십니까?"

당대 현실에서 패배한 자답게 맹자는 정치권력을 독점이나 지배로 생각하지 않았다. 이러한 맹자의 생각은 《맹자》 중 여러 곳에서 '여민與民, 즉 백성(사람)들과 함께'라는 구절이 많은 데서도 엿볼 수 있다.

한 나라의 군주가 되어 백성과 즐거움을 함께하지 않는 것도 또한 잘못입니다. 백성들의 즐거움을 자신의 즐거움으로 여기면 백성들 또한 그 군주의 즐거움을 자신들의 즐거움으로 여기고, 백성들의 근심을 자신의 근심으로 여기면 백성들 또한 그 군주의 근심을 자신들의 근심으로 여깁니다. 온 천하 사람들과 함께 즐거워하고 온 천하 사람들과 함께 근심하는데, 이렇게 하고도 왕노릇 하지 못한 사람은 지금까지 있지 않았습니다.

물론 맹자 역시 정치가였다. 따라서 백성들을 얻고 권력을 장악하는 방책을 맹자도 가지고 있었다. 다만 이 구절에서도 읽을 수 있었던 것처럼 그 방책은 패도정치의 '힘에 의존한 권력'과는 거리가 멀었다. 맹자가 생각하는 왕도정치에서 진정한 정치가의 권력은 바로 '도덕적 권력'이었다.

맹자께서 말씀하셨다. "힘으로 정치를 하면서 인을 가장하는 것을 패도정치라 하는데, 패도정치는 반드시 강력한 국력에 의지해야 하고, 덕으로 인자한 정치를 펴는 것을 왕도정치라 하는데, 왕도정치는 강력한 국력을 필요로 하지 않는다. 탕왕은 겨우 사방 70리의 땅을 기반으로 하셨고, 문왕은 겨우 사방 100리의 땅을 기반으로 (어진 정치를 실행하여 사람들을 귀의하고 복종하게) 하셨다. 힘으로 사람을 복종시키는 경우는 사람들이 마음으로 복종하

는 것이 아니라 단지 자신의 힘이 부족하기 때문에 복종하는 것이
요, 덕으로 사람을 복종시키는 경우는 사람들이 마음속으로 기뻐하
여 진정으로 복종하는 것이니, 마치 70명의 제자가 공자에게 마음
으로 복종하는 것과 같다."

물론 우리가 맹자를 군주들에게 정치적 충고만을 던지고 대가를 받
은 그저 그런 유세지사로 보아서는 안 된다. 《맹자》는 철학적 기반이
탄탄한 책이다. 맹자는 공자에 버금가는 중국의 대표적 철학자로 자
신의 왕도정치의 근거를 인간의 본성에서 찾았는데, 이를 사단설四端
設이라 한다.

측은지심惻隱之心(즉 측은하게 여기는 마음)이 없으면 사
람이 아니고, 수오지심羞惡之心(즉 부끄러워하고 미워하는 마음)이 없
으면 사람이 아니며, 사양지심辭讓之心(즉 사양하는 마음)이 없으면
사람이 아니고, 시비지심是非之心(즉 옳고 그름을 따지는 마음)이 없으
면 사람이 아니다. 측은지심은 인仁의 단서요, 수오지심은 의義의
단서요, 사양지심은 예禮의 단서요, 시비지심은 지智의 단서이다.
사람이 이 사단을 가지고 있는 것은 그가 사지를 가지고 있는 것과
같다. 이 사단을 가지고 있으면서도 오히려 스스로 인의를 행할 수
없다고 말하는 자는 자포자기하는 자요, 자기 군주가 인의를 행할
수 없다고 말하는 자는 자기 군주를 포기하는 자이다. 무릇 사단을

지니고 있는 자가 만약 그것을 다 넓혀서 채울 줄 알면, 마치 불이 막 타오르는 것과 같(아 결국은 그것을 끌 수 없)고, 샘물이 막 흘러 나오는 것과 같(이 결국은 큰 강이 될 수 있)다. 만약 그것을 다 채울 수 있다면 족히 천하를 안정시킬 수 있고, 만약 다 채울 수 없(어 그것을 사라지게 한)다면 부모를 섬기기에도 부족하다.

《맹자》의 가치에 대해 장현근은 《맹자》(살림, 2006)에서 이렇게 평가한다. 당연히 이 평가는 사단설의 가치에 대한 평가다.

"도덕정치의 뿌리로서 인간이 선한 본성을 지니고 있고, 인仁·의義·예禮·지智라는 네 가지의 마음 바탕을 지니고 있다는 주장은 맹자 정치 철학의 시작이다. 공자 사상의 계승자로서 맹자는 공자보다 훨씬 더 정교한 철학적 사유를 하며 성선설性善說과 네 가지 마음 바탕四心을 통합해냄으로써 정치와 윤리를 훌륭히 결합시켰다. 그리하여 권력을 중심으로 벌어지는 정치의 현실적 의미를 뛰어넘어 도덕의 완성이란 정치의 이상적 정의가 가능하도록 해주었다. 도덕적 이상의 잣대를 권력적 현실에 들이대며 정치를 비판할 수 있는 근거를 마련한 것이다. 이는 맹자 정치학의 큰 성취이다."

이렇듯 맹자는 놀라운 성취에 빛나는 현자였지만, 《맹자》의 마지막을 장식하는 그의 탄식에서 우리는 맹자가 예언자로서 소질은 없었던 것을 알 수 있다. 그가 온몸으로 버텨낸 전국시대가 호방한 군자였던 맹자가 견디기에도 힘들 정도로 절망적이었기 때문일까?

공자로부터 오늘에 이르기까지가 100여 년으로, 성인이 살았던 세대와의 거리가 이와 같이 멀지 않고, 성인이 거주한 곳과의 거리가 이와 같이 매우 가까운데, 그런데도 계승하는 사람이 없으니, 그렇다면 결국 계승할 사람이 없구나.

우리는 맹자의 탄식이 기우杞憂에 불과했다는 사실을 잘 알고 있다. 지난 2,000여 년 동안 수많은 의인義人이 어두운 역사의 길목을 지켰고, 보다 나은 세상을 만들기 위해 공자와 맹자의 어진 정치를 잊지 않았다. 물론 지금의 역사도 밤은 깊다. 권력과 금력에 의존한 정치에 지구촌 사람들은 행복하지 못하다. 그러기에 우리는 절망도 한다. 그러나 맹자의 절망이 주는 교훈을 잊지 말자. 그 어떤 절망도 기어코 기우가 된다는 사실을 잊지 말자. 맹자는 이렇듯 절망으로도 우리를 가르쳤다!

처음 읽는 맹자

《맹자》는 즐겁게 읽는 책이어서는 안 되지만, 읽을 때마다 느끼는 것은 시원시원한 문장이 주는 즐거움이다. 한문의 고수들은 초보적인 한문 실력을 어느 정도 갖춘 사람에게 언제나 《맹자》를 추천한다. 번역본이 아니라 원전을 통해서 그 즐거움을 보다 높은 수준에서 느껴보라는 의미에서일 것이다. 동양 고전을 읽는 즐거움 중 최고는 옥편을 뒤적이며 원전을 한 문장 한 문장 읽는 즐거움이 아닐까 한다. 호연지기를 느낄 수 있는 정의로운 생각은 언제나 호연지기를 느낄 수 있는 정의로운 문장에 담긴다.

법대로
살아라

《한비자》

스승과 결별하다

한비자(기원전 280?~기원전 233)는 흔히 법가法家 사상의 집대성자로 알려져 있다. 법가 사상은 제자백가의 한 유파로 질서 있는 정치를 위해 오로지 법에 의거한 통치를 주장했는데, 이 주장은 전제적 지배를 지향한 진시황에게 받아들여져 진秦의 통일을 뒷받침하는 사상이 되었다.

한비자의 이름은 한비韓非였다. 따라서 그를 공대하는 호칭으로는 성姓인 한韓에 존숭하는 뜻을 가진 어미인 자子를 붙여 한자韓子로 했어야 했다. 공구孔丘를 공자孔子로, 맹가孟軻를 맹자孟子로 불렀던 것처럼 말이다. 물론 일찍이 그는 한자韓子로 불렸다. 그런데 훗날 당나라 때의 문인인 한유韓愈를 한자韓子로 부르면서 혼돈을 피하기 위해 한비자가 되어버린 것이다. 중국 사상사에서 그가 얼마나 홀대를 받았는지 알 만하다. 공자와 맹자의 유가 사상을 법가 사상보다 우위에 놓았던 풍토 때문이다.

한비자는 전국시대 7대 제후국(전국칠웅戰國七雄) 중 가장 영토가 작은 한韓나라의 귀족이었다. 진秦나라의 위협 속에 위태롭기만 했던 조국을 구하겠다는 일념으로 학문에 뜻을 품고 순자의 제자가 되었다. 그는 순자의 가르침에 영향을 받아 인간은 본질상 악한 존재라고 생각했다. 그후 그는 악한 존재인 인간을 예禮보다는 법으로써 다스리는 법가 사상을 모색함으로써 스승과 학문적으로 결별했다. 안타깝게도 한비자의 사상과 정책은 한나라에서는 쓰이지 못했다. 그의 조국은 그의 급진적인 사상을 받아들일 만한 지도자를 갖지 못한 것이다.

기원전 234년 진나라의 침공을 받고 위기에 처하자 한나라는 화해를 청하기 위해 한비자를 진나라에 사신으로 보냈다. 그러나 순자의 문하에서 함께 수학하고 당시 진나라의 재상이 되어 있던 이사李斯의 모략으로 한비자는 죽임을 당했다. 비록 적국인 진나라에서 삶을 마감했지만 그의 법가 사상은 진나라 왕(훗날 진시황)의 통치 원칙이 되었으며, 결국 진나라의 천하통일에 결정적으로 기여했다.

제갈량의 읍참마속

춘추전국시대의 수많은 가家 중에 유가儒家의 법통을 체계적으로 정리한 책으로는 《논어》·《대학》·《소학》·《격몽요결》·《맹자》 등이 있는데, 《한비자》는 법가 사상의 완성자인 한비자의 책이다. 윤찬원이 《한비자》에서 "유가적인 도덕주의에 대해 진력나도록 읽거나 세뇌가 된 뒤에 법가를 접하면 참신한 느낌이 들 수 있다"고 말한 것처럼, 《한비자》는 그 어떤 선입견도 갖지 않은 채 읽어야 그 진가를 파악하는 데 유리한 고전이다.

《삼국지》에서 유래한 '읍참마속泣斬馬謖'이라는 한자성어가 있다. "마속을 참형에 처하면서 통곡한다"는 뜻이다. 그 내용인즉 이렇다. 가정街亭 전투에서 제갈량은 조조 군의 명장 사마의에 대적해 중책을 완수할 장수를 정하지 못해 고민에 빠졌다. 그러자 마속馬謖이 목을 내놓고 출전을 간청했다. 그는 제갈량과 죽마고우인 마량의 동생이었다. 제갈량은 자신이 매우 아끼는 장수인 마속이 아직은 노련한 사마의를 상대하기에는 어리다고 판단했다. 마속은 실패하면 군율에 따라 처형될 것이라며 만류하는 제갈량에게 담대한 결의를 보였다.

"내 어찌 가정 하나 지켜내지 못하겠습니까? 제가 패하면 저는 물론 가족까지 참형을 당해도 결코 원망하지 않겠습니다."

그러나 제갈량에게서 출전을 허락받은 마속은 적에게 포위를 당해 참패하고 말았다. 제갈량은 크게 후회했지만, 마속을 처형할 수밖에 없었다. 마속 같은 유능한 장수를 잃는 것은 나라의 커다란 손실이지

폴 세잔, 〈귀스타브 제프루아의 초상〉
1895~1896년, 캔버스에 유채, 110×89cm, 파리 오르세 미술관 소장.

만, 군율을 어기는 일은 더욱 큰 손실을 야기하기 때문이다. 마속이
형장으로 끌려가자 제갈량은 소맷자락으로 얼굴을 가리고 마룻바닥
에 엎드려 대성통곡했다.

눈물을 흘리며 마속을 참형에 처했던 제갈량은 훗날 죽음에 임해 후
주後主 유선劉禪(유비의 아들)에게 한 권의 책을 반드시 읽도록 했는
데, 그 책이 바로《한비자》였다고 한다. 제갈량이 유선에게 그리했다
면, 우리도 분명《한비자》를 통해 얻을 수 있는 지혜가 있을 것이다.
지은이나 책에 대한 아무런 정보도 없이《한비자》를 읽으며, 제갈량
이 왜 유선에게 이 책을 읽으라 했을지 상상해보는 일도 재미있지 않
을까 한다.

텍스트로는 이운구가 번역한《한비자》를 택했지만, 조금 덜 딱딱한
번역을 원한다면 김원중이 번역한《한비자》도 권할 만하다. 물론《한
비자》를 다 읽은 후에는 반드시 좋은 해설서나 소개의 글을 읽으며
생각을 정리해야 할 것이다.《한비자》는 심오한 사상, 능글맞은 통치
술, 재미있고 유익한 우화 등이 절묘하게 결합되어 있기 때문이다.

법을 지키고 자연을 따르다

그 어떤 정보도 없이, 즉《한비자》의 성격이나 사상사적 의의 등에
대한 선입견 없이 읽기를 권하는 뜻에서 이 책의 중요 구절을 아무런
해설 없이 그저 인용만 해볼까 한다.

군주는 지혜를 버림으로써 도리어 총명해질 수 있고 슬기를 버림으로써 도리어 공적을 세울 수 있으며 용기를 버림으로써 도리어 강해질 수 있다.……군주는 슬기롭지 않으면서도 슬기로운 자를 거느리고 지혜롭지 못하면서도 지혜로운 자의 우두머리가 된다.

도대체 군주가 되어 백관百官이 하는 일을 자신이 직접 다 살피려 한다면 시간이 부족하고 능력도 미치지 못할 것입니다. 또한 군주가 자기 눈으로 보려고 하면 신하가 겉을 보기 좋게 꾸밀 것이고 군주가 자기 귀로 들으려고 하면 신하가 듣기 좋게 소리를 잘 가다듬을 것이고 군주가 자기 생각으로 판단하려고 하면 신하가 빈번하게 언변을 늘어놓을 것입니다. 옛 선왕은 이 세 가지가 충분치 않다고 여겼기 때문에 자기 개인의 능력을 놓아두고 법술에 의한 상벌 규정을 분명히 하였던 것입니다. 선왕이 취한 것은 요령이 있기 때문에 법은 간략하더라도 그것을 범하는 자가 없어 혼자서 천하를 지배할 수 있었습니다.

법을 적용하는 데 있어서는 지자智者라고 해도 변명할 수 없으며 용자勇者라 해도 감히 다툴 수 없습니다. 그 지은 죄를 벌하는 데 있어서는 중신이라 하여 피할 수 없고 선행을 상賞 주는 데 있어서 서민이라도 빠뜨릴 수 없습니다.

옛날에 백이와 숙제라는 형제가 주周 무왕武王이 천하를 물려주고자 하였으나 받지 않고 두 사람이 수양산에서 굶어 죽었다. 이와 같은 신하라면 무거운 형벌이 두렵지 않고 후한 상도 좋아하지 않아서 벌로써 위협하여 못하게 할 수 없고 상으로 꾀어 시킬 수도 없다. 이를 가리켜 이득이 되지 않는 신하라 한다.

옛적에 주紂가 상아로 젓가락을 만들어서 기자箕子가 두려워하였다. 생각하기를 '상아젓가락이라면 반드시 질그릇에 얹어 놓을 수 없으며 반드시 서각犀角이나 옥그릇을 써야 될 것이다. 상아젓가락과 옥그릇이라면 반드시 콩잎으로 국 끓일 수 없으며 반드시 모우旄牛나 코끼리 고기나 어린 표범 고기라야만 될 것이다. 모우나 코끼리 고기나 어린 표범 고기라면 반드시 해진 짧은 옷을 입거나 띠지붕 밑에서 먹을 수 없으며 반드시 비단옷을 겹겹이 입고 넓은 고대광실이라야만 될 것이다. 나는 그 마지막이 두렵다. 그래서 그 시작을 불안해 한다'고 하였다. 오 년이 지나 주가 고기를 늘어놓고 포락炮烙 잔치를 펼치며 술지게미 쌓은 언덕을 오르고 술 채운 연못에서 놀았다. 주는 드디어 그 때문에 멸망하였다. 여기서 기자는 상아젓가락을 보고 천하의 화근을 미리 알 수 있었다. 그러므로 노자에 말하기를 '작은 것을 꿰뚫어보는 것을 가리켜 명明이라 한다'고 하는 것이다.

옛날 치국의 대강을 온전하게 터득한 이는 하늘과 땅을 본받아 만민을 기르고 강과 바다를 보고 널리 배우며 산과 골짜기 형태에 따라서 덕을 베풀 수 있었다. 해와 달이 번갈아 비치듯이 네 계절이 차례로 변해 가듯이 구름이 펼쳐지고 바람이 불어 나부끼듯이 하였다. 지혜를 가지고 마음을 괴롭히지 않으며 사심을 가지고 자기 몸을 괴롭히는 일이 없다. 치란을 법술에 의지하고 시비를 상벌에 의탁하여 경중을 저울대 기준에 맡긴다. 하늘의 이치를 어기지 않고 사람의 성정을 상하게 하지 않는다. 털을 불어서 작은 흠을 찾아내려 하지 않고 때를 씻어서 알기 어려운 것을 살피려고 하지 않는다. 또한 법 이상으로 엄하게 다루지 않고 법 이하로 가볍게 다루지도 않는다. 정한 원칙을 지키고 자연에 따른다.

신자申子가 말하기를 '군주의 총명이 드러나면 사람들은 대비하고 총명치 못함이 드러나면 사람들을 속이려 한다. 그가 안다고 보여지면 사람들은 꾸미고 알지 못한다고 여겨지면 사람들은 숨기려 한다. 그가 욕심이 없다고 알려지면 사람들은 살펴보고 그가 욕심을 갖는다고 알려지면 사람들은 이용하려 한다. 그러므로 이르기를 "나는 밖에서 알지 못하게 하고 오직 무위無爲로써 살펴볼 수 있다"고 한다'라고 하였다.

도대체 반드시 저절로 곧은 화살대를 기댄다면 백 년이

되어도 화살이 없으며 저절로 둥근 나무를 기댄다면 천 년이 되어도 바퀴가 없다. 저절로 곧은 화살대나 저절로 둥근 나무란 백 년에 하나도 없다. 그런데도 세상이 모두 수레를 타고 새와 짐승을 쏘는 것은 어째서 그런가. 도지개(굽은 나무를 바로잡는 도구) 방법을 쓰기 때문이다. 비록 도지개를 기대지 않고 저절로 곧은 화살대나 저절로 둥근 나무가 있다 해도 훌륭한 공장이는 귀하게 여기지 않는다. 왜냐하면 타는 자가 한 사람이 아니고 쏘는 것이 한 발이 아니기 때문이다. 상벌에 기대지 않고 저절로 선량해지는 민을 현명한 군주는 귀하게 여기지 않는다. 왜냐하면 국법을 쓸모없게 할 수 없으며 다스리는 바의 (대상이) 한 사람이 아니기 때문이다.

처음 읽는 한비자

전국시대 사상가들 중 자신의 사상을 현실정치에 활용할 수 있는, 즉 정치가로서 입지를 제대로 가진 이는 한비자가 거의 유일했다. 그만큼 그의 사상은 이상이나 관념에 머물지 않았고, 현실정치 속에서 구현될 수 있는 구체적이고 실천적인 성격을 강하게 갖고 있었다. 뛰어난 사상가였지만, 뜻을 펼쳐 보지도 못하고, 정당한 대접도 받지 못했던 한비자. 지금은 그에 대한 새로운 평가들이 끊임없이 제기되고 있다. 그의 저술인 《한비자》 역시 그렇다. 하기야 법은 있으되 법 질서는 없는 지금, 유전무죄 무전유죄 같은 불평등한 법 적용 때문에 시민들의 법에 대한 인식이 좋지 않은 지금, 한비자와 그의 저서인 《한비자》가 새로운 평가를 받게 된다는 것은 어쩌면 당연한 일이다. 지금 우리 사회에서 '법法대로 합시다' 하고 누군가가 당당히 말할 때, 과연 그 누군가는 강자일까 약자일까?

자유는
우리를 더 나은 세상으로 이끈다

《통치론》

지금 우리가 누리는 자유

청교도혁명(1640~1660), 왕정복고, 명예혁명(1688)을 거치면서 영국 의회정치의 시대가 열리던 때, 그러니까 현재 영국의 정치적 모델이 만들어지던 때 데카르트의 합리주의와 대립쌍을 이루는 경험주의의 창시자인 존 로크(1632~1704)가 살았다. 그는 《인간오성론》·《통치론》·《관용에 대한 편지》 등을 공들여 저술함으로써 훗날 철학·정치·경제 분야에 걸쳐 광범위하게 영향을 준 사상 체계를 완성했다. 그의 사상은 적어도 '근대 서양에 미친 영향'이라는 의미에서만 보면 가장 위대했다.

이렇게 존 로크를 소개하고 나니 이것저것 따져 물어야 할 것이 많아졌다. 청교도혁명은 무엇이며, 명예혁명은 또 무엇인가? 현재 영국의 의회정치란 어떤 것인가? 경험주의와 합리주의라고 하는 서양 근대철학의 대립쌍은 어떤 차이가 있는 것일까? '근대 서양에 미친 영향'이라는 의미란 어떤 의미인가?

고전을 소개하는 짧은 글을 읽을 때는 이런저런 물음이 많아야 한다. 바로 이런 점이 우리가 고전을 읽기 어렵게 만든다. 따라서 고전은 읽기만 하면 그 의미를 단번에 알아챌 수 있는 책이 아니다. 오직 은근과 끈기를 가지고 관련 지식을 탄탄하게 쌓아 나가는 어려움을 감수해야 한다. 일정 정도 그러한 지식이 쌓이기만 하면, 고전처럼 쉽게 읽히는 책도 드물다. 고전은 특별하다기보다는 보편적이어서 시대와 장소를 초월해 우리가 공감할 수 있는 내용들이 친근하게 우리에게 말을 건네기 때문이다.

존 로크의 《통치론》은 정치적으로 종교적으로 매우 복잡한 양상을 띠던 당시 영국 사회에 대해 일정 정도의 지식만 갖추게 되면 읽을 수 있다. 그리고 존 로크가 '지금 우리가 누리는 자유'를 최초로, 완벽하게, 아주 알기 쉽게 정립한 사상가라는 데 동의할 수 있다. 존 로크가 오늘날에 환생하여 '지금 우리가 누리는 자유'에 대한 우리의 상식적인 생각을 듣는다면, 그런 생각을 자신도 똑같이 했다며 겸손하게 말할 것이다. 300여 년 전에 살았던 존 로크와 우리 사이에 '자유'에 대한 생각의 차이는 거의 없다.

통치론, 세계로 전파되다

《정부론》으로 불리기도 하는 《통치론》은 2편의 논문으로 구성되어 있는데, 첫째 논문은 '로버트 필머 경 및 그 추종자들의 그릇된 원칙과 근거에 대한 지적과 반박'이고 둘째 논문은 '시민정부의 참된 기원, 범위 및 목적에 관한 시론'이라는 부제를 달았다. 우리가 흔히 접하는 《통치론》은 두 번째 논문만을 번역한 책이다. 우리의 텍스트인 《통치론》 역시 그렇다.

박치현은 《지금 우리가 누리는 자유 : 통치론》에서 《통치론》의 내용을 5가지로 간략히 정리해놓고 있는데, 이를 그대로 인용해볼까 한다. 《통치론》의 내용이 어떤 의미에서는 우리에게 진부하게 느껴질 정도로 상식적인 것이었음을 아주 쉽게 알 수 있다.

"첫째, 로크는 자연 상태(정부를 이루기 전 상태)란 개인들이 자신의 소유물과 인신을 처리할 수 있는 자유의 상태이자, 자연의 혜택을 동일하게 받는 평등 상태라고 긍정적으로 보았다. 그런데 이러한 자연 상태에도 자연법을 위반하여 타인에게 피해를 주는 사람들이 생겨날 수 있었다. 그런데 이들을 개개인이 직접 처벌하는 것은 불편하기에, 사람들은 자연 상태를 벗어나 사회를 만들기로 동의했다.

둘째, 동의를 결성한 사회에는, 자연 상태에는 없는 법률과 재판관,

집행기관이 존재한다. 개인들이 자연 상태에서 갖고 있던 처벌권을 동의하에 양도했기 때문이다.

셋째, 사적인 소유권은 자연 상태의 기본 권리인 자기 보존 권리의 핵심으로서, 노동을 통해 생겨난다. 자연물에 노동을 투입함으로써, 개인들은 인류에게 주어진 공유물을 각자의 소유로 만들 수 있으며, 여기에 다른 사람의 동의는 필요 없다.

넷째, 정부는 자연 상태의 인민으로부터 신탁 받은 입법권, 집행권, 연합권(외교권 등 전쟁에 관련된 권력)을 갖는데, 이 중 입법권이 가장 중요한 권력이다. 정부는 다수결의 원칙에 따라 사회를 한 방향으로 이끌어 가야 한다.

다섯째, 정부는 인민들이 생명, 자유, 재산 등 소유권을 보호하기 위해서 권력을 양도하여 그 권력을 맡겼을 뿐이다. 따라서 원래 세워진 목적과 다르게 권력을 남용하여 인민들의 소유권을 침해하는 정부에 대해서는 무력을 사용해서라도 저항할 수 있다.”

이렇듯 우리가 지금 상식적으로 알고 있는 자유를 정의한 《통치론》은 영국 해협을 넘어 프랑스로, 대서양을 건너 미국으로 전파되었다. 프랑스 백과전서파 학자인 몽테스키외의 《법의 정신》이 ‘권력분립’을 주장한 것이나, 장 자크 루소가 《사회계약론》을 통해 프랑스혁명에 영향을 미칠 수 있었던 것도 《통치론》의 사상을 받아들였기에 가능했다. 프랑스혁명 때의 〈인권선언문〉의 상당 부분은 《통치론》의 구절을 거의 차용하다시피 했을 정도였으며, 토머스 제퍼슨이 작성한 미국의 〈독립선언문〉 역시 《통치론》의 표절에 가까웠다.

이렇듯 서양과 미국의 근대 자유주의사상의 뿌리는 존 로크에서 찾아야 한다. 또한 제한정부론, 권력분립, 정치적 자유주의 등 그의 핵심적인 사상 요소들은 지금까지도 변함없이 유효하다. 그런 의미에서 그의 사상이 서양 역사상 적어도 '근대 서양에 미친 영향'이라는 의미에서만 보면 가장 위대했다고 말할 수 있다.

부르주아의 소유권을 인정하다

고전은 당대에는 매우 전위적인 사상을 담고 있었기에, 금서가 되고 저자는 망명의 길을 떠나야 했다. 아직 종교적 영향력이 상당하던 시대에 종교를 정치권력에서 배제하고, 왕권신수설을 부정하며 왕정을 비판했던 존 로크의 사상 역시 당대의 현실에서는 가히 혁명적이었기 때문이다. 그의 《통치론》은 금서가 되었고, 존 로크는 '반역자' 명단에 올라 망명객의 신세가 되었다. 신과 왕권에 대한 다음과 같은 도발은 얼마나 혁명적인가?

자연의 이성은 인간이 일단 태어나면 자신의 보존에 대한 권리, 따라서 고기와 음료, 기타 자연이 그들의 생존을 위해서 제공하는 것에 대한 권리를 가진다고 가르친다.……사람들에게 세계를 공유물로 주신 하느님은 또한 그들에게, 삶에 최대한 이득이 되고 편의에 봉사하도록 세계를 이용할 수 있는 이성을 주셨다. 대지와 그것에 속하는 모든 것은 인간의 부양과 안락을 위해서 모든 인간에게 주어진 것이다.

절대군주 역시 일개 인간에게 불과하다는 사실을 상기시키고 싶다.……한 사람이 다수를 좌지우지하고 그 자신이 관련된 사건에서 재판관이 될 수 있고, 그의 기분이 내키는 대로 무슨 일이나 그의 신민들에게 할 수 있으며, 그렇게 집행하는 것에 대해서 어느 누구도 이를 의문시하거나 통제할 수 있는 최소한의 자유마저 갖지 못한 곳에는 대체 어떠한 종류의 정부가 존재하고, 과연 그것이 자연 상태(개개인이 국가를 이루기 전 상태)보다 얼마나 더 나은 상태인지 묻고 싶다.……차라리 사람들이 타인의 부당한 의지에 복종하지 않아도 무방한 자연 상태에 있는 편이 훨씬 나을 것이다.

이렇듯 그는 정부란 인간 개개인의 '동의'에 의해서 매우 자율적으로 만들어진 조직이라고 했다. 존 로크가 '동의'라는 절차를 끌어들인 까닭은 인간의 자발적인 의지를 강조하여 "주권은 인민에게서 나온다"는 주장을 명확히 하기 위해서였다.

한편 때는 바야흐로 상인(부르주아)들이 부상하던 시대였는데, 그러한 시대를 논리적으로 확고히 받쳐줄 사상이 없었다. 존 로크는 이러한 시대적 흐름을 놓치지 않았다. 존 로크의 《통치론》은 부르주아들

장 바티스트 카미유 코로, 〈중단된 독서〉
1870년, 캔버스에 유채, 92×65cm, 시카고 아트 인스티튜티 소장.

에게 그들의 '소유권'에 관해서 가장 합리적인 설명을 제공해주었다. '사적 소유권'을 논하는 5장(소유권에 관하여)은 부르주아들에게 성스러운 복음이나 다름없었다.

존 로크는 '노동'을 통해 개인에게 소유권이 생긴다고 보았다. 군주만이 소유권을 가진다는 왕권신수설과는 정면으로 대치되는 주장이다. 그렇다면 노동은 어떻게 소유권의 근거가 될 수 있을까? 존 로크는 이에 대해 명확한 답을 주었고, 그의 생각은 나중에 '노동가치설'로 발전하게 된다.

모든 사람은 자신의 인신person에 대해서는 소유권을 가지고 있다.……그의 신체의 노동과 손의 작업은 당연히 그의 것이라고 말할 수 있다. 그렇다면 그가 자연이 제공하고 그 안에 놓아둔 것을 그 상태에서 꺼내어 거기에 자신의 노동을 섞고 무언가 그 자신의 것을 보태면, 그럼으로써 그것은 그의 소유가 된다.……그것에 대한 타인의 공통된 권리가 배제된다. 왜냐하면 그 노동은 노동을 한 자의 소유물임이 분명하므로, 타인이 아닌 오직 그만이, 적어도 그것 이외에도 다른 사람들의 공유물들이 충분히 남아 있는 한, 노동이 첨가된 것에 대한 권리를 가질 수 있기 때문이다.

이렇듯 소유권을 중심으로 자유를 이해하는 존 로크의 사상은 서양의 근대자본주의를 확립하는 사상적 토대가 되었다. 즉, 그에게 정치

사회 결성의 목적은 '재산 보호'에 있었고, 그의 자유주의사상의 핵심 역시 소유권 확보에 주안점이 놓여 있었다.

그러나 그의 이러한 '자유'는 산업화가 본격적으로 이루어지기 전에만 유효했다. 그는 "(하느님은) 누구나 자신의 노동에 의해 자신의 소유로 확정할 수 있는 만큼 (충분히) 주셨다"고 말한다. 또한 "타인이 아닌 오직 그만이, 적어도 그것 이외에도 다른 사람들의 공유물이 충분히 남아 있는 한, 노동이 첨가된 것에 대한 권리를 가질 수 있다"고 말한다. 과연 그럴까? 언제까지 그렇듯 충분한 공유물이 남아 있을까? 그는 소수의 소유권이 다수의 소유권을 압도해 버리는 독점적 현실을 내다보지 못했다.

존 로크는 왕에게서 소유권을 빼앗아 부르주아들에게 나눠주는 일이 혁명적이었던 시대에 살았다. 그가 죽은 지 150년도 채 못 되어 소수의 부르주아들에게서 소유권을 빼앗아 절대다수의 프롤레타리아에게 나눠줘야 하는 문제에 직면하게 되자, 그의 '혁명적인' 주장은 불평등을 합리화하는 '보수적인' 주장으로 전락했다. 가장 혁명적이었던 존 로크의 자식인 부르주아가 어느새 가장 보수적인 기득권자가 되어버린 것이다. 본래 혁명이란 혁명 이전의 혁명성을 절대로 오래 간직하지 못하는 법이다.

그러나 17세기의 사상가에게 19, 20세기의 현실을 내다보지 못한 데 대해 책임을 묻는 일은 결코 공평한 처사가 아니다. 존 로크는 언제나 "공유물이 충분히 남아 있는" 당시의 상태에서 자신의 논의를 전개했다. 그가 철저한 경험주의자였음을 잊어서는 안 된다. 미래를 내다보는 혜안이나 영원불변의 진리 따위는 '로크적'이지 않다. 그는 무난하고 우직하게 자신이 경험한 것만을 토대로 거듭거듭 생각하고 공들여 쓰고 말하는 겸손하고 보수적인 영국 신사였다.

처음 읽는 통치론

나는 로크적인 경험주의를 좋아한다. 그의 주장은 허세를 부리지 않기 때문에 다소 김빠진 사이다 맛이 난다. 따라서 그의 책은 재미가 없다. 하지만 그와 그의 책에는 진실성이 묻어 있다. 자신이 말할 수 있는 데까지만 말하는 겸손하고 정직한 사람의 풍모가 느껴진다. 그런 존 로크가 서양의 근대라는 무대에 '개인'을 등장시켰다. 물론 모든 존재는 자신의 힘으로 역사의 무대에 등장한다. 그러나 등장하는 모습은 선구자의 사상에 따라 달라질 수 있다. 존 로크가 없었다면, 개개인들이 누리게 될 것은 '자유'라기보다는 '방종'에 가까웠을 것이다. 존 로크의 사상을 알게 된 이상 우리는 방종에서 자유로, 자유에서 자유 그 이상으로 갈 수 있어야 한다. 우리는 그러라고 개인이 되었고, 자유를 획득했다. 자유는 한 번 생기면 영원불변으로 우리 것이 아니라, 끊임없이 진화함으로써 우리를 더 나은 우리로, 세상을 더 나은 세상으로 만드는 유기체다.

세계를
변혁한다는 것

《공산당 선언》

"고대인들의 가장 감동적인 우정을 능가한다"

유럽 대륙을 제패함으로써 프랑스혁명을 완수하고자 했던(물론 그에 대한 이런 평가에 대해서는 논란이 많지만) 나폴레옹이 실각하고 유럽의 여러 왕조는 생기를 되찾았다. 나폴레옹이 지배하던 광활한 영토를 재편하는 국제회의가 오스트리아 수도 빈에서 1814년에 90개 왕국, 53개 공국 대표에 의해 개최되었다(빈 회의).

화려한 바로크식 쉰브룬 궁전에서 오스트리아의 재상 메테르니히가 주최하는 파티. 회의 기간 동안 금 360톤 값에 해당하는 돈을 뿌리며 벌였던 초호화판 파티. 유럽의 온 나라 왕족이 부르고뉴산産 포도주에 취하고, 카를 마리아 폰 베버의 왈츠에 취해 쌍쌍이 춤을 추며 이런 생각을 했으리라. 그들이 이야기하는 자랑스러운 군주제는 사망을 겨우 33년 남기고 있었을 뿐인데 말이다.

"자유주의에 바탕을 둔 신분제 철폐라고? 국가의 주인은 국민이고 국민이 돈 모아 월급 줄 테니 정치 잘하라고? 우리 왕족도 법에 따라 루이 16세처럼 단두대에 서게 할 수 있다고? 우리는 이렇게 이야기하지. 앞으로도 영원히 군주제는 변치 않을 것이라고. 군주제 만세!"

애초 부르주아와 프롤레타리아의 공동 이익을 위한다는 명분으로 이루어진 혁명이 그저 부르주아들의 잔치로 끝나자, 1848년 2월 프롤레타리아들은 프랑스 정부군에 맞서 바리케이드를 치고 시가전에 돌입하여 승리를 거두었는데, 이를 '2월 혁명'이라 한다. 2월 혁명의 파장은 전 유럽으로 퍼져나갔고, 바야흐로 19세기의 남은 반세기는 혁명의 시대가 되었다. 물론 누구의 무엇을 위한 혁명인지는 혁명가들에 따라 천차만별이었지만 말이다.

이렇듯 정치 변화는 오직 '혁명'을 통해서만 달성될 수 있다는 분위기에서, 훗날 서양 역사에서 가장 영향력을 갖게 되는 두 청년이 성장하고 있었다. 이들은 평생토록 변치 않을 우정을 나누었으며,《공산당 선언》도 함께 집필했다. 카를 마르크스(1818~1883)와 프리드리히 엥겔스(1820~1895)가 바로 그 두 청년이다.《공산당 선언》이 세상에 나오기 6년 전인 1842년 스쳐 지나가듯 만난 적 있던 프로이센 출신 철학도 두 사람은 1844년 8월 파리의 한 카페에서 술잔을 나누며 운명적인 교제를 시작했다. 그리고 2년 후인 1848년 《공산당 선언》 초판이 발간되었다. 그때 마르크스의 나이는 30세였고, 엥겔스의 나이는 28세였다.

레닌은 훗날 이 두 사람의 만남을 "고대인들의 가장 감동적인 우정을 능가한다"고 말했는데, 《공산당 선언》 공동 집필 이후에도 지속된 그들의 동반자 관계는 실로 위대한 '우정'의 표상이 될 만했다. 엥겔스는 마르크스가 일생을 학문의 여신에게만 바칠 수 있도록 경제적 지원을 아끼지 않았고, 오랜 망명 생활로 인한 사상적 고립감에서 벗어날 수 있도록 도왔으며, 죽음과 매장의 순간까지도 한결같이 그의 옆을 지키고 있었다.

1883년 3월 17일 런던 하이게이트 공동묘지. 카를 마르크스의 장례식에는 겨우 11명의 조객이 참석했다. 엥겔스는 추도사를 낭독했다. "그의 이름과 업적은 시대를 뛰어넘어 길이 이어질 것이다." 엥겔스의 이 말은 결국 실현되었다. 프로이센 출신의 한 괴팍스러운 학자 한 사람이 훗날 불멸의 존재가 될 것임을 엥겔스는 정확히 예언한 것이다.

"지금까지의 철학자들은 세계를 해석했을 뿐이다"

19세기 유럽에서는 '공산주의'라고 하는 이념이 다소 난삽하게 논의되고 있었다. 그런 사정을 익히 알았던 마르크스와 엥겔스는 '공산주

장 루이, 〈독서〉

1923년경, 캔버스에 유채, 92×73cm, 로안 조제프 데슈레트 미술 및 고고 미술관 소장.

의'에 대한 구체적이고 과학적이며 실천적인 강령을 단호하게 선포하고자 했다. 공산주의에 관한 최초의 선언문인 《공산당 선언》은 마르크스와 엥겔스 이 두 사람의 철학 사상의 결정체이기도 하지만, 탄생할 만한 시대에 탄생한 역사적 필연의 산물이기도 하다.

《공산당 선언》은 총 4장으로 구성되었다. 제1장 '부르주아와 프롤레타리아'에서는 역사를 계급투쟁의 과정으로 단정했고, 당시(19세기 중반)에는 프롤레타리아들이 혁명을 주도할 계급이라는 점을 분명히 했다. 제2장 '프롤레타리아와 공산주의자'에서는 공산주의자들은 다른 노동자 정당과 특별히 차이가 나지 않으며, 전체 프롤레타리아 계급과 동일한 이해관계를 가지고 있음을 강조하고, 흔히 제기되던 공산주의에 대한 비판에 대해 조목조목 반론을 편다.

제3장 '사회주의와 공산주의 문헌'에서는 당시 존재하던 여러 부류의 사회주의자들에 대한 공산당의 주장을 제시했으며, 제4장 '여러 반대 정당들에 대한 공산주의자들의 입장'에서는 각 나라별로 자신들이 지지하는 세력을 나열한 후 모든 사회 질서를 폭력적으로 전복할 것을 공개적으로 천명했다.

데이비드 보일이 《세계를 뒤흔든 공산당 선언》에서 지적했듯이 1848년 이전에도 공산주의는 유토피아주의, 사회주의, 평등주의 등이 불편하게 혼재된 상태로나마 존재하고 있었다. 그러나 《공산당 선언》이 출간됨으로써 공산주의는 비로소 합의된 형태, 철학, 강령을 지닌 단일한 운동이 될 수 있었다.

마르크스는 익히 알고 있듯이 "지금까지의 철학자들은 세계를 해석했을 뿐이다. 그러나 문제는 세계를 변혁하는 것이다"라고 천명함으로써 서양철학사의 정상적인 계통에서 이탈했다. 이 선언이야말로 《공산당 선언》이 집필된 이유라고 봐야 한다. 당시까지 그저 '공상'에 머물던 프롤레타리아 계급의 사회개혁 의지를 실천적 계급투쟁으로 이끄는 데《공산당 선언》은 제 몫을 충실히 해냈다.

우리도 두렵고 전율한다

사회주의나 공산주의를 당당한 정치경제사상으로 편견 없이 받아들이는 유럽 사회에서도《공산당 선언》은 오해되기 쉬운 책이다. 그러다 보니 공산주의 체제의 북한과 자본주의 체제의 남한으로 분단된 상황에서《공산당 선언》의 가치와 의의와 영향 등을 이야기하는 것은 매우 거북한 일이다. 더욱이 마르크스와 엥겔스의 예언이 빗나갔지만 여전히 우리가 이 책을 읽어야 하는 이유를 설명하고, 이 책의 문제의식에서 뭔가 소중한 교훈을 얻고자 하는 것도 난감하기 이를 데 없다.

그렇다면 도서관이나 서점에 꽂혀 있는 수십 권의《공산당 선언》번역서나 해설서는 왜 존재하는 걸까? 우리에게 무엇을 말하고 싶어서 출간된 것일까? 시작부터 불온하기 짝이 없는 은유가 유령처럼 어슬렁거리는데…….

하나의 유령이 유럽을 떠돌고 있다―공산주의라는 유령이. 옛 유럽의 모든 세력이 연합하여 이 유령을 잡기 위한 성스러운 몰이 사냥에 나섰다. 교황과 차르(러시아의 황제를 말함), 메테르니히(오스트리아의 재상으로서 구시대의 상징이다)와 기조(프랑스의 수상), 프랑스 급진파와 독일 경찰들이.

유령이라니! 비현실적이면서도 현실적인, 영원히 죽지도 않고 100년이고 1,000년이고 다시 나타나는, 그래서 우리는 언제나 두려움에 떨 수밖에 없는 존재로서 공산주의라니! 이 유령은 도대체 누구의 간담을 서늘하게 만들기 위해 이 문제적 책의 서두에 등장했을까? 답은 책의 마지막에 무시무시하게 적혀 있다.

공산주의자들은 그들의 견해와 의도를 숨기기를 거부한다. 그들은 그들의 목적이 이제까지의 모든 사회 질서를 폭력적으로 전복해야만 달성될 수 있음을 공개적으로 천명한다. 지배계급은 공산주의 혁명이 두려워 전율할지도 모른다. 프롤레타리아들은 공산주의 혁명에서 자신들을 묶고 있는 족쇄 외에는 잃을 게 없다. 그들에게는 얻어야 할 세계가 있다. 만국의 프롤레타리아여, 단결하라!

《공산당 선언》을 불편해 하지 않고 오해 없이 읽기 위해 한 가지 가정을 해보자. 마르크스와 엥겔스가 프롤레타리아트와 함께 자신들의 중심적인 사회학 용어로 사용했던 부르주아(지)를 우리가 극복해야 할 대상쯤으로만 생각해보자. 그리고 다음 인용문을 읽어보자. 고전이 갖고 있는 시대적 보편성의 힘을 느껴보자. 지금부터 160여 년 전에 쓰인 《공산당 선언》이 가깝게 느껴질 것이다.

> 지배권을 얻은 부르주아(지)는……인간과 인간 사이에 적나라한 이해관계, 무정한 '현금 지불' 외에 다른 어떤 끈도 남겨두지 않았다. 그들은 신앙심에서 우러나오는 경건한 광신, 기사의 열정, 속물적 애상의 성스러운 전율을 이기적 타산이라는 얼음같이 차가운 물 속에 익사시켰다. 부르주아(지)는 개인의 존엄을 교환 가치로 용해시켰고, 문서로 확인되고 정당하게 획득된 수많은 자유들을 단 하나의 비양심적인 상업 자유로 대체했다.……부르주아(지)는 가족 관계 위에 드리워졌던 감동적이고 감상적인 베일을 찢고 그것을 순전한 금전 관계로 전환시켰다.

'현금 지불' 외에 당신은 인간과 인간 사이에 무엇을 남겨두었는가? 당신이 읽은 양서良書들이나 존경하는 사람들이 일깨워준 수많은 성스러운 전율 중 '이기적 타산'에 익사시키지 않고 간직하고 있는 것은 무엇인가? '비양심적인 상업 자유' 외에 당신이 갖고 있는 자유는 무엇인가? 금전 관계로 전환되지 않는 가족 관계에서 감동적인 그 무엇을 당신은 가지고 있는가?

카를 마르크스 • 《공산당 선언》

이 질문에 당당히 대답할 수 있다면, 당신에게《공산당 선언》에 등장하는 유령은 유령이 아니다. 영원히 사망의 지하세계에 갇혀버린 것이다. 그렇지 못하다면, 마르크스와 엥겔스가 유령이라고 은유한 것이 당신 주위를 지금 맴돌고 있다고 생각하면 된다. 언제든 당신을 놀라게 하고 위험에 빠뜨릴 것이다. 그리하여 '공산주의'가 지구상에서 영원히 사라진다 해도《공산당 선언》의 유령은 당신을 두려움에 전율케 할 것이다.

《공산당 선언》을 읽고 마르크스와 엥겔스에 대해 어느 정도 지식을 갖고 있다 해도, 이 책을 읽으면 읽을수록 마르크스나 엥겔스, 마르크스주의나 공산주의가 아니라 2011년 지금의 우리나라 현실만 떠오를 것이다. 자본의 속성과 사회 불평등, 착취와 소외 문제는《공산당 선언》을 쓰는 데 써먹으라고 마르크스와 엥겔스에게만 허락된 19세기 중엽의 현실이 아니다. 마르크스와 엥겔스가 저주했던 부르주아 못지않게 우리도 '두렵고 전율한다'. 그리고 19세기 프롤레타리아 못지않게 우리도 '얻어야 할 세계가 있다'.

프랜시스 윈의《마르크스 평전》을 읽으며 인간 마르크스의 번뇌를 알았고, 갈리나 I. 세레브랴코바의 마르크스 전기 소설《프로메테우스》

를 읽으며 당시 프롤레타리아들의 처참한 현실에 경악했다. 이 책들을 읽으며 가장 놀랐던 점은 엥겔스의 마르크스에 대한 헌신적인 우정이었다. 세상에서 가장 돈독한 우정을 엥겔스라고 하는 위대한 사회주의자에게서 배웠다. 최근에 트리스트럼 헌트의 《엥겔스 평전》이 출간되었다. 《공산당 선언》을 잘 이해하기 위해 읽어야 할 책이 너무도 많다. 고전은 더불어 읽어야 할 책이 많은 책이다.

중용은
실천할 수 없다

《중용》

"지나침도 없고 모자람도 없는 최선"

《중용》은 《대학》과 마찬가지로 《예기》의 한 편이었는데, 송나라 때 주희가 책 한 권으로 만들어 사서四書에 포함시켰다. 저자는 공자의 손자인 자사子思(기원전 483?~기원전 402?)로 알려져 있다. 그는 고향인 노盧나라에서 공자의 도를 계승하고 성인으로 추앙되는 증자曾子의 학문을 배워 유학의 전승에 힘썼다. 과불급過不及이 없는 중용을 지향하는 실천적인 윤리가 그의 사상의 중심이었다. 맹자도 그의 제자였으며, 주희의 성리학에서는 공자—증자—자사—맹자로 이어지는 학통을 존중한다.

물론 《중용》의 저자를 자사로 보지 않는 이도 있으며, 그들의 논리도 나름 정연하다. 다만 주희가 《중용》을 만들며 붙인 서문에서 저자가 자사임을 명확히 하고 있어, 우리는 흔히 자사를 《중용》의 저자로 알고 있는 것이다. 서문의 다음 대목을 보며 확인해보자.

"성인(군자)의 시대에서 멀어져 이단이 생기게 되었다. 자사께서는 시간이 경과할수록 더욱 그 참된 뜻을 잃게 될 것을 걱정하여, 이에 요순 이래로 서로 전해 온 뜻을 헤아려 근본으로 삼고, 평소에 부형과 스승에게 들은 말씀으로 바로잡아, 거듭 부연하여 이 책을 지어 후세의 배우는 사람들을 깨우치셨다."

《중용》은 말 그대로 중용에 관한 책이다. 그렇다면 중용이란 대체 무엇인가? 이에 대해 텍스트로 삼은 《대학·중용》의 역자 이세동은 이렇게 적는다. 물론 이것은 주희의 해석에 입각한 정의다.

"중용의 '중中'은 극極이다. 적당한 중간이 아니라, 지나침도 없고 모자람도 없는 최선이다. 그러므로 중의 행위는 더이상 완벽할 수 없는 지극한 행위이다. '용庸'은 상常이다. 평범하다는 말이며 평범하기 때문에 바뀌지 않는 가치라는 말이다. 종합하면 중용은 평범하기 때문에 바뀌지 않는 최선의 가치라는 뜻이 될 것이다. 이것을 요즈음 식으로 바꾸면 '보편적 가치'쯤이 될 것이다. 그러므로 중용을 실천한다는 말은 매사를 보편적 가치에 적합하도록 처리한다는 말이다."

동양 고전 혹은 그 고전에 등장하는 용어들이 그렇듯 《중용》은 읽기 어렵고, '중용' 역시 말은 쉽지만 실천하기는 매우 힘들다. 주희는 《중용》의 서문에서 "나는 일찍부터 (《중용》을) 받아 읽고, 마음속으로 의심하여 여러 해 동안 반복하여 깊이 사색하였는데, 어느 순간 홀연히 깨달은 바가 있어 그 대요大要와 강령綱領을 터득한 듯하였다" 했는데, 그만큼 《중용》은 주희에게도 어려운 책이었다. 그래서 그는 사서 중 《중용》을 가장 마지막에 읽기를 권했다.

홀로 있을 때 경계하다

제4장에서는 《맹자》vs《한비자》, 《통치론》vs《공산당 선언》과 같이 비슷한 시기에 비슷한 주제에 대해 서로 다른 극단에서 논의를 펼친 고전을 살펴보았다. 플라톤의 《국가》를 생각하면 아리스토텔레스의 《정치학》 역시 그런 짝으로 살펴보았어야 했다. 따라서 제4장을 《중용》으로 마무리 짓는 것이 옳은 듯하다. 《중용》이 어려운 책이고 '중용'이 실천하기 어려운 덕목인 것은 어쩌면 당연하다. 극단의 주장들에서 균형을 잡는 일이 쉽기를 바라는가?

공자가 말씀하셨다. "도를 실천하지 않는 이유를 나는 안다. 지혜로운 사람은 너무 똑똑해서 (실천할 만한 것이 못 된다고 여기고) 어리석은 사람은 (지혜가) 모자라서 (실천하는 방법을 모르기) 때문이다. 도를 분명하게 알지 못하는 이유를 나는 안다. 어진 사람은 (실천을) 지나치게 중시하여 (알 필요가 없다고 여기고) 어질지 못한 사람은 (실천력이) 모자라서 (알려고 하지 않기) 때문이다. 마시고 먹지 않는 사람이 없지만 맛을 잘 아는 사람은 드물다."

언제나 느끼는 바이지만 공자에게 칭찬 받을 만한 사람이 세상 어디에 있을까 싶다. 똑똑해도 모르고 모자라도 모르고, 어질어도 모르고 어질지 못해도 모르는 것이다. '중용'이란 그런 것이어서 역사상 그 누구도 이르러 본 적 없는 경지의 덕목인지도 모른다.

"보다 나은 세상을 만들기" 전에 우선 중용에 이르지 않으면 안 된다면, 수천 년 동안 그 누구도 보다 나은 세상을 만들기 위해 자신의 생각을 말할 자격은 없었을 것이다. 너무도 많은 사람이 말했고, 애석하게도 실패했다. 완전한 성공이라 할 만한 챔피언은 동서고금에 없었다. 또 언제나 느끼는 바이지만 공자가 죽어야 나라가 산다느니 어쩐다느니 해도 그를 이겨먹기란 참으로 어렵다. 공자의 천연덕스러운 말을 들어보자. 이쯤이면 조롱에 가깝다.

공자가 말씀하셨다. "천하와 국가도 공평하게 다스릴 수 있으며, 벼슬과 녹봉도 사양할 수 있으며, 날이 선 칼날도 밟을 수 있지만, 중용은 실천할 수 없다."

그렇다면 '중용'은 왜 그토록 어려운 덕목인가? 아마도 중용의 본질이 내 마음속에 있기 때문이 아닐까 한다. 《중용》이 신독愼獨(홀로 있을 때 나만이 아는 바를 조심하다)에 대한 가르침으로 시작하고 있음도 그 때문이다.

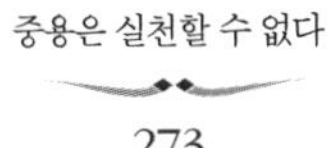 하늘이 명하여 준 것을 본성이라고 하고, 본성을 따라가는 것을 도道라 하고, 도를 (실천하도록) 다듬는 것을 교육이라고 한다. 도라는 것은 잠시라도 떨어질 수 없는 것이니, 떨어질 수 있으면 도가 아니다. 이런 까닭에 군자는 보지 않을 때도 경계하고 근신하며, 듣지 않을 때도 두려워한다. 드러나지 않는 그 자리보다 더 잘 드러나는 곳은 없고, 나타나지 않는 그 자리보다 더 잘 나타나는 곳은 없다. 그러므로 군자는 나만이 아는 마음의 움직임을 조심한다.

한편 자로가 '강함'에 대하여 묻는 말에 대한 공자의 대답을 읽을라치면, 마치 서슬 시퍼런 칼날과 같은 준엄함을 느낄 수 있다. 《중용》에서 우리가 '중용'에 대한 깨달음의 한 자락이라도 잡은 듯한 느낌을 주는 대목은 어쩌면 이 대목이 유일할지 모른다. 보다 나은 세상은 남쪽 사람을 위한 세상도 북쪽 사람을 위한 세상도 나 자신이 원하는 세상도 아니지 않은가?

자로가 강함에 대하여 물었다. 공자가 말씀하셨다. "남

일리야 에피모비치 레핀, 〈숲에서 책을 읽고 있는 톨스토이〉
1891년, 캔버스에 유채, 60×50cm, 모스크바 트레티야코프 미술관 소장.

쪽 사람들의 강함을 묻는가, 북쪽 사람의 강함을 묻는가, 아니면 네가 강해지고 싶은 것을 묻는가? 너그럽고 부드럽게 가르쳐주며 무도함에 대하여 보복하지 않는 것은 남쪽 사람들의 강함이니, 군자는 이렇게 처신한다. 무기와 갑옷을 깔고 누워 죽게 된다 하더라도 싫어하지 않는 것은 북쪽 사람들의 강함이니, 강경한 사람은 이렇게 처신한다. 그러므로 군자는 조화를 이루되 휩쓸리지 않으니, 강하도다 굳셈이여! 가운데 서서 기울어지지 않으니, 강하도다 굳셈이여! 나라가 바르게 다스려질 때라도 어려울 때 지키던 뜻을 바꾸지 않으니, 강하도다 굳셈이여! 나라가 바르게 다스려지지 못할 때에 죽음에 이르더라도 (지조를) 변치 않으니, 강하도다 굳셈이여!"

한 번에서 백 번으로, 열 번에서 천 번으로

중용이 어려운 덕목인 까닭은 남 보란 듯이, 폼 나게 이루어지지 않는다는 데 있기도 하다. 중용을 아는 군자와 중용을 모르는 소인의 차이를 '옷 입는 법'으로 설명하는 대목은 《중용》을 읽으며 밑줄을 그어둘 만하다. 중용은 홑옷처럼 평범하고 비근함에 있다. 담박하고 간소하며 온유한 것이다.

《시》(시경)에서 "비단 옷을 입고 홑옷을 덧입는다" 하였으니 그 문채가 드러남을 미워한 것이다. 그러므로 군자의 도는 어두운 듯하지만 날로 빛나고, 소인의 도는 분명한 듯하지만 날로 사라지는 것이다. 군자의 도는 담박하지만 싫어지지 않으며, 간소하지만 아름다우며, 온유하지만 조리가 있으니, 먼 것이 가까운 것에서 비롯함을 알고, 바람이 불면 어디로부터 온 것인지를 알고, 은미隱微한 것이 드러남을 안다면, 덕德으로 들어갈 수 있을 것이다.

이 대목은 "음성과 낯빛은 백성들을 교화하는 데 말단적인 것이다" 하는 공자의 말과 같은 맥락에서 이해할 수 있다. 함께 사는 다른 이들을 기죽이는 화려한 비단 옷과 찬란한 음성과 영롱한 낯빛으로는 중용에 이를 수 없다. 합창단의 개개인은 하모니를 위해 제 목소리를 낮추는 것이다. 한 송이 아름다운 국화꽃을 피우기 위해 소쩍새는 봄부터 어느 골짜기 어느 나무에서 저 홀로 슬피 울어야 하는 것이다. 《중용》은 이러한 이치를 천지자연에서 찾았다.

만물은 함께 자라되 서로 방해하지 않으며, 도는 함께 운행하되 서로 어긋나지 않는다. 작은 덕은 냇물처럼 쉼 없이 갈래져 흐르고, 큰 덕은 (만물의) 화육化育(천지가 만물을 생겨나게 하고 길러주다)을 도타이 하니 이것이 천지가 위대한 까닭이다.

흔히 "정치적이다" 하는 말은 언제나 그다지 긍정적으로 쓰이지 않았다. 그만큼 정치적 기획이라고 내놓는 구호들이 말단에 머무는 데

그쳤다는 뜻이다. 《중용》을 제4장의 마지막 책으로 삼은 것이 잘한 일인지는 모르겠지만, 어쨌든 배병삼이 《고전의 향연》에서 《중용》을 읽는 독자에게 당부하는 글은 읽을 만하다.

"요컨대 《중용》은……새로운 정치는 폭력이나 제도, 또는 신의 말씀으로 형성될 수 없다고 보았다. 최적의 길을 지향하는 중용 정치는, 사람들이 각각 봉착한 지형과 시대의 요구에 적절하게 응대하는 노력의 와중에 존재한다. 그런 점에서 중용의 정치는 평범하고 비근하다. 하나, 그 평범한 삶의 속살에는 하느님(자연)의 비범한 손길이 닿아 있다. 평범 속에 비범함이, 일상 속에 비상이 함께 존재하는, '겹의 진리'를 잊지 말자."

배병삼의 권고대로 그 진리를 잊지 않을 수는 있겠지만, 자꾸만 공자의 조롱이 귀에 맴돈다. "천하와 국가도 공평하게 다스릴 수 있으며, 벼슬과 녹봉도 사양할 수 있으며, 날이 선 칼날도 밟을 수 있지만, 중용은 실천할 수 없다." 그러나 《중용》에는 진리와 중용에 이르는 명확한 길이 하나 제시되어 있으니, 다행이라 생각하고 다시 출발선에서 신독에 힘쓰자.

남이 한 번에 그리하면 나는 백 번 할 것이며 남이 열 번에 그리하면 나는 천 번을 하면 된다. 이러한 도리를 과감하게 실천하면 비록 어리석더라도 반드시 밝아지며 비록 유약하더라도 반드시 강해질 것이다.

처음 읽는 중용

《중용》을 읽고, "역시 《중용》은 이해하기 힘든 책이구나" 하고 느끼는 것만으로도 독자들은 최선을 다한 것이다. 그런데 '중용'은 사정이 조금 다르다. 《중용》을 전혀 읽지 않은 사람이라도 중용의 경지에 근접할 수 있다. "천하와 국가도 공평하게 다스릴 수 있으며, 벼슬과 녹봉도 사양할 수 있으며, 날이 선 칼날도 밟을 수 있지만, 중용은 실천할 수 없다"는 말은 공자의 조롱이 아니다. 공자가 겨우 제자들을 조롱하는 인품의 소유자일 리는 없다. 만사에 능통해도 중용을 잃으면, 그 능통하게 처리한 만사가 모두 허사가 됨을 경계하고자 그리 말했을 것이다.

작게는 가족 간의 소통을 습관화하고, 크게는 국민과 정부 사이의 소통을 원활하게 한다면, 제철에 낙엽이 지듯 인간과 인간 사이의 넘지 못할 벽은 자연스럽게 허물어져 중용의 터가 닦일 것이다. 밑진 것 같지만 왠지 뿌듯하고, 이득을 챙긴 것 같지만 왠지 찝찝했던 경험은 그 누구라도 해보았을 것이다. 중용이란 그런 경험을 보다 적극적인 실천으로 옮기는 일이다. 중용을 불가능하다고 말한다면, 우리는 우리 자신을 과소평가하는 것이다.

제 5 장

어떻게 살 것인가

모든 번민과 고통은
사라졌다

《법구경》

진리를 깨달은 사람

붓다 혹은 석가. 이렇게 불리게 될 싯다르타 고타마(기원전 563?~기원전 483?)는 지금의 네팔 남부와 인도의 국경 부근인 히말라야 산기슭에 있는 샤키야족釋迦族의 작은 나라에서 왕자 신분으로 태어났다. 그는 기원전 563년, 그러니까 지금부터 2,500여 년 전쯤, 이 세상에 태어나자마자 일곱 걸음을 걸으며 "천상천하유아독존天上天下唯我獨尊"이라고 말했다는데, 이는 전설이다. "천상천하유아독존"의 의미는 "하늘 위와 하늘 아래를 통틀어 오직 나 하나만 존귀하다"인데,

이를 해석하는 열쇠는 그의 삶과 그가 남긴 말을 통해 우리가 만들어야 할 것이다.

생후 7일 만에 어머니 마야 부인이 죽었기에 이모에 의해 양육된 이 비범한 왕자 싯다르타는 16세에 결혼하고 아들 하나도 얻었다. 그러나 일찍부터 노인이나 병자나 죽은 사람을 만나며 생로병사의 고통에 대해 깊이 사색했던 그는 그러한 고통의 본질을 깨닫고 해탈을 구하기 위해 아버지와 처자식을 버리고 29세의 나이에 집을 나왔다. 아버지인 슈도다나왕조차 그의 뜻을 막지 못했다. 헤르만 헤세는 붓다의 일생을 다룬 소설 《싯다르타》에서 싯다르타의 의지가 얼마나 결연했는지를 이렇게 엄숙하게 적는다.

"아버지가 말했다. '무엇을 기다리느냐?' '아버님께서는 알고 계십니다.' '날이 새고, 정오가 되고, 저녁이 될 때까지 언제까지나 그렇게 서서 (출가의 허락을 받기 위해) 기다릴 셈이냐?' '저는 서서 기다릴 것입니다.' '싯다르타야, 넌 지치게 될 것이다.' '저는 지치게 될 것입니다.'…… '넌 죽게 될 것이다.' '저는 죽게 될 것입니다.'……아침의 첫 햇살이 방 안에 들어왔다. 그 바라문(아버지인 슈도다나왕)은 싯다르타의 무릎이 가볍게 떨리는 것을 보았다. 싯다르타의 얼굴에서는 아무런 떨림도 볼 수 없었으며, 싯다르타의 두 눈은 먼 곳을 바라다보고 있었다. 그때 아버지는, 싯다르타의 마음이 이제 더이상 자기 곁이나 고향에 머무르고 있지 않다는 것을 깨달았다."

집을 나온 싯다르타는 6년 동안 명성 높은 지도자들에게서 배운 수

장 클루에, 〈기욤 뷔데의 초상화〉

1536년경, 패널에 유채, 19×34cm, 뉴욕 메트로폴리탄 미술관 소장.

행법을 철저히 따르며 수행했지만, 지난 29년 동안의 감각적 쾌락과 마찬가지로 육체적 고행 역시 깨달음을 얻는 적절한 방법이 아니라고 판단했다. 결국 중도中道를 택해 홀로 명상을 거듭한 끝에 보리수 밑에서 깨달음을 얻었다. 싯다르타 고타마가 붓다가 되는 성스러운 순간이었다. 붓다Buddha는 '진리를 깨달은 사람'이라는 뜻이다. 대한불교조계종 교육원 부처님의 생애 편찬위원회에서 펴낸 《부처님의 생애》에서는 이 순간을 이렇게 경건하게 적는다.

"모든 번민과 고통은 사라졌다. 청정한 삶은 완성되었다. 깨달음을 완성한 보살에게 더이상 번뇌는 남아 있지 않았다. 보살은 다시 고뇌의 생존으로 뛰어들지 않게 되었음을 스스로 알고 스스로 보게 되었다.……눈을 떴다. 샛별이 마지막 빛을 사르는 동녘 하늘로 붉은 태양이 솟아오르고 있었다. '나는 가장 높고 바른 깨달음을 성취하였다.'……깨달음을 얻으신 부처님은 아침 햇살로 붉게 물든 대지 위에서 사자처럼 당당하게 선언하셨다. '번뇌는 모두 사라졌다. 번뇌의 흐름도 사라졌다. 더이상 태어나는 길을 따르지 않나니, 이것을 고뇌의 최후라 하노라.'"

깨달음을 얻은 붓다는 여러 곳을 누비며 설법을 퍼뜨렸다. 그는 45년에 걸친 포교 여행을 마친 후 쿠시나가라(지금의 인도 힌두스탄 평원의 카시아)에 이르러 80세의 나이로 입멸했다. 세계적인 종교학자인 카렌 암스트롱은 부처의 전기 《스스로 깨어난 자 붓다》를, 붓다의 입멸 순간을 묘사한 《숫타니파타》(초기 불교 경전)의 한 구절을 인용하면서 마무리한다. 완전히 자기를 포기한 후 완전한 인간이 되는 방법을 찾고, 그 방법을 중생들에게 설파했던 붓다의 삶을 다룬 책의 끝맺음으로 안성맞춤이다.

"바람에 꺼진 불이 쉼을 얻어 규정되지 않듯이, 깨달음을 얻어 자아로부터 자유로운 자는 쉼을 얻어 규정되지 않는다. 그는 모든 형상들을 넘어선 곳으로 갔다. 말의 힘을 넘어선 곳으로 갔다."

'진리의 말씀'을 담은 경전

불교의 경전은 2,500여 년에 이르는 긴 세월 동안 많은 종파에 의해 다양한 언어로 쓰였고, 그 수도 많고 내용도 복잡하기 이를 데 없다. 소승불교와 대승불교의 경전이 다르고, 산스크리트어나 팔리어로 기록된 것과 한문이나 티베트어로 기록된 것이 다르다. 그렇다면 우리가 지금 읽고 있는《법구경》은 어떤 경로로 우리에게 전해진 것일까?

붓다가 입멸한 후 제자들은 두 부류로 나뉘었다. 시대가 변해도 붓다가 정한 규율을 그대로 따라야 한다고 주장하는 '상좌부', 시대의 변화에 따라 사소한 규율은 바꿀 수 있다고 주장하는 '대중부'가 그 두 부류다. 이들 두 분파는 다시 교리를 해석하는 방법에 따라 다양하게 분화되었다(기원전 3~2세기경). 이때의 불교를 '부파불교'라 한다.

《법구경》은 바로 이 시기에 만들어진 대표적인 불경이다.《법구경》은 산스크리트어가 아닌 팔리어로 기록되었는데, 팔리어는 인도 갠지스

강 중류 지방에서 주로 일반 평민이 사용한 구어체 언어다. 붓다는 45년의 포교 기간 중 대부분을 이 지방에서 팔리어로 설법했다.

인도의 상좌부 불교는 스리랑카 지역에 전해졌다. 상좌부가 보수적이었던 만큼 스리랑카 불교는 다른 지역으로 전해진 불교에 비해 오랜 역사를 거치면서도 상대적으로 순수성을 지킬 수 있었다. 이 상좌부 불교는 또한 라오스, 캄보디아 등 동남아시아 일대로 퍼져나가 '남방불교'를 형성했다. 남방불교에서는 모든 불경을 부처의 충실한 제자였던 아난다가 편집한 것으로 믿는다. 따라서 그들에게는《법구경》또한 아난다가 팔리어로 편집한 부처님의 '진리의 말씀'을 담은 경전이다.

세월이 흐르면서 부파불교가 붓다 본래의 가르침에서 멀어지는 것이 아닌가 하는 우려의 목소리가 있었다. 소위 '대승불교'가 출현한 것이다(기원전 1세기경). 대승불교는 부파불교가 붓다의 가르침에서 멀어졌을 뿐 아니라, 다른 사람을 가르치는 데 힘을 쏟았던 붓다와는 달리 출가 수행자가 자신의 깨달음에만 몰두한다고 하여 '소승불교'라고 폄하했다. 이 대승불교가 진행되는 과정에서 많은 새로운 경전이 쓰였다. 오늘날 우리에게 익숙한《금강경》,《법화경》,《화엄경》등이 바로 그것이다.

한편 중앙아시아를 거쳐 중국, 한국, 일본 등 인도 북쪽 지역으로 전해진 불교는 '북방불교'라 부른다. 중국은 남북조 시대(420~589)에 불교가 뿌리를 내렸다. 한국에 불교가 들어온 것 역시 이 무렵이었으며, 6세기에는 백제를 통해 일본에 불교가 전해졌다.

북방불교의 한역 경전에서는 《법구경》을 법구法救(?~?)가 편집한 것으로 기록한다. 법구는 기원전 2세기경에 활동한 인도의 승려다. 그의 이름 '법구'는 '다르마트라타Dharmatrata'를 중국어로 옮긴 이름이다. 따라서 북방불교에서는 《법구경》을 오늘날 우리가 알고 있는 형태로 편집한 최초의 승려를 법구라고 믿는다. 물론 《법구경》을 최초로 한문으로 번역한 사람은 오吳나라 때의 학자 유기난維祇難으로 알려져 있다.

그 후 대승불교 역시 철학적 전통과 경쟁하거나 영향을 주고받으면서 점차 이론화하여 그 실천적 영향력을 상실해 갔다. 그러면서 등장한 것이 7세기경부터 부흥하기 시작한 '밀교'다. 밀교는 비밀스럽게 전해 내려오는 주문, 즉 '다라니'를 외움으로써 모든 괴로움을 소멸하고 열반에 이른다고 하는 불교다. 인도 불교사의 마지막을 장식했던 밀교는 11세기부터 이슬람 세력이 인도로 본격적으로 침입하면서 점차 쇠퇴하기 시작했다. 오늘날 인도는 불교의 나라가 아니다. 국민 중 대다수는 힌두교, 소수는 이슬람교를 믿는다.

이상 장철문의 《진리의 꽃다발 : 법구경》을 토대로 불교의 계통과 《법구경》의 계통상 위치를 정리해 보았다. 이쯤 되면 우리가 서점에서 구입하거나 도서관에서 빌려 읽게 되는 수많은 우리말 번역본 《법구경》의 원전이 다양할 수밖에 없는 이유를 알 수 있을 것이다. 번역에도 상당한 차이를 보이고 있으며, 원전을 뚜렷이 밝히지 않은 번역본도 많다. 하지만 이러한 사정을 정확히 하는 문제는 서지학자들의 몫이지 우리의 몫은 아니다. 《법구경》은 읽는 기쁨을 누리는 것만으로도 우리에게는 행운인 고전 중의 고전이다.

차마 소개할 수 없는 아름다움

《법구경》의 원 이름은 '담마파타Dhammappada', 즉 '진리의 말씀'이다. 이 경전은 《숫타니파타》와 함께 초기 불교의 대표적인 경전이다. 붓다의 생생한 목소리가 살아 숨 쉬는 경전인 셈이다. 한편 《법구경》은 신자들에게나 일반인들에게나 가장 많이 읽히는 불교 경전이다. 다른 경전들과는 달리 불교 초기에 널리 전해 내려온 시 중 423편을 모아 엮은 일종의 잠언 시집인 까닭에, 혹자는 《구약성서》의 〈시편〉과 비교한다. 김욱동은 《우리가 정말 알아야 할 동양 고전》에서 《법구경》을 이렇게 평가한다.

"《법구경》의 가장 큰 특징이라면 어떤 추상적인 교리 문제나 계율적인 쟁점에 얽매이지 않고 가장 근본적인 삶의 문제를 폭넓게 다룬다는 점이다. 결국 이 경전의 요지는 '어떻게 살아야 하는가?' 하는 이 한 가지 문제이다. 굳이 출가 수행자와 재가신도를 가르지 않고 어떻게 하면 자신의 마음을 갈고 닦을 수 있는지, 모든 욕망과 집착으로부터 벗어나 해탈의 길에 이를 수 있는지 촌철살인의 묘를 살려 사람들을 일깨운다."

한편 《법구경》을 우리말로 옮긴 법정 스님은 서문에서 독자들에게 인상 깊은 충고를 한다. 다소 길지만, 법정만의 아름다운 문체가 살아 있는 대목을 여기에 적어 본다.

"여기에 실려 있는 한 편 한 편의 시는 일상에 파묻힌 우리들의 잠든 영혼을 불러 깨운다. 번뜩이는 지혜의 가르침으로 궁극적인 삶의 목표를 어디에 두어야 할 것인가를 넌지시 깨우쳐 주고 있다.……그리고 이 말씀들 속에서 문득문득 불타 석가모니의 투철한 종교적인 인품을 느끼게 된다.……여기에 수록된 시편들은 연작시가 아니기 때문에 한꺼번에 내리 읽지 말아달라는 것이다. 아무데나 펼쳐진 대로 한 편 한 편 마음의 바다에 비춰보면서 차분히 읽어간다면, 이 경전은 맑은 거울이 되어 그 속에서 현재의 자기 얼굴을 들여다보게 될 것이다. 그리고 가까이에 두고 마음 내킬 때마다 펼쳐보면 어지러운 세상에서 좋은 길벗이 되어 주리라."

마음 내키는 대로 아무데나 펼쳐보아도 진리의 꽃다발이 쏟아지는 《법구경》을 소개하는 글은 여기서 마침이 옳을 듯싶다. 《법구경》에 담긴 '진리의 말씀'을 행여나 왜곡할까 두렵다. 아름답고 심오한 잠언 시집을 얄량한 지혜로 논리적 순서를 정하고 그 순서에 맞는 시를 골라 인용하며 소개하는 일은 얼마나 어리석은가?

처음 읽는 법구경

고전이라면 그 어떤 책이라도 우리에게 "무엇을 얻을 것인가?"보다는 "어떻게 살 것인가?" 하고 묻게 만든다. 그렇지만 종교 서적이나 경전은 각별히 주의할 점이 있다. 아우구스티누스의 《고백록》이나 《법구경》은 "무엇을 다른 종교를 믿는 사람과 달리 얻을 것인가?"에서 "어떻게 살 것인가?"로 물음을 바꾸기 어려울 수가 있다. 따라서 일반적인 고전들과 달리 종교적 색채를 띤 고전이 진정한 고전이 되는 일은 독자의 마음에 달려 있다.

당신이 기독교 신자라고 하자. 그렇다 해도 불경이나 노장老莊, 혹은 공맹孔孟을 읽을 때 아무런 장벽도 느끼지 못해야 한다. 거꾸로 요즘 기독교에 대한 일반인들의 호감도가 많이 떨어진 것이 사실이지만, 그렇다고 아름다운 고전으로서 《성서》마저 외면되는 일은 없어야 한다. 어떻게 살 것인지를 묻는 일에 특정 책이 배제되어야만 하는 신앙이라면 신앙이라기보다는 맹신이다.

모든 번민과 고통은 사라졌다

아테네의 정신적인
죽음을 살리다

《소크라테스의 변명》

백수 철학자가 젊은이들을 타락시켰다

석수장이의 아들로 태어나 한때 군인 혹은 하급 관리였지만, 소크라테스(기원전 470?~기원전 399)가 평생토록 고수했던 직업은 바로 '백수' 철학자였다. 아고라(그리스인들이 민회民會와 재판, 상업, 사교 등 다양한 활동을 하던 광장)에서 청년들과 '대화'하는 일이 그의 직업이었다. 청년들에게 자기 자신이 무지하다는 사실을 깨닫게 해주고, 무지함을 깨달은 그들이 "어떻게 살 것인가?"를 비로소 배워나갈 수 있도록 유도하는 방법으로 사용했던 그 '대화'가 서양사상사에서 가장 빛나는 철학이었다.

페르시아 전쟁(기원전 492~기원전 479)에서 승리한 아테네는 페리클레스 시대에 황금기를 누렸다. 페리클레스는 아테네의 군인이자 정치가로 민주정치의 기초를 마련했던 영웅이다. 우리가 알고 있는 아테네의 모든 영광은 대부분 바로 이 시기에 얻은 것들이다. 그러나 영광은 그리 오래 가지 못했다. 펠로폰네소스 전쟁(기원전 431~기원전 404)에서 참패한 후 스파르타의 지배를 받게 된 아테네는 바야흐로 황혼기에 접어들었다. 스파르타는 '30인 참주'를 보내 아테네를 다스렸다. 이듬해 민주파가 다시 집권해 민주정이 회복되었지만, 아테네인들의 자유롭고 이성적인 기질은 이미 불안감과 패배주의에 젖어 있었다.

과거 전성기를 그리워하는 복고적이고 보수적인 애국주의자들은 아테네의 부활을 갈망했지만, 신의 은총 외에 기대할 것이 없던 무력한 시민들에게 맡겨진 민주정이 민주적일 리는 없었다. 황혼기에 접어든 아네테의 민주주의는 '중우정치'의 전형적인 모델이 되었다. 중우정치는 억지 희생양을 만들어 제거함으로써 불안감과 패배주의를 일시적으로나마 진정시키고자 했고, 그 대상으로 제대로 걸린 사람이 소크라테스였다.

시인인 멜레토스, 정치가인 아니토스와 리콘, 이 세 사람이 "국가가 인정한 신을 인정하지 않고, 젊은이들을 타락시켰다"는 이유로 소크라테스를 고발했다. 백수 철학자 소크라테스의 재판은 펠로폰네소스 전쟁이 끝나고 5년 후인 기원전 399년에 열렸다. 그때 소크라테스의 나이는 70세였다. 광신적인 뮈토스(신화)에 휩싸인 나라의 어리석은 청년들을 대화를 통해 로고스(이성)의 세계로 이끌었던 철학자는 재판정에서 자신을 변론했지만 사형 선고를 면치 못했다. 또한 망명함으로써 목숨을 부지할 수 있었지만, 당당히 독배를 마셨다.

그의 제자 중 28세의 걸출한 청년 하나가 있어 스승의 정의로운 죽음을 지켜보며 이렇게 기록했다. "에케크라테스(피타고라스의 제자), 이것이 우리의 벗의 최후였습니다. 이 벗에 대해서 나는 진심으로 당대의 내가 알고 있는 모든 사람 가운데서 소크라테스는 가장 현명하고 가장 올바르고 가장 훌륭한 사람이었다고 말할 수 있습니다." 그 청년이 바로 플라톤이었다. 그는 훗날 자신의 스승인 소크라테스를 성인의 반열에 올려놓을 위대한 '대화편' 30여 권을 저술했다.

소크라테스에 대한 오마주

이동희는 《세상에서 가장 흥미로운 철학 이야기》에서 소크라테스와 플라톤의 만남을 정말 세상에서 가장 흥미롭게 소개한다. "어느 날 소크라테스가 꿈을 꾸었다. 꿈에서 그는 새끼 백조를 무릎 위에 올려놓고 있었다. 그런데 곧 이 새끼 백조가 날개가 돋더니 기쁜 듯 소리를 질러대며 창공으로 날아가 버렸다. 백조는 학문과 예술의 신인 아폴론의 상징 동물이다. 소크라테스의 무릎에서 날개를 펼쳐 날아간 새끼 백조는 소크라테스 문하에서 학문과 예술에 엄청난 사건을 일으킬 사람이 나타난다는 뜻이었다. 다음 날 소크라테스는 플라톤을 소개 받자, 이렇게 말했다. '이 친구가 바로 그 백조였구나!'"

다른 젊은이와 마찬가지로 플라톤도 아고라에서 소크라테스를 만났다. 그리고 이 만남은 서양철학사에서 가장 위대한 만남이었다. 아테네의 명문귀족 가문에서 태어나 정치가를 꿈꾸며 시를 쓰던 청년 플라톤은 소크라테스의 제자가 되어 철학을 배웠다. 그리고 소크라테스의 정의로운 죽음 이후 10년 이상의 세월을 여행했는데, 돌아올 때는 자신의 철학적 기반을 단단히 쌓은 상태였다. 소크라테스가 단 한 권의 책도 남기지 않은 데 반해 플라톤은 30여 권의 책을 남겼다. 그는 스승이 사용했던 '대화'의 방법을 이어받아 자신의 책들을 대화 형식으로 저술했고, 그 대화의 주인공으로 소크라테스를 등장시켰다. 그래서 플라톤의 저작들을 흔히 '대화편'이라 부른다. 그는 확실히 소크라테스의 제자였다.

《소크라테스의 변명》은 소크라테스가 법정에서 고발자 멜레토스와 500명의 재판관에게 자신을 변론한 말을 글로 적은 책이다. 당연히 화자는 소크라테스다. 그렇다면 《소크라테스의 변명》은 소크라테스의 책인가 플라톤의 책인가? 두 사람을 사상적으로 분리할 수 있다면 둘 중 한 사람이 정답이 되겠지만, 그렇지 못하다면 이 질문은 우문愚問이 된다. 그렇다면 현답賢答은 무엇일까? 이 문제는 철학자들 사이에서도 서로 다른 견해가 분분하다. 우리는 그저 공자의 말을 그의 제자들이 기록해 《논어》를 엮었고, 예수의 말을 그의 제자들이 기록해 복음서를 엮은 것과 별반 차이 없이 받아들이면 될 것이다.

신이 보낸 외로운 등에

나는 순간순간 내 마음에 떠오르는 어구와 논법을 사용할 것입니다. 내가 말하는 것이 정당함을 나는 확신하기 때문입니다. 오, 아테네인 여러분! 내 나이로 보아서 나는 여러분 앞에 (말을 교묘히 꾸며대는) 나이 어린 연설가로 나설 수는 없는 일입니다.

대화의 대가였던 소크라테스는 변론을 시작하며 이렇게 엄살을 늘어놓았다. 실상 《소크라테스의 변명》은 소크라테스의 마음에 순간순간 떠오르는 어구와 논법이 아니라 치밀한 논리와 정의에 대한 확신에 차 있다. 그는 죽음의 그림자가 이미 자신에게 드리워져 있다는 사실을 정확히 알았고, 그랬기에 독배를 마시는 마지막 순간까지 가지고 갈 당당한 철학자의 풍모를 더더욱 잃지 않았다. 그는 평생을 그리 살았듯이 멜레토스나 많은 재판관과 대화하면서 그들의 무지함을 폭로했다. 결국 그는 '변명'했다기보다는 '훈계'함으로써, 아고라의 법정에서는 이길 수 없지만 진리의 법정에서는 결코 질 수 없는 변론을 시작했다.

장 바티스트 카미유 코로, 〈책을 읽고 있는 소녀〉

1855~1865년경, 캔버스에 유채, 46×38cm, 스위스 빈터투어 오스카 라인하르트 컬렉션 소장.

여러분이 나에게 "소크라테스……우리가 아니토스를 믿지 않고 당신을 방면할 것이지만, 한 가지 조건이 있소. 즉 당신은 다시는 이와 같은 방식으로 탐구하거나 사색해서는 안 됩니다. 만일 다시 이러한 일을 하다가 체포된다면 당신은 사형을 당할 것입니다"라고 말한다 하더라도……나는 다음과 같이 대답할 수 있을 뿐입니다. "아테네인 여러분, 나는 여러분을 존경하고 사랑합니다. 그러나 나는 여러분보다는 신에게 복종할 것이며, 나에게 생명과 힘이 있는 동안에는 지혜를 애구愛求하고 지혜를 가르치며, 내가 만나는 사람들에게 충고를 하고 평소의 태도대로 다음과 같이 말하는 일을 결코 중단하지 않을 것입니다. 즉 '위대하고 강력하며 현명한 아테네 시민인 그대, 나의 벗이여, 그대는 최대한의 돈과 명예와 명성을 쌓아올리면서 지혜와 진리와 영혼의 최대의 향상은 거의 돌보지 않고 이러한 일은 전혀 고려하지도 주의하지도 않는 것을 부끄러워하지 않는가?'라고 말입니다.……"

단 한 권의 책도 남기지 않은 70세 철학자의 변론은 이렇게 당당했다. 아테네만을 사랑했고, 결국 아테네에서 죽기를 각오한, 그야말로 뼛속까지 아테네 시민이었던 소크라테스가 아테네 시민들보다 사랑하고 복종하고 싶은 신은 바로 '자신의 양심'이었을 것이다. 사이비 애국자가 아니라 진정한 애국자는 오직 정의에만 굴복하는 '양심'의 인간인 것이다.

플라톤은《국가》에서 자신이 생각하는 이상 국가에서는 시인을 추방
해야 한다고 주장했지만, 아이로니컬하게도 서양철학사에서 그만큼
시적인 문장을 구사한 철학자는 없었다. 플라톤은《소크라테스의 변
명》에서도 스승인 소크라테스의 절실한 심정을 적절한 은유와 유려
한 문장에 담아냈다. 반세기쯤 후면 사실상의 종말을 맞을 아테네의
황혼을 떠올리며 철학자 소크라테스의 양심이 토해내는 변론을 더
들어보자.

아테네인 여러분, 나는……나 자신을 위해서 변명하려
는 것은 아닙니다. 오히려 신이 여러분에게 보내준 선물인 나를 처
벌함으로써 여러분이 신에게 죄를 짓지 않도록 여러분을 위해서 변
명하려는 것입니다. 여러분이 나를 사형에 처한다면, 여러분은 나와
같은 사람을 다시 쉽게 찾아내지는 못할 것입니다. 이 사람은 익살
스러운 말로 말한다면, 신이 이 나라에 보낸 일종의 등에(피를 빨아
먹는 쇠파리)인 것입니다. 이 나라는 거대하고 기품 있는 군마軍馬와
같아서 바로 거대하기 때문에 운동이 둔하며 따라서 각성이 필요한
것입니다.

외로운 등에로 살면서 아테네의 비양심에 대한 불감증을 평생토록
괴롭혔던 소크라테스의 죽음은 아테네의 죽음의 전조前兆다. "악법
도 법이다" 하는 유명한 말은 실제로 소크라테스가 한 말이 아니다.

당연하다. 그는 결코 악법을 따를 사람이 아니었다. 그가 진정 하고 싶었던 말은 "내가 사랑하는 아테네의 법은 내가 지켜야 할 법이다" 였을 것이다. 그는 아테네의 법을 지키며 독배를 마심으로써, 아테네의 정신적인 죽음만은 막아내고 싶었던 것이다. 철학자는 자신의 조국을 이런 식으로도 지켜낸다. 《소크라테스의 변명》의 번역자 황문수가 '작품 해설'에서 적어 놓은 독배의 의미도 같은 맥락에서 이해할 수 있다.

"소크라테스는 델포이의 신탁처럼 아테네에서 가장 현명한 사람이었다. 그는 자신의 죽음을 통해 어떠한 박해, 어떠한 권력으로도 인간의 양심과 이성과 자유는 살해되지 않는 것임을 증언한다. 그러므로 그의 독배는 불멸의 이성과 양심과 자유에 대한 축배가 되는 것이다."

그는 과연 아테네의 정신적인 죽음을 막아냈고, 자신의 무릎에서 날아간 새끼 백조인 플라톤은 스승 덕분에 죽음을 면한 아테네의 정신적 유산을 거의 모든 문명권에 퍼뜨렸다. 소크라테스는 정의롭게 죽음으로써 도리어 인류의 정신 속에 살고 있다. 그것도 "어떻게 살 것인가?" 하는 인간의 가장 양심적인 테마를 두고 2,500여 년 동안 끊임없이 후대인들과 대화하면서 멋지게 살고 있다.

이제 떠나야 할 시간이 되었습니다. 각기 자기의 길을 갑시다. 나는 죽기 위해서, 여러분은 살기 위해서. 어느 쪽이 더 좋은가 하는 것은 오직 신만이 알 뿐입니다.

《소크라테스의 변명》에서 소크라테스의 변론은 이와 같은 확고한 신념으로 끝난다. 죽음이란 무엇인가? 삶이란 무엇인가? 이쯤에서 소크라테스는 인류 보편의 문제로 자신의 변명을 확장한다. 그가 인류의 스승이 되는 순간이다. 한 마리의 외로운 등에가 되어 아테네의 비양심에 대한 불감증을 괴롭히던 소크라테스가 이제는 인류의 비양심에 대한 불감증을 괴롭히는 등에가 된다.

소크라테스는 고유명사가 아니라 일반명사가 되었다. 세기를 거듭할수록 지구촌에는 수많은 소크라테스가 원조 소크라테스의 정의로운 죽음을 죽으며, 정말 살아야 할 삶을 살았다. 지금도 그리고 앞으로도 살 것이다.

처음 읽는 소크라테스의 변명

소크라테스는 지식을 실제적 유익을 위해 사용하기보다는 지식 그 자체에 대한 무한한 사랑을 죽는 순간까지 몸소 실천했다. 플라톤은 그런 스승의 생애와 사상을 《소크라테스의 변명》을 비롯한 수많은 '대화편'에 기록하면서, '지혜에 대한 사랑'이라고 하는 서양 철학과 인문주의의 전통을 수립했다. 물론 실제적 지식이 아니라 절대적 지

식을 추구하는 철학자상像은 철학이 현실에서 동떨어진 괴짜들의 말
놀음으로 폄훼되는 빌미를 제공하기도 했다. 그렇지만 사사로운 이해
관계와 임기응변이 사회를 움직이는 수단이자 목표가 되어가면서,
신념에 찬 개개인의 생산적인 담론을 형성하는 대화의 장場이 점점
사라져가는 지금의 현실은 비극이다. 소크라테스가 젊은이들을 만나
대화를 나누며 돌아다녔던 아고라가 서울시청 앞 광장이나 사이버
공간에서 조금씩 복원되고 있으니 반갑기 그지없다.

도덕은
얼마나 위선적인가

《도덕경》

노자는 전설이다

노자(?~?)는 초나라 고현苦縣, 즉 지금의 허난성河南省 루이현鹿邑縣에서 태어났으며, 성은 이李이고 자는 담聃 또는 백양伯陽이다. 공자와 비슷한 시대에 살았으며, 주나라 왕실의 서고를 관리하는 낮은 직책의 관리를 제외하고 평생 관직을 가진 적은 없었다. 다만 도가 사상의 효시라 할 수 있는 《도덕경》을 지어 중국 사상사에 막대한 영향을 끼친 사상가로 알려져 있다. 사마천도 《사기열전》에서 "노자의 학설이 가장 깊다"며 노자를 도가 사상가 중 으뜸으로 쳤다.

노자와 그의 저술로 알려진 《도덕경》(《노자》로 불리기도 한다)과 관련된 거의 모든 이야기는 전설에 가깝다. 노자가 언제 살았던 사람이고, 실제 이름은 무엇이며, 무슨 목적으로 《도덕경》을 썼는지 오리무중이다. 노자가 실존 인물인지, 《도덕경》이 정말로 그가 저술한 책이 맞는지 역시 전설처럼 아득한 기록들만 난무한다.

우리에게 아주 유일하게 믿고 싶을 만한 기록이 있으니, 그가 어느 땐가 어디론가 홀쩍 사라졌고, 어디로 가서 언제 죽었는지 모른다는 것이다. 전설의 인물은 이렇듯 이름도 성도 모르고 삶도 죽음도 모른 채 쭉 전설로 남아야 된다. 따지고 보면 우리는 모두 우리를 잘 모르고, 우리 시대를 잘 모르고, 우리 삶과 죽음을 잘 모른다. 우리의 삶은 한 편의 전설처럼 아득히 사라진다. 생각이 이쯤 되면 우리가 바로 노자다. 노자라는 인물의 보편성은 이렇게 확보된다.

《도덕경》은 지혜로운 헛소리다

"말로 설명된 진리는 영원한 진리가 아니다"라는 기이한 문장으로 시작하는 《도덕경》은 역시 기이하게도 사람들에게 인기가 있는 책이다. 너도나도 노자의 생각을 알고 싶어하고, 《도덕경》의 메시지를 듣고 싶어한다. 우리나라에서만 수십 종의 번역서가 나와 있고, 해설서도 대형 서점의 서가를 가득 메우고 있다. 《도덕경》의 인기는 서양에서도 마찬가지다. 영어 번역서만 100여 종을 헤아리고, 헤겔이나 하이데거 같은 철학의 거장들과 톨스토이 같은 대문호들이 이 책에 심취했다는 사실은 유명하다. 이쯤 되면 《도덕경》의 매력이 궁금해지지 않을 수 없다.

우리가 쉽게 구해 읽을 수 있는 《도덕경》은 일차 한대漢代에 당시까지의 도가 사상을 정리하고 이차 남북조 시대에 상편 37장, 하편 44장, 합계 81장으로 엮어낸 것으로 알려져 있다. 우리가 텍스트로 삼은 《도덕경》 역시 이러한 체제로 되어 있다. 참고로 가장 읽기 편한 번역서로 텍스트를 삼았음을 일러둔다. 이유는 없다. "말로 설명된 진리는 영원한 진리가 아니"므로 그 어떤 번역본도 진리는 아니다. 막 골라 읽어도 되니 기왕이면 쉽게 읽는 편이 좋겠다. 어차피 헛소리가 적힌 책이 아닌가?

《도덕경》은 이성의 군기에 각이 제대로 잡힌 독자들을 완전히 무장해제시킨다. 우리 정신을 죄어주는 이성과 도덕의 나사를 완전히 풀어버림으로써 치열한 생존경쟁 속에서 살아남기 위해 갖추며 살아온 온갖 논리들을 파괴한다. 그리하여 전설 속의 인물이 고작 5,000자로 쓴 헛소리 모음인 《도덕경》을 읽다 보면 누구나 현실성을 잃고 전설이 된다. 헛소리들을 따라 구름처럼 시냇물처럼 흘러가면 그만인 것이다.

그런데 이상한 일이다. 논리와 도덕이 완전히 무장해제된 채 세상을 바라보니, 이제껏 정말 바라보아야 했지만 볼 수 없었던 것들이 하나둘씩 보인다. 영리한 논리보다 헛소리 같은 비논리를 통해 "우리가 어떻게 살 것인가?" 하는 질문에 보다 지혜로운 답을 구할 수 있다. 춘추시대 끝 무렵에 전설처럼 살다가 사라진 어느 기인의 헛소리를 통해서 우리의 도덕이 얼마나 위선적인지 깨닫게 된다. 헤겔이나 하이데거나 톨스토이가 헛소리에 심취했을 리는 없다. 그만큼 《도덕경》은 동양 사상의 정체성을 분명히 가지고 있다.

"말로 설명된 진리는 영원한 진리가 아니다"

"나는 로마 유적을 돌아보면서 내내 착잡한 마음을 금할 수 없었습니다. 위용을 자랑하는 곳곳의 개선문은 어디엔가 만들어놓은 초토焦土를 보여줍니다. 개선장군은 모름지기 상례喪禮로 맞이해야 한다는 《노자》의 한 구절이 생각납니다. 역대 수많은 장군들이 승전보를 들고 말을 달려 들어오던 신성한 길Via Sacra, 전승戰勝에 은총이 내려지던 신전, 어느 것 하나 마음을 무겁게 하지 않는 것이 없었습니다." 《더불어 숲》의 저자 신영복이 로마에서 보내는 사색 엽서에는 이와 같이 《도덕경》의 한 구절이 인용되었다. 《도덕경》의 한 구절을 인용하며 이만큼 감동을 주는 글은 찾기 힘들 것 같다. 주인 된 자, 승리한 자, 위에 있는 자에게 일침을 가하는 이러한 통쾌하고 의미심장한 역설이 《도덕경》에는 넘쳐난다. 신영복이 인용한 구절이 담긴 《도덕경》 31장은 이렇다.

사람을 죽이는 무기는 자연의 질서를 어그러뜨리는 물건
이다. 세상 사람들은 무기를 무서워한다. 그러므로 도道를 다루는 사
람은 무기를 곁에 두지 않는다.……전쟁에서 이겼다고 해서 좋아해
서는 안 된다. 전쟁에서 이겼다고 기뻐하는 사람은 살인과 파괴를 즐
기는 자이다. 살인과 파괴를 즐기는 자는 성공과 번영이 오래 가지
못한다.……전쟁이 일어나면 죄없는 사람이 무수히 죽는다. 그렇다
면 머리를 조아리고 그들의 죽음을 애도하는 것이 마땅하다. 그러므
로 전쟁에서 승리해도 초상을 치르듯이 슬퍼하는 것이 마땅하다.

기왕 신영복의 글을 보았으니, 내친김에 신영복이 《강의》에서 노자
사상의 핵심을 유가 사상과 대비한 대목도 함께 보자. 다시 한 번 신
영복의 감동적인 '강의'를 들어보자.
"유가 사상은 서구 사상과 마찬가지로 '진進'의 사상입니다. 인문 세
계의 창조와 지속적 성장이 진의 내용이 됩니다. 인문주의, 인간주
의, 인간중심주의라 할 수 있지요. 그에 비하여 노자 사상의 핵심은
나아가는 것進이 아니라 되돌아가는 것歸입니다. 근본으로 돌아가야
한다는 것이지요. 노자가 가리키는 근본은 자연自然입니다. 노자의
귀歸는 바로 자연으로 돌아가는 것을 의미합니다. 자연이란 문명에
대한 야만의 개념이 아님은 물론이고 산천과 같은 대상으로서의 자
연을 의미하는 것도 아닙니다. 노자의 자연은 천지인天地人의 근원적
질서를 의미하는 가장 큰 범주의 개념입니다."

그러고 보니 《도덕경》에는 여러 차례 하늘天과 땅地이 등장한다. 하늘과 땅이 등장하는 예로 25장을 한 번 보자.

하늘과 땅이 있기 전에 알 수 없는 그 무엇이 있었다. 그것은 소리가 없어 들을 수도 없고 모양이 없어 볼 수도 없으나, 다른 것에 의지하지 않고 홀로 우뚝 서서 변하지 않는다. 그것의 영향력은 미치지 않는 데가 없고 움직임도 멈추지 않는다. 그러므로 만물의 어머니라 할 만하다.

사람의 상대적인 개념으로는 그 이름을 붙일 수 없다. 그래서 나는 그저 '도'라고도 하고, 마지못해 '큰 것'이라고도 한다. 그것은 크기 때문에 무한정 뻗어나간다. 무한정 뻗어나가기 때문에 멀리 간다. 멀리 가면 마지막엔 근원으로 되돌아온다(결국 아무 곳에도 가지 않고, 자기 안에서 만물을 낳고 기르는 것이다).

도 자체는 무한하다. 하늘과 땅과 사람은 모두 도가 스스로 자신을 나타낸 것이다. 그러므로 하늘과 땅과 사람 역시 무한한 것이다. 이렇게 도가 자신을 나타내는 양상을 크게 넷으로 나눌 때 사람도 그 중 한 자리를 차지한다.

사람은 땅의 법칙을 본받고, 땅은 하늘의 법칙을 본받으며, 하늘은 도의 법칙을 본받는다. 그리고 도는 스스로 그러한 자신의 본성을 본받는다.

빌헬름 라이블, 〈교회의 세 여인〉
1882년, 마호가니에 유채, 113×337cm, 함부르크 쿤스트할레 미술관 소장.

《도덕경》은 얇은 책이다. 그리고 별 말이 없는 책이다. 따라서 앞서 소개한 신영복의 글, 《도덕경》 31장과 25장만 읽어도 우리가 《도덕경》에 대해 알 만큼은 다 안 것이다. 적어도 머리로는 말이다. 《도덕경》 전체를 여러 차례 읽는다 해도, 왜 이 책이 위대한지 이해하기는 힘들 것이다. 《도덕경》은 어떻게 읽느냐가 중요한데, 그 '어떻게'를 모르고 읽기 때문이다.

《도덕경》은 글자를 읽고 이해하는 방식으로가 아니라 글자를 바라보고 의미를 느끼는 방식으로 접해야 한다. 이런 방법도 좋다. 《도덕경》을 들고 계곡이나 강, 혹은 바다로 가서 읽어보자. 노자가 도道와 가장 유사한 것으로 물을 들고 있으니 그리해 보라는 것이다. 《도덕경》 한 장을 읽고 물끄러미 물을 바라보는 10분의 여유를 가져보자. 《도덕경》을 읽는 데는 슬로라이프slow life가 반드시 필요하다. 도를 물에 비유한 8장은 다음과 같다.

가장 좋은 것은 물과 같다. 물은 아무와도 다투지 않고 무엇을 억지로 하는 법이 없다. 그러면서도 만물을 이롭게 한다. 물은 뭇 사람이 싫어하는 낮은 곳에 몸을 두려 한다. 그러므로 궁극적인 진리인 도와 그 성질이 비슷하다. 도를 터득한 사람은 물처럼 낮은 곳에 몸을 둔다. 그의 마음은 못과 같이 고요하다. 그는 베풀기를 좋아한다. 그는 헛말을 하지 않는다. 그는 억지로 바로잡고자 애쓰지 않는다. 그러면서도 가장 능률적으로 일하고, 가장 적절한 때에 움직인다. 도를 터득한 사람은 물이 그러하듯이 다투거나 경쟁하지 않는다. 그래서 아무도 그를 욕하지 않는다.

고전을 읽을 때는 그 고전이 요구하는 방식의 독서가 반드시 필요하다. 수백 수천 년 전의 위대한 고전이 "나 여기 있소" 하며 자신의 모습을 쉽게 보여줄 리는 없지 않은가?

《도덕경》은 분명 난해한 책이다. 아니 해석 자체가 힘들 정도의 책이다. 여러 번역본을 보면 같은 한문 원문을 번역한 것이 과연 맞는가, 하는 생각이 들 정도로 차이가 많이 난다. 분명 번역자들의 수고도 이만저만이 아닐 것이다. 하지만 《도덕경》은 난해하기만 하고 영양가 없는 책이 아니다. 《도덕경》의 첫 문장인 "말로 설명된 진리는 영원한 진리가 아니다". 역시 결코 헛소리가 아니다.

어디 한 번 스스로 증명해보자. 사랑하는 사람과 정담을 나누며 두 사람의 목소리를 녹음해보자. 그리고 녹음된 두 목소리를 컴퓨터에 타이핑해 입력한 후 프린트해 보자. 그다음에 프린트된 두 사람의 말을 눈으로 읽어보자. 그 프린트된 두 사람의 말에는 '사랑한다'는 단어는 있지만 '사랑'은 없다. '고맙다'는 단어는 있지만 '고마움 속에 담긴 미안함' 같은 고귀한 마음은 없다. 이제 조금은 알 것이다.

노자는 《도덕경》 67장에서 자신이 늘 간직하고 따르는 세 가지 보물을 소개한다. 고층 빌딩들이 숲을 이루고 있는 도심 속의 답답한 사무실에 앉아 폼으로 《도덕경》을 읽거나 독서학원에서 매주 한 권씩

읽는 고전 중 하나로《도덕경》을 억지로 읽는 사람들에게 말해주고
싶다. 노자의 세 가지 보물의 의미를 이해하려면, 천지인이 함께 어
울릴 수 있는 곳으로 가라고. 직접 몸을 움직여 그곳으로 가라고. 그
렇게 하지 않는다면, 아래에 적어 놓은 말은 정말로 아무 감동이나
교훈도 주지 못하는 헛소리일 뿐이다.

나에게는 늘 간직하고 따르는 세 가지 보물이 있다. 첫
째는 부드러움. 둘째는 단순하고 소박함. 셋째는 앞에 나서려고 하
지 않는 태도이다.

처음 읽는 도덕경

《도덕경》은 번역본마다 많은 차이가 난다. 번역자의 해석 자체가 다
를 수밖에 없는 그야말로 난해한 책이다. 다행히 별로 두꺼운 책이 아
니라 책값이 그리 비싸지 않으니, 두 권쯤은 사서 읽는 것이 좋겠다.
이번 장은《도덕경》에 대해 소개하기보다는《도덕경》을 읽는 방법을
일러준 느낌이다. 이 글을 쓰면서《도덕경》을 들고 자연으로 가고 싶
었다. 독자 여러분들도 그런 생각이 든다면 좋겠다.

가끔 건축가들이 요즘 도시들의 스카이라인이 아름다워지고 있다는
말을 한다. 하지만《도덕경》은 스카이라인 자체가 없이 탁 트인 하늘을

볼 수 있는 곳에서 물소리, 풀벌레 소리를 들으며 읽어야 한다. 결코 무리한 요구가 아니다. 별이 보이지 않은 지 오래인 서울 같이 삭막한 도시에서《도덕경》의 참뜻을 이해하라는 요구야말로 정말로 무리한 요구가 아닐까?

우리는 인생에서
무엇을 잃어버렸는가

《위대한 유산》

평균적인 것만을 사랑했던 작가

지금까지 우리는 고전 29편을 살펴보았다. 저자들도 하나같이 당대 지성계의 최고봉에 도달했던 사람들이다. 그야말로 '위대한 유산'이다. 마지막 고전으로 찰스 디킨스(1812~1870)의 《위대한 유산》을 선택했다. 찰스 디킨스라는 인물이 갖고 있는 독특한 천재성과 《위대한 유산》이 우리에게 전달해주는 메시지 때문이다.

작가의 천재성과 대중적 인기가 서로 충돌하지 않았던 적이 영국 근대문학사에 단 한 번 있었다면, 그 주인공은 바로 찰스 디킨스다. 그만큼 많은 독자를 거느린 작가도 없었지만, 평자들은 찰스 디킨스의 천재성을 의심하지 않았다. 혹자는 《데이비드 코퍼필드》나 《올리버 트위스트》에서, 혹자는 《위대한 유산》이나 《두 도시 이야기》에서 찰스 디킨스의 천재성을 보았지만, 이 작품들은 모두 엄청난 대중적 인기를 누렸다. 도대체 그의 이러한 작가적 영광은 어디에서 연유한 것일까? 이에 대해, 우리는 슈테판 츠바이크가 《천재와 광기》에서 적은 글을 한 번 보자.

"그는 최초로 일상의 나날을 시적인 것으로 굴절시켰다. 그 권태로운 우울을 통하여 태양을 빛나게 했던 것이다.……그는 주인공들과 그들의 운명을 다른 시인들이라면 그냥 지나쳐 버렸을 도시 외곽의 좁은 길에서 찾아냈다. 다른 시인들은 그들의 주인공을 호화로운 살롱의 귀족들에게서 찾거나, 동화에 나오는 마법의 숲속길에서 찾았다.……디킨스는 아주 단순한 임금 노동자를 주인공으로 만드는 것을 부끄러워하지 않았다.……그가 돕고 싶었던 사람들은 빈자와 어린이였다.……그는 평범한 것만을, 그 모든 심성들 중에서 평균적인 것만을 사랑했다."

찰스 디킨스는 평범하고 보편적인 일상에 매몰되는 일을 경멸하고, 자신의 작가적 이상이 상식 이상의 경지로 도약할 때만 창조자로서 쾌락을 경험하는 그런 작가가 아니었다. 소년 시절부터 빈곤에 고통받고, 학교라곤 거의 다닌 적 없으며, 12세부터 공장 노동자로 자랐던 그였기에 그리할 수 있었던 것은 아니다. 그보다 비참한 가난을 경험했다고 해도 누구나 찰스 디킨스가 될 수는 없다.

그에게는 빈자와 어린이, 평범하고 평균적인 심성에 한 줄기 햇살이 되어줄 작품, 오직 그렇기에 '위대한 유산'으로 남을 수 있는, 그런 작품을 남기겠다는 신념이 있었다. 그는 언제나 가장 귀중한 보물은 일상 속에서 반짝이고 있고, 작가의 창조적 시선이 머물러야 할 곳도 그곳이라는 사실을 정확히 알았던 것이다.

우리는 무엇을 잃어버렸는가

찰스 디킨스의 《위대한 유산》은 익명의 후원자에게서 신사 수업에 필요한 후원금을 지급 받고 보잘것없는 시골 대장장이인 매부 조의 도제에서 일약 영국의 신사로 탈바꿈한 주인공 핍의 정신적 성장을 그린다.

찰스 디킨스의 시대, 즉 산업혁명과 제국주의 팽창의 절정기에 다다른 영국에서는 상인 계급들이 경제적 성공을 바탕으로 신분 상승을 꾀할 수 있었다. 그렇지만 벼락 부자들에게는 전통적인 귀족층이 오랜 세월 누려온 교양과 품위가 없었다. 그러다 보니 벼락 부자들은 소위 뼈대 있는 귀족들의 우아한 가치관을 모방할 수밖에 없었고, 이 과정에서 그들에게 이상적 인간형으로 자리 잡게 된 것이 바로 '신사 gentleman'라는 개념이었다.

그러나 돈이 부유한 생활을 줄 수는 있어도 신사를 만들어줄 수는 없었다. 덕성이란 돈으로 살 수 있는 것이 아니기 때문이다. 결국 마이더스처럼 탐욕스러운 사이비 신사들이 득실대는 영국 사회에서 신사 개념은 점차 속물화되어 갔다. 우리의 주인공 핍 역시 돈으로 만든 커리큘럼대로 신사 수업을 받으며 속물이 되어갔다.

매부 조와 작별하고 런던에서 신사 수업을 받으며 점점 부유한 생활에 익숙해져 가던 핍은 훗날 조의 아내가 될 비디의 편지를 받는다. 조가 자신을 만나러 온단다. 이제 신분이 달라진 핍은 조의 방문이 달갑지 않다. 비디가 말한 그날 촌스러운 양복을 걸치고 헐렁한 정장용 구두를 신은 조가 친구 허버트와 함께 기거하는 런던의 숙소를 방문했다. 그의 신사답지 못한 옷차림에 핍은 조와 자신이 같은 신분의 사람이 아님을 확인한다. 핍의 곱지 않은 시선을 눈치 챈 조가 서둘러 핍과 헤어지며 작별인사를 고한다.

오늘 잘못된 뭔가가 조금이라도 있다면 그건 다 내 탓이다. 너와 난 런던에서는 함께 만나지 말아야 할 사람들이야. 사적이고 익숙하며, 친구들 사이에 잘 알려져 있는 그런 곳 외의 다른 어떤 곳에서도 우린 만나지 말아야 할 사람들이야. 앞으로 넌 이런 옷차림을 하고 있는 날 다시는 만날 일이 없을 텐데, 그건 내가 자존심이 강해서가 아니라 그저 올바른 자리에 있고 싶어서라고 해야 할 거야. 난 이런 옷차림과는 전혀 어울리지 않아. 난 대장간과 우리 집 부엌과 늪지를 벗어나면 전혀 어울리지 않아. 대장장이 옷을 입고 손에 망치, 또는 담배 파이프라도 들고 있는 내 모습을 생각하면 너는 나한테서 지금 이런 차림의 반만큼도 흠을 발견하지 못할 거야. 혹시라도 네가 날 다시 만나고 싶은 일이 생긴다면, 그땐 대장간에 와서 창문으로 머리를 들이밀고, 대장장이 이 조가 거기서 낡은 모루를 앞에 두고 불에 그슬린 낡은 앞치마를 두른 채 예전부터 해오던 일을 열심히 하고 있는 모습을 바라보도록 하거라.……그럼 이 보게, 하느님의 축복을 빌겠네. 사랑하는 내 친구, 핍, 하느님의 축복을 빌겠네!

한낱 대장장이에 불과한 조의 사려 깊은 인사말은 얼마나 정직하고 위엄 있는가? 작별을 고하는 촌스러운 옷차림의 조와 얼치기 신사 수업에 영혼이 팔린 핍 중 어느 쪽이 진정 신사인가?
물론 찰스 디킨스가 사랑하고 우리도 사랑하는 핍의 내면에는 절대로 속물이 될 수 없는 덕성이 자리 잡고 있었다. 그 덕성은 바로 매부 조와의 아름답고 진실했던 어린 시절에 길러진 것이었다. 비디에게서 글을 막 배우고 난 어린 핍이 엉터리 철자법으로 조에 대한 애정과 믿음을 담아 보냈던 편지를 보자. 독자들은 이 편지를 읽으며 핍이 다시 착한 영혼을 회복할 것을 믿는다.

　　　　　치내하는 조 난 당시니아조 자알 지네고 이끼를 비러요 난 내가 빨리 조 당시늘 가르쳐줄 쑤 이끼를 비러요 그러믄 우린 매

우 기쁠 거예요 그리고 내가 조 당시느 도재가 되믄 얼마나 신날가
요 날 미더요 사랑 하는 핍이.

핍은 빚에 쪼들려 근근이 생활해 가면서도 익명의 후원자에게서 결
정적인 유산을 상속 받아 부유한 영국 신사가 될 날만을 기다린다.
그러던 어느 날 핍에게 매그위치란 이름의 노인이 찾아온다. 이 노인
은 핍이 어린 시절 탈옥을 도와준 죄수였으며, 놀랍게도 이 죄수가
바로 익명의 후원자였다. 호주로 추방되었던 매그위치는 온갖 고생
을 다해 재산을 모아 자신을 구해준 핍을 영국의 신사로 만들고 싶어
했던 것이다. 추방자 신세라서 런던으로 돌아와 경찰에 잡히게 되는
날이면 중형을 면하기 어려웠지만, 자신이 반듯한 신사로 성장시킨
핍을 보기 위해 목숨을 걸고 런던에 나타난 것이다. 이로써 핍이 그
토록 바라던 '위대한 유산'은 결코 바라서는 안 되는 욕된 유산이 되
고 말았다. 아무런 노력도 없이 신사 수업을 받으며 런던에서 타락해
간 자신에게 매그위치가 지원해준 후원금은 그가 고되게 노동하며
정정당당하게 번 돈이었다. 이 사실을 핍은 어떻게 받아들여야만 하
는 것일까?
자신의 어리석음에 대해 점차 깨닫게 된 핍은 매그위치의 후원이 갖
는 가치를 인정한다. 비록 죄수 신분이지만 모든 재산을 바쳐 자신에
게 신사 수업을 시켜준 그의 마음을 큰 은혜로 인정한다. 그리고 그
를 런던에서 안전하게 도피시키기 위해 최선을 다한다. 하지만 불행

장 에티엔 리오타르, 〈터키 옷을 입은 마리 아들레이드〉
1753년, 캔버스에 유채, 48×57cm, 피렌체 우피치 미술관 소장.

히도 매그위치는 체포되고, 재판을 받고, 체포 과정에서 입은 부상으로 감옥에서 죽음을 맞는다. 그리고 매그위치의 재산은 몰수되었다. 핍을 신사로 만들어줄 유산은 물거품처럼 사라졌다.

그러나 우리의 주인공 핍은 도리어 그 유산을 잃어버림으로써 진정으로 자신을 신사로 만들어줄 '위대한 유산'을 되찾는다. 이미 어린 시절에 온전히 가졌다가 잠시 잃어버렸던 '위대한 유산'을 말이다. 그 '위대한 유산'이 무엇인지는 핍이 고향 대장간으로 돌아와 이제 막 결혼한 조와 비디에게 하는 말로 대신할 수 있을 것이다.

그리고 이제, 두 사람의 친절한 마음에서 이미 늘 그래 왔다는 걸 내가 잘 알고 있지만, 제발 두 사람 모두 나에게 말해줘요. 나를 용서한다고 말이에요! 제발 두 사람이 그렇게 말하는 걸 내 귀로 직접 듣게 해줘요. 내가 그 소리를 가슴에 품고 갈 수 있도록 말이에요. 그러면 나는, 두 사람이 앞으로 언젠가 나를 신뢰하며 나를 더 좋게 생각할 수 있는 때가 오리라고 믿을 수 있을 거예요!

용서를 구하는 핍. 다시 신뢰할 만한 사람이 되어 돌아오겠다고 다짐하는 핍. 매부 조가 자신의 용서를 받아주고 자신이 다시 예전의 핍으로 돌아올 것을 기꺼이 믿을 것이라고 믿는 핍. 이제 핍은 사랑하는 조와 헤어진다. 그 후 11년 동안 허버트와 함께 노력하여 재산을 일굼으로써 정직하고 성실한 시민으로 성장한다. 그가 영원토록 잃어버리지 않을 '위대한 유산'인 조와의 우정을 경건한 중세의 기사처럼 철통같이 지키는 명예로운 신사가 된 것이다.

위대한 유산은 잊히지도 잃어버리지도 않는다

어떻게 생각하면 《위대한 유산》은 평범한 소설이다. 하지만 찰스 디킨스의 천재성은 바로 이러한 평범함 속에서 발휘된다. 그는 질그릇 같은 소박한 삶과 속 깊은 사랑, 한없는 관용의 마음을 가진 일개 대장장이 조가 당시 영국 사회가 열망하는 지위 개념인 '신사 gentleman'보다 가치 있는 '고결한 인간gentle man'임을 선포했고, 핍을 내면적으로 성장시켰다. 그리하여 핍으로 하여금 자신과 조의 우정에서 진정한 '위대한 유산'의 의미를 깨닫게 만들었다. 더불어 수많은 독자도 깨달았으리라!

헛된 유산은 으레 잃어버리기 일쑤이지만, 정말 '위대한 유산'은 절대로 잊히지도 잃어버리지도 않는 법이다. 이제껏 살펴본 고전들과 찰스 디킨스의 《위대한 유산》 같은 '위대한 유산'도 그런 법이다. 《위대한 유산》 마지막 부분에서 우리의 주인공 핍이 비디에게 하는 말이 암시하는 것처럼 말이다.

사랑하는 비디, 일찍이 내 인생에서 중요한 자리를 차지했던 것을 나는 그 어떤 것도 잊지 않았어. 그리고 일찍이 내 인생에서 조금이라도 자리를 차지했던 것 역시 거의 잊지 않았어. 하지만 내가 한때 가련한 환상이라고 불렀던 그것은 모두 사라졌어, 비디, 그래 모두 사라졌어!

처음 읽는 위대한 유산

고전은 조와 같이 평범하지만 올곧은 사람에게서만 "어떻게 살 것인가?"에 대한 답을 구할 수 있음을 깨우쳐주기 때문에 '위대한 유산'이다. 조에게서 구할 수 없는 답은 제국의 황제에게서도, 상아탑의 석학에게서도 구할 수 없다. 고전이 어려운 진짜 이유는 우리가 조와 같은 이에게서 "어떻게 살 것인가?"에 대한 답을 구하려 하지 않는 데 있다. 자문해보라. 당신이 고전을 읽는 이유가 혹 헛된 욕망 때문이 아니었는지를 말이다. 당신은 고전이 위대한 유산인지는 알고 있지만, 고전이 위대한 유산인 진짜 이유와 당신이 위대한 유산인 고전을 제대로 읽지 못하는 이유는 잘 모르고 있었는지를 말이다.

읽고 싶은 고전

맥베스

윌리엄 셰익스피어, 최종철 옮김, 《맥베스》, 민음사, 2004년.[*]
미하엘 쾰마이어, 김희상 옮김, 《한 권으로 읽는 셰익스피어》, 작가정신, 2005년.
안병대, 《셰익스피어 읽어주는 남자》, 명진출판, 2011년.

고백록

성 어거스틴, 김광남 옮김, 《현대인을 위한 어거스틴의 고백록》, 엔크리스토, 2009년.
게리 윌스, 안인희 옮김, 《성 아우구스티누스》, 푸른숲, 2005년.
아우구스티누스, 정은주 풀어씀, 《고백록 : 젊은 날의 방황과 아름다운 구원》, 풀빛, 2006년.

명상록

마르쿠스 아우렐리우스, 천병희 옮김, 《명상록》, 숲, 2005년.
김욱동, 《우리가 정말 알아야 할 서양 고전》, 현암사, 2004년.
이동희, 《세상에서 가장 흥미로운 철학 이야기 : 고중세 편》, 휴머니스트, 2010년.

수상록

몽테뉴, 손우성 옮김, 《몽테뉴 수상록》, 동서문화사, 2007년.
박홍규, 《몽테뉴의 숲에서 거닐다》, 청어람미디어, 2004년.
이광주, 《교양의 탄생》, 한길사, 2009년.
이환, 《몽테뉴의 『엣세』》, 서울대학교출판부, 2004년.

---

[*] 해당 고전의 텍스트는 첫 번째 책으로 삼았다.

방법서설

르네 데카르트, 이현복 옮김, 《방법서설》, 문예출판사, 1997년.

김은주, 《생각하는 나의 발견 : 방법서설》, 아이세움, 2007년.

남경태, 《철학 : 사람이 알아야 할 모든 것》, 들녘, 2007년.

존 코팅엄, 정대훈 옮김, 《데카르트》, 궁리, 2001년.

월든

헨리 데이빗 소로우, 강승영 옮김, 《월든》, 이레, 2004년.

박홍규, 《나의 헨리 데이비드 소로》, 필맥, 2008년.

이진경 · 이정우 · 심경호 · 배병삼 외, 《고전의 향연》, 한겨레출판, 2007년.

장영희, 《문학의 숲을 거닐다》, 샘터, 2005년.

홍길동전

허균, 정하영 옮김, 《홍길동전》, 펭귄클래식코리아, 2009년.

손춘익, 《허균》, 파랑새어린이, 2007년.

신병주 · 노대환, 《고전소설 속 역사여행》, 돌베개, 2005년.

이진경 · 이정우 · 심경호 · 배병삼 외, 《고전의 향연》, 한겨레출판, 2007년.

장자

장자, 안동림 역주, 《장자》, 현암사, 1998년.

신영복, 《강의》, 돌베개, 2004년.

장석주, 《느림과 비움의 미학》, 푸르메, 2010년.

노년에 관하여

키케로, 천병희 옮김, 《노년에 관하여 우정에 관하여》, 숲, 2005년.

김열규, 《노년의 즐거움》, 비아북, 2009년.

앤서니 에버릿, 김복미 옮김, 《로마의 전설 키케로》, 서해문집, 2003년.

신기관

프랜시스 베이컨, 진석용 옮김, 《신기관》, 한길사, 2001년.

월 듀랜트, 황문수 옮김, 《철학 이야기》, 문예출판사, 2001년.
프랜시스 베이컨, 김종갑 옮김, 《새로운 아틀란티스》, 에코리브르, 2002년.

유토피아

토머스 모어, 주경철 옮김, 《유토피아》, 을유문화사, 2007년.
이진경·이정우·심경호·배병삼 외, 《고전의 향연》, 한겨레출판, 2007년.
정제원, 《문학의 즐거움》, 베이직북스, 2010년.
크리스티아네 취른트, 조우호 옮김, 《책 : 사람이 읽어야 할 모든 것》, 들녘, 2003년.

관용론

볼테르, 송기형·임미경 옮김, 《관용론》, 한길사, 2001년.
월 듀랜트, 황문수 옮김, 《철학 이야기》, 문예출판사, 2001년.
헨드릭 빌렘 반 룬, 이혜정 옮김, 《관용》, 서해문집, 2005년.

논어

공자, 황희경 풀어옮김, 《논어》, 시공사, 2001년.
공자 원저, 심범섭 지음, 《청소년을 위한 논어》, 평단문화사, 2010년.
부남철 역주, 《논어정독》, 푸른역사, 2010년.
이강재, 《논어》, 살림, 2006년.

대학

이세동 옮김, 《대학·중용》, 을유문화사, 2007년.
김기현, 《대학》, 사계절, 2002년.
김학주 역주, 《대학》, 서울대학교출판문화원, 2009년.
이강수, 《중국 고대철학의 이해》, 지식산업사, 1999년.

소학

주희·유청지 엮음, 윤호창 옮김, 《소학》, 홍익출판사, 2005년.
성백효 편저, 《소학집주》, 전통문화연구회, 2010년.
이진경·이정우·심경호·배병삼 외, 《고전의 향연》, 한겨레출판, 2007년.

격몽요결

이이, 이민수 옮김, 《격몽요결》, 을유문화사, 2003년.

이이, 안외순 옮김, 《동호문답》, 책세상, 2005년.

이이, 최영갑 풀어씀, 《성학집요》, 풀빛, 2006년.

북학의

박제가, 안대회 옮김, 《북학의》, 돌베개, 2003년.

김인규, 《북학 사상의 철학적 기반과 근대적 성격》, 다운샘, 2000년.

이진경·이정우·심경호·배병삼 외, 《고전의 향연》, 한겨레출판, 2007년.

에밀

장 자크 루소, 이환 편역, 《에밀》, 돋을새김, 2008년.

이진경·이정우·심경호·배병삼 외, 《고전의 향연》, 한겨레출판, 2007년.

장 자크 루소, 김중현 옮김, 《에밀》, 한길사, 2003년.

크리스티아네 취른트, 조우호 옮김, 《책 : 사람이 읽어야 할 모든 것》, 들녘, 2003년.

나는 고발한다

에밀 졸라, 유기환 옮김, 《나는 고발한다》, 책세상, 2005년.

니콜라스 할라즈, 황의방 옮김, 《나는 고발한다》, 한길사, 1998년.

미하엘 코르트, 권세훈 옮김, 《광기에 관한 잡학사전》, 을유문화사, 2009년.

대당서역기

현장, 권덕녀 엮어옮김, 《대당서역기》, 서해문집, 2006년.

샐리 하비 리긴스, 신소연·김민구 옮김, 《현장법사》, 민음사, 2010년.

우한, 김숙향 옮김, 《대여행가》, 살림, 2009년.

정치학

아리스토텔레스, 천병희 옮김, 《정치학》, 숲, 2009년.

김용석, 《철학정원》, 한겨레출판, 2007년.

유원기, 《아리스토텔레스의 정치학, 행복의 조건을 묻다》, 사계절, 2009년.

맹자

맹자, 우재호 옮김, 《맹자》, 을유문화사, 2007년.

장현근, 《맹자》, 살림, 2006년.

장현근, 《맹자》, 한길사, 2010년.

한비자

한비, 이운구 옮김, 《한비자》(I · II), 2002년.

김예호, 《한비자》, 한길사, 2010년.

윤찬원, 《한비자》, 살림, 2005년.

한비, 김원중 옮김, 《한비자》, 글항아리, 2010년.

통치론

존 로크, 강정인 · 문지영 옮김, 《통치론》, 까치, 1997년.

나이절 워버턴, 최희봉 옮김, 《스무 권의 철학》, 지와사랑, 2000년.

존 로크 원저, 박치현 지음, 《지금 우리가 누리는 자유 : 통치론》, 아이세움, 2006년.

공산당 선언

카를 마르크스 · 프리드리히 엥겔스, 이진우 옮김, 《공산당 선언》, 책세상, 2002년.

갈리나 I. 세레브랴코바, 김석희 옮김, 《프로메테우스》(전7권), 들녘, 2005년.

데이비드 보일, 유강은 옮김, 《세계를 뒤흔든 공산당 선언》, 그린비, 2005년.

카를 마르크스 · 프리드리히 엥겔스 원저, 박찬종 지음, 《새로운 공동체를 향한 운
　　동 : 공산주의 선언》, 아이세움, 2007년.

트리스트럼 헌트, 이광일 옮김, 《엥겔스 평전》, 글항아리, 2010년.

프랜시스 윈, 정영목 옮김, 《마르크스 평전》, 푸른숲, 2001년.

중용

이세동 옮김, 《대학 · 중용》, 을유문화사, 2007년.

신정근, 《중용, 극단의 시대를 넘어 균형의 시대로》, 사계절, 2010년.

이진경 · 이정우 · 심경호 · 배병삼 외, 《고전의 향연》, 한겨레출판, 2007년.

법구경

법정 옮김, 《법구경》, 이레, 2005년.

김욱동, 《우리가 정말 알아야 할 동양 고전》, 현암사, 2007년.

대한불교조계종 교육원 부처님의 생애 편찬위원회, 《부처님의 생애》, 조계종출판
　　사, 2010년.

장철문, 《진리의 꽃다발 : 법구경》, 아이세움, 2006년.

카렌 암스트롱, 정영목 옮김, 《스스로 깨어난 자 붓다》, 푸른숲, 2003년.

헤르만 헤세, 박병덕 옮김, 《싯다르타》, 민음사, 2002년.

소크라테스의 변명

플라톤, 황문수 옮김, 《소크라테스의 변명》, 문예출판사, 2006년.

플라톤 원저, 나종석 지음, 《삶으로서의 철학 : 소크라테스의 변론》, 아이세움,
　　2007년.

안광복 풀어씀, 《소크라테스의 변명, 진리를 위해 죽다》, 사계절, 2004년.

이동희, 《세상에서 가장 흥미로운 철학 이야기 : 고중세 편》, 휴머니스트, 2010년.

도덕경

노자, 정창영 옮김, 《도덕경》, 시공사, 2001년.

노자, 오강남 풀이, 《도덕경》, 현암사, 1995년.

신영복, 《강의》, 돌베개, 2004년.

신영복, 《더불어 숲》, 중앙m&b, 1998년.

위대한 유산

찰스 디킨스, 이인규 옮김, 《위대한 유산》(1·2), 민음사, 2009년.

슈테판 츠바이크, 원당희·이기식·장영은 옮김, 《천재와 광기》, 예하출판, 1993년.

정제원, 《문학의 즐거움》, 베이직북스, 2010년.

고전
탐독

정제원 지음

발 행 일 초판 1쇄 2011년 10월 20일
　　　　　초판 3쇄 2013년 7월 8일
발 행 처 평단문화사
발 행 인 최석두

등록번호 제1-765호 / 등록일 1988년 7월 6일
주　　소 서울시 마포구 서교동 480-9 에이스빌딩 3층
전화번호 (02)325-8144(代) FAX (02)325-8143
이 메 일 pyongdan@hanmail.net
I S B N 978-89-7343-353-7 03810

ⓒ 정제원, 2011

* 잘못된 책은 바꾸어 드립니다.

이 도서의 국립중앙도서관 출판시도서목록(CIP)은 e-CIP 홈페이지(http://www.nl.go.kr/ecip)와
국가자료공동목록시스템(http://www.nl.go.kr/kolisnet)에서 이용하실 수 있습니다.
(CIP제어번호: CIP2011003920)

저희는 매출액의 2%를 불우이웃돕기에 사용하고 있습니다.